清代文学作品选

周小艳　赵　嘉◎主编

人民出版社

策划编辑：孙兴民
责任编辑：邓文华
封面设计：徐　晖　李媛媛
责任校对：毕宇靓　闫翠茹

图书在版编目（CIP）数据

清代文学作品选 / 周小艳，赵嘉主编；张进红，马燕鑫，徐文武编；吴松山等编著 . — 北京：人民出版社，2020.8
ISBN 978 — 7 — 01 — 022510 — 4

Ⅰ . ①清… Ⅱ . ①周… ②赵… ③张… ④马… ⑤徐… ⑥吴… Ⅲ . ①中国文学—古典文学—作品综合集—清代 Ⅳ . ① I214.92

中国版本图书馆 CIP 数据核字（2020）第 183143 号

清代文学作品选

QINGDAI WENXUE ZUOPIN XUAN

周小艳　赵　嘉 ◎ 主编

人 民 出 版 社 出版发行

（100706　北京市东城区隆福寺街 99 号）

保定市北方胶印有限公司印刷　　新华书店经销

2020 年 8 月第 1 版　2020 年 8 月北京第 1 次印刷
开本：710 毫米 ×1000 毫米 1/16　印张：16.5
字数：258 千字

ISBN 978 — 7 — 01 — 022510 — 4　定价：46.00 元

邮购地址 100706　北京市东城区隆福寺街 99 号
人民东方图书销售中心　电话（010）65250042　65289539

出版说明

1. 本书供普通高等院校、各类成人高等院校的中文专业作为"中国古代文学史——清代文学史"等课程讲授和阅读参考之用。

2. 本书按诗歌、散文、词、戏曲、小说的体裁分别排列。

3. 本书所选以清代文学史上各种体裁的代表作家作品为主,着重选取在文学史上有定评且艺术性突出的作品,同时兼顾作品题材的广泛性和多样性。

4. 本书所选用的作品,均以较好的版本为依据,并于篇末注明版本来源。一般仅录原文不作校勘,偶有校勘则于注释中说明。

5. 本书为教学及阅读方便采用简体横排的版式,偶遇古体字亦遵之。

6. 本书在编写过程中,于学术界的研究成果多有吸取,由于篇幅有限未能一一注明,谨附言于此,以表谢忱。

7. 本书由赵嘉、马燕鑫、孙睿迪负责诗歌和散文部分的选录和撰写工作;徐文武、张进红、仝广顺负责词的选录和撰写工作;周小艳、吴松山、赵彩霞负责戏曲和小说的选录和撰写工作;孙善强、刘少坤、王晓轩、张寒蒙、智延娜等负责校对、统筹等工作。

8. 由于编者水平有限,本书在作品的选录、注释、题解等方面,必会存在很多缺点和不足,敬请诸位方家给予批评指正。

目录

诗 歌

散　文

词

戏　曲

小　说

清代文学作品选

诗歌

西湖杂感有序

钱谦益

浪迹山东，系舟湖上。漏天半雨[1]，夏月如秋。登登版筑[2]，地断吴根[3]；攘攘烟尘，天分越角[4]。岳于双表[5]，绿字犹存；南北两峰[6]，青霞如削。想湖山之佳丽，数都会之繁华。旧梦依然，新吾安往[7]？况复彼都人士，痛觉黍禾；今此下民，甘忘桑梓[8]。侮食相矜[9]，左言若性[10]。何以谓之？嘻其甚矣！昔日南渡行都，懋遗南市[11]；西湖隐迹，追抗西山。嗟地是而人非，忍凭今而吊古。丛残长句，凄绝短章。酒阑灯灺[12]，隔江唱越女之歌[13]；风急雨淋，度峡下巴人之泪[14]。敬告同人，勿遗下体。敢附采风，聊资剪烛云尔。庚寅夏五，憩湖舫凡六日，得诗二十首。是月晦日，记于塘栖道中[15]。

其一

板荡凄凉忍再闻[16]？烟峦如赭水如焚[17]。白沙堤下唐时草[18]，鄂国坟边宋代云[19]。树上黄鹂今作友[20]，枝头杜宇昔为君[21]。昆明劫后钟声在[22]，依恋湖山报夕曛[23]。

其二

沈艳西湖水一方[24]，吴根越角两茫茫[25]。孤山鹤去花如雪[26]，葛岭鹃啼月似霜[27]。油壁轻车来北里[28]，梨园小部奏西厢[29]。而今纵会空王法[30]，知是前尘也断肠[31]。

——选自钱曾笺注，钱仲联校《钱牧斋全集》，上海古籍出版社 2003 年版

【作者简介】

钱谦益（1582—1664），字受之，号牧斋，晚号蒙叟、东涧老人。学者称虞山

先生，清初诗坛的盟主之一，江苏常熟人。明史说他"至启、祯时，准北宋之矩矱"明万历三十八年（1610）一甲三名进士，他是东林党的领袖之一，官至礼部侍郎，因与温体仁争权失败而被革职。马士英、阮大铖在南京拥立福王，钱谦益依附之，为礼部尚书。后降清，仍为礼部侍郎，人多以"贰臣"疵之。降清后心有悔意，积极参加反清复明的活动，为乾隆帝所弃。钱谦益虽然在政治和人品上多为人诟病，但他却以四海盟主的身份在明末文坛具有很大的影响力，并推进了明末清初学风的转变。生平所著《初学集》《有学集》《投笔集》等虽遭禁毁，却以传抄等形式得以保存，后被钱曾整理结集。

【注释】

[1] 漏天：雨多不止。

[2] 版筑：筑墙时用两版相夹，以泥土置于其中，用杵捣实。

[3] 吴根：指在苏州所建吴国。

[4] 越角：指在浙江所建越国。

[5] 岳于双表：杭州西湖边有岳飞和于谦之墓。

[6] 南北两峰：祝穆《方舆胜览》："北高峰，在灵隐山后；南高峰，在南山石坞烟霞洞后。"

[7] 新吾：庄子曰："子方虽忘乎故吾，吾有不忘者存。"郭象注曰："虽忘故吾，而新吾已至，吾何患焉？"

[8] 桑椹：桑树果实，即桑实。《诗·鲁颂·泮水》："翩彼飞鸮，集于泮林。食我桑椹，怀我好音。"也用来比喻故乡。

[9] 侮食：南方食蛤之人。王元长《三月三日曲水诗序》："侮食来王，左言入侍。"注："古本作晦食。《周书》曰：'东越侮食。'"清卢文弨说"侮食"是"海蛤"的错别字。此句骂当时降清之汉奸。

[10] 左言：指外国语言，谓与中国语言系统相左。也指外族。左思《魏都赋》："或魋髻而左言。"比喻清朝的满族祖先属女真人。

3

[11] 慭（yìn）遗：遗留。

[12] 灯炧（xiè）：蜡烛烧尽。炧，灯烛灰烬。

[13] 越女：《吴越春秋》："越之妇人，伤越王用心，乃作若何之歌曰：'尝胆不苦味若饴，今我采葛以作丝。'"

[14] 巴人：郦道元《水经注·三峡》："巴东三峡巫峡长，猿鸣三声泪沾裳。"

[15] 塘栖：即塘栖镇，在浙江省杭县北五十里，与德清县接界，镇跨运河，为舟车之冲，商民凑集。

[16] 板荡：《坂》《荡》均为《诗经·大雅》篇名，讽刺周厉王无道，败坏国家。后以"板荡"指称政治动荡。刘孝标《辩命论》："自金行不竞，天地板荡。"此句谓不忍再听清军南下时令人痛楚的消息。

[17] "烟恋"句：形容夕阳染红山和水，并袭用秦始皇典，寄寓亡国的痛楚。《史记·秦始皇本纪》："伐湘山树，赭其山。"赭（zhě），山峦赤裸无草木。

[18] 白沙堤：又称白堤。自西湖断桥向西，过锦带桥，连接孤山，直到西泠桥，相传白居易任杭州刺史时所筑。其诗《钱塘湖春行》："最爱湖东行不足，绿杨阴里白沙堤。"

[19] 鄂国坟：即岳飞墓。岳飞冤死后，宋宁宗于嘉定四年追封鄂王。陶九成《辍耕录》："岳武穆墓，在杭州栖霞岭下，王之子云附焉。"

[20] 黄鹂：鸟名，即黄莺。

[21] 杜宇：即杜鹃，相传为左蜀帝所化。阚骃《十三州志》："当七国称王，独杜宇称帝于蜀，……望帝（即杜宇）使鳖冷凿巫山治水有功，望帝以为德薄，乃委国禅鳖冷，号曰开明。遂自亡去，化为子规。"子规，即杜鹃。

[22] 昆明劫：即劫灰。佛经说世界有成、往、坏、空四劫，其中坏劫有水、火、风三灾，毁灭一切。劫灰则指"坏劫"的大火烧毁世界后的灰烬。《释门正统》："汉武帝掘昆明池，得黑灰，以问东方朔，朔曰：可问西方道人。摩腾且至，或以问之，曰：劫灰也。"

[23] 夕曛：傍晚，或夕阳的余光。

[24] 潋（liàn）艳：波光闪动。苏轼《饮湖上初晴后雨》诗："水光潋艳晴方好。"

[25] "吴根"句：两茫茫，春秋时的吴、越两国成历史旧迹。茫茫：渺远貌。

[26] 孤山：山名，在杭州市西湖的里湖与外湖之间，一山耸立，旁无联附。北宋隐逸诗人林逋居此，植梅养鹤二十年。今有林逋及梅径鹤冢。诗里用以寄托物在人亡的感慨。

[27] 葛岭：山名，在杭州市西湖北。相传晋代葛孝先偕葛洪于此结庐炼丹，故名。

[28] "油壁"句：油壁轻车，古代妇女所乘的一种轻便车，车壁上以油漆作涂饰。北里，唐代长安平康里，因在城北，也称北里，为妓女聚居之地，后把妓院所在地也称为北里。罗隐《江南行》："西陵路边月悄悄，油壁轻车苏小小。"

[29] "梨园"句：梨园：《新唐书·礼乐志》载："玄宗既知音律，又酷爱法曲，选坐部伎子弟三百，教于梨园。声有误者，帝必觉而正之，号皇帝梨园弟子。"可知为玄宗时宫廷所设。梨园的主要职责是训练乐器演奏人员，与专司礼乐的太常寺和充任串演歌舞散乐的内外教坊鼎足而三。后世遂将戏曲界习称为梨园界或梨园行，戏曲演员称为梨园弟子。小部，亦为唐玄宗时所设。《杨太真外传》："小部者，梨园法部所置，凡三十人，皆十五以下。在长生殿奏新曲，未有名。会南海进荔枝，因以曲名《荔枝香》。"诗中梨园小部泛指戏班。西厢，北杂剧《西厢记》，王实甫所作。明代还有"南西厢"为昆曲，诗中指此。这两句追忆明朝时杭州的繁华兴盛。

[30] "而今"句：纵会，即使领会。空王：佛家语，佛的尊称。佛说世界一切皆空，故称空王。

[31] 前尘：指往事。出佛教语，佛教称色、香、声、味、触、法为六尘。谓当前境界谓六尘所成，都非真实，故称前尘。《楞严经》有"前尘影事"之语，后泛称往事也叫前尘。

【作品要解】

清顺治二年（1645）六月清兵破杭州，清顺治五年（1648）派固山额金真砺来杭驻防，并集兵马于湖上。钱谦益在金华游说马进宝后，东归路过杭州，旧地重游，目睹湖山胜地惨遭蹂躏且面目全非的情景，写下二十首诗。它以组诗形式来倾泄悲今思昔、忧国伤时的血泪哀怨。又在一篇小序中，揭示悲痛亡国的主旨。诗中苍凉沉痛的氛围，心碎伤神的音调，如雁唳长空，似巴东猿啸，具有悲怆凄苦、丛残哀绝的特色，为其代表作之一。

　　此处选组诗中的第一、二首。第一首以"板荡"破题，主要抒发了诗人心中物是人非之感以及对清廷的愤慨；其后大量用典，通过唐时草、宋代云、黄鹂、杜宇一类意象，抒发对明王朝的追思；又以"昆明劫后钟声在，依恋湖山报夕曛"作结，抒发心系故国的黍离之情和参与复明的回报之志。整首诗的情感层层递进，铺排有序。第二首诗则是以小窥大，通过回想西湖的旧日繁华，点破物是人非、往事如烟的幻灭感。对昔日繁华的追思与对今日世事境迁的戚戚然，在诗中交替重复，西湖胜景中只想起"孤山""葛岭"，花月本来美景，只因观者心中所痛而变了颜色，如雪似霜，徒添凄凉之感。昔日轻歌曼舞而今空空。物是人非之感倾洒而出，也表现了悲怆又无奈的亡国之思。

织妇词

吴伟业

黄苗缫丝不成匹[1]，停梭倚柱空太息[2]。少时织绮贡尚方[3]，官家曾给千金直[4]。孔雀蒲桃新样改[5]，异缋奇文不遑识[6]。桑枝渐枯蚕已老，中使南来催作早[7]。齐纨鲁缟车班班[8]，西出玉关贱如草[9]。黄龙袱子紫橐驼[10]，千箱万叠奈尔何！

——选自《吴梅村全集》，上海古籍出版社 1990 年版

【作者简介】

（1609—1671），字骏公，号梅村。太仓（今江苏太仓）人。师事张溥，为复社成员。明崇祯四年（1631）进士。任翰林编修等职。弘光时，任少詹事。明亡入清后，官国子监祭酒。不久请假归。他是明末清初的重要诗人。其诗作多寓身世之感，也有些篇章暴露统治者对人民的残酷榨取。早期作品风华绮丽，明亡后诗风一变，多激荡苍凉之音。他作诗取法盛唐及元白诸家，尤工七律和七言歌行，文词清丽。他亦工词曲书画。有《梅村家藏稿》等。

【注释】

[1] 匹：量词。《汉书·食货志下》：“布帛广二尺二寸为幅，长四丈为匹。”

[2] 太息：长叹。此句化用鲍照《拟行路难》诗中“拔剑倚柱长太息”之句。

[3] 绮：有花纹的丝织品。织素为文曰绮，织采为文曰锦。尚方：一作“上方”。官府名，掌管供应制造帝王所用器物。

[4] 直：通“值”。

[5] 孔雀蒲桃：均为织锦名。陆翙《邺中记》："织锦署有蒲桃文锦，又有凤凰孔雀锦，韬文锦。"

[6] 纍（niè）：锦上的纹采。不遑：不及，不暇。遑，暇。

[7] 中使：帝王宫廷中派出的使者，多由宦官充任，故称中使。

[8] 齐纨鲁缟（gǎo）：原指山东一带出产的丝织品。这里借指向南方人民掠夺的丝织品。纨是细绢，缟是白色的细绢。班班：车多的声音，形容运输络绎不绝。杜甫《忆昔二首》："齐纨鲁缟车班班，男耕女桑不相失。"

[9] 玉关：玉门关。诗中借指山海关。清留都在山海关外的盛京（今辽宁沈阳）。

[10] 袱子：包袱。橐（tuó）驼：骆驼。

【作品要解】

此诗立足织妇命运，反映统治者的骄奢淫逸及底层民众横遭盘剥的痛苦遭遇，感情深挚，指斥也极为有力。"少时织绮贡尚方"至"异纍奇文不遑识"这四句是织妇对过去美好时光的追忆，言其所织花样新奇，供奉帝王，既见其织艺的高超，也流露出强烈的自豪感。"桑枝"句以下写现实。"桑枝渐枯蚕已老"见蚕业凋弊，"中使南来催作早"则透示统治者不顾农村实际，只管聚敛搜括。"齐纨鲁缟车班班，西出玉关贱如草"两句，一句写统治者掠夺织品之多，一句写统治者不恤农民血汗，暴殄天物。尾两句是对统治者糟踏百姓劳动成果的强烈不满，"奈尔何"既是说无奈统治者的疯狂搜刮，也是说对统治者糟贱劳动果实的恶行徒唤奈何！

山居杂咏

黄宗羲

其一

锋镝牢囚取次过[1]，依然不废我弦歌[2]。死犹未肯输心去[3]，贫亦其能奈我何！廿两棉花装破被，三根松木煮空锅[4]。一冬也是堂堂地[5]，岂信人间胜著多[6]。

其二

谁说山中事事胜，山中静夜忒能憎[7]。老人欻笑寻群麂[8]，寡妇呻吟吼虎鹰[9]。斜月萧条千白发，乱坟围绕一青灯[10]。不知身世今何夕，生死缘来无两层[11]。

——选自沈善洪、吴光编《黄宗羲全集》，浙江古籍出版社 2005 年版

【作者简介】

　　黄宗羲（1610—1695），明末清初经学家、史学家、思想家、地理学家、天文历算学家、教育家，"东林七君子"之一黄尊素长子，汉族，浙江绍兴府余姚县人。字太冲，一字德冰，号南雷，别号梨洲老人、梨洲山人、蓝水渔夫、鱼澄洞主、双瀑院长、古藏室史臣等，学者称"梨洲先生"。黄宗羲学问极博，思想深邃，著作宏富，与顾炎武、王夫之并称"明末清初三大思想家（或清初三大儒）"；与弟黄宗炎、黄宗会号称"浙东三黄"；与顾炎武、方以智、王夫之、朱舜水并称为"明末清初五大家"，亦有"中国思想启蒙之父"之誉。

【注释】

　　[1] 锋：刀刃。镝（dí）：箭簇。牢囚：坐监狱。锋镝牢囚，指清统治者对抗

清志士的暴力手段。黄宗羲《怪说》一文曾自述其抗清斗争的遭遇："自北兵南下，悬书购余者二，名捕者一，守围城者一，以谋反告讦者二三，绝气沙墠者一昼夜，其他连染逻哨之所及，无岁无之，可谓濒于十死者矣。"取次：依次。

[2] 弦歌：弹琴唱歌。"不废我弦歌"表示对敌人的屠刀与迫害，毫不畏惧，决不改变生活态度。

[3] 输心：甘心失败。

[4] "廿两"二句：形容诗人饥寒交迫的生活。寒冬，御寒的破棉花仅一斤多，锅里烧的只是白开水。

[5] 堂堂：形容一冬的生活过得堂堂正正。

[6] 胜著：高招。

[7] 忒：太。憎：嫌恶。

[8] 欬：同"咳"，咳嗽。麂（jǐ）：兽名，小型鹿类，其鸣如老人欬笑。

[9] 虎鹰：猛禽，鸣声"唔唔"，如寡妇哭泣声。

[10] 青灯：古人点油灯照明，灯火青荧，故名青灯。

[11] 缘来：由来，从来。

【作品要解】

《山居杂咏》共六首，作于清顺治十六年（1659），作者时年五十。这年六月，郑成功、张煌言北伐，先接连胜利，后全线溃退，作者看到明朝复国无望，就从黄竹浦故居移住余姚县南三十五里化安山黄氏坟庄，写了这六首《山居杂咏》。这六首诗既回忆复国的艰难历程，抱有坚贞不屈的决心，又有生活在热情的山农中间产生的感激与愧疚。

本文所选为六首诗中的第一首和第二首。第一首诗的情感整体是浅白且昂扬的。前两联直抒胸臆，表达了诗人威武不能屈、富贵不能淫的情操和甘为遗民、誓不降清的人格志向；第二、三联笔锋一转，充分表现了诗人的革命精神与斗争精神——死亡尚不能使我改变自己的志向，贫穷又能将我怎样呢？"廿两棉花装破被，三根松木煮空锅"轻松且稍带诙谐的语气，将贫苦的生活如此直白地展现出来。这正是诗人安贫乐道、不以外物悲喜的人格体现；最后一联以坚信人生正气作结，表达了对清廷的愤慨和蔑视。全诗传递出诗人不屈不挠、从容乐观的斗争精神以及"不降其志，不辱其身"的气节志向。第二首则一反第一首的昂扬姿态，着重表达山居长夜的凄凉静寂，尽显诗人的孤寂落寞之感。首联以反诘起问，直抒胸中的烦闷郁结；颔联运用拟人手法，反衬荒山的寂静和身颓志坚的远大理想；颈联则通过"斜月""白发""乱坟""枯灯"等典型鲜明的意象，继续描写诗人遁迹山林的枯寂、萧索，其中暗含了诗人反清复明挫败的失落；最后首尾相呼应，点明烦闷郁结的原因——抗清失败。表现了诗人泪尽泣血的悲愤之情和虽生犹死的忠贞坚定。

临桂伯墓下 [1]

冯 班

马鬣悠悠宿草新 [2]，贤人闻道作明神。昭君恨气苌弘血 [3]，带露和烟又一春。

——选自《常熟二冯先生集》，民国张鸿排印本

【作者简介】

冯班（1602—1672？），字定远，号钝吟，晚号钝吟老人，人称其为"二痴"，江苏常熟人。明末诸生，师从钱谦益，少时与兄冯舒齐名，人称"海虞二冯"，为"虞山诗派"的中间力量。冯班为人落拓自喜，桀骜狂狷，难融于时俗，常就座中恸哭，时人多以痴狂目之。"虞山诗派"的宗主钱谦益倡导了一代文风之转变，不仅打破了盛唐诗风一统天下的局面，而且将宋诗提高到与唐诗同等的地位中来。冯班在钱谦益的影响下，追奉李商隐，倡导晚唐诗风的复兴，扩大了诗人取法的对象，并通过对《西昆酬唱集》《玉台新咏》《才调集》等的抄、校和评点，打破了明代评点的随意性，促进了朴学的形成和发展。有《钝吟集》《钝吟杂录》《钝吟书要》《钝吟诗文稿》等存世。

【注释】

[1] 临桂伯：瞿式耜的封爵。瞿式耜（1590—1650），字起田，号稼轩、耘野，又号伯略，江苏常熟人，明末诗人、官员、著名的抗清大臣。南明时任广西巡抚，后拥立桂王，为东阁大学士兼桂林留守，桂王转徙各地，式耜坚守桂林四年，抱定与城同存亡的决心，击退了清兵多次进攻，最后被俘牺牲。

[2] 马鬣：指坟上的土封。宿草：指墓上经年的草。

[3] 昭君恨气：昭君指王昭君，昭君恨死异域、怀念故国的感情。苌弘血：苌弘（582—492），亦作苌宏，字叔，又称苌叔，东周时期蜀地资州人，周景王、周敬王的大臣刘文公所属大夫。刘氏与晋范氏世为婚姻，在晋卿内讧中，由于帮助了范氏，晋卿赵鞅为此声讨，苌弘被周人杀死。传说死后三年，其心化为红玉，其血化为碧玉，故有"苌弘化碧""碧血丹心"之说，以喻忠诚正义。

【作品要解】

　　冯班与兄冯舒二人与瞿式耜同游于钱谦益门下，交往颇深，常有交相唱和之作。钱谦益与瞿式耜为乡人诬告入狱之时，冯舒舍命奔走相告，甚至被牵连入狱。而冯舒为县令诬告之际，钱谦益却无只言片语。而冯班兄弟一向以明朝遗民自居，对钱谦益的降清之举又颇有微词，再加上冯班兄弟与钱谦益诗法路径上的差异，交往不似从前。但瞿式耜的抗清不屈之举为冯班一众明代遗民所敬重，此诗即为冯班的凭吊之作。第一、二句凭吊瞿墓，透出一种肃穆而动人哀感的气氛。第三、四句赞叹瞿氏虽长眠在此，但他的遗恨、他那忠于明朝的意念是永远不会消歇的。其中又用了两个典故，恰如其分。将凭吊之心与故国之思糅合一处，哀而不伤，气韵浩然。诗从吊墓起，又落到墓前，颇具回环之美。

　　冯班早期诗歌精于艳体及咏物，多与友人的唱和之辞，这些作品使得冯班诗歌语言、字句、结构等的把握能力得到了锻炼；而后期在经历了科举失利的巨大打击，又经历战争的洗礼和亡国的巨大悲恸后，冯诗中对人生、社会以及时代兴亡的感触更加深刻，诗歌中多感时伤怀、以物讽时、借物怀人的伤人、伤时、伤国之作，且其诗歌语言沉丽细密，锤炼藻绘，婉而多讽，既有对字词的锤炼、声律的修整、典故的繁用、结构的巧妙布置，又有深沉的人生感慨，并将这种人生感慨和诗歌技巧巧妙融合，创造出一种含蓄蕴藉的艺术情思，将敏感的政治美刺主题写得沉蓄隽永、绮艳瑰丽，与李商隐诗歌的审美状态相契合。此诗即为晚期诗歌的代表作之一 ——以缅怀为国捐躯的瞿式耜为引，表达诗人对英雄的赞颂和对故国的思念。

海 上

顾炎武

其一

日入空山海气侵，秋光千里自登临。十年天地干戈老[1]，四海苍生吊哭深。水涌神山来白鸟[2]，云浮仙阙见黄金[3]。此中何处无人世，只恐难酬烈士心[4]。

其二

满地关河一望哀，彻天烽火照胥台[5]。名王白马江东去[6]，故国降幡海上来[7]。秦望云空阳鸟散[8]，冶山天远朔风回[9]。楼船见说军容盛[10]，左次犹虚授钺才。

——选自华东师范大学古籍所整理《顾炎武全集》，上海古籍出版社 2011 年版

【作者简介】

顾炎武（1613—1682），明朝南直隶苏州府昆山（今江苏省昆山市）千灯镇人，本名绛，乳名藩汉，别名继坤、圭年，字忠清、宁人，亦自署蒋山佣；南都败后，因为仰慕文天祥学生王炎午的为人，改名炎武。因故居旁有亭林湖，学者尊为亭林先生。明末清初杰出的思想家、经学家、史地学家和音韵学家，与黄宗羲、王夫之并称为明末清初"三大儒"。其主要作品有《日知录》《天下郡国利病书》《肇域志》《音学五书》《韵补正》《古音表》《诗本音》《唐韵正》《音论》《金石文字记》《亭林诗文集》等。

【注释】

[1]"十年"句：泛指漫长的用兵和战乱。这句话实际应为"十年干戈天地

老"。老：衰老。

[2]"水涌"句：神山，传说中神仙居住的地方。白鸟：白羽的鸟，是一种象征祥瑞的鸟。

[3]"云浮"句：仙阙，仙宫。阙为宫门两房的楼宇。黄金：传说仙宫为金银构成。

[4]烈士：有理想和刚强意志的人。烈：刚烈。

[5]烽火：报警的篝火。胥台：在苏州城胥门外。

[6]"名王"句：据自注引《隋书·五行志》："梁大同中，童谣曰：'青丝白马寿阳来。'其后侯景破丹阳，乘白马，以青丝为羁勒。"所说即南朝梁时，侯景之乱。侯景自立为汉帝，占据建康（今南京）和江南许多地方，肆行烧杀抢掠，后被梁所镇压。此处用侯景之乱比喻清人的入侵。名王，因侯景曾受梁封为河南王，故称。

[7]幡：长幅下垂的旗。降幡：表示投降。

[8]"秦望"句：秦望，秦望山，在会稽县南。阳鸟：似鹳而小的一种鸟。这句借以形容局势急转直下。

[9]冶山：在福州东北。

[10]"楼船"两句：上句形容郑芝龙领导的抗清军队的声势，但不久他就投降了。楼船，战船。见说，听说。下句说即使有授钺之才，也未获得胜利。左次，左军。据《东南纪事》载，郑芝龙投降后，郑成功起兵鼓浪屿，其侄郑彩扼守厦门，其弟郑鸿逵配合进攻泉州，声势大振，唐王因而向郑彩授钺，以示嘉奖。但郑彩、郑鸿逵很快就失败了，所以说"犹虚"。意思是即使有"授钺"之才，也未能获得胜利。

【作品要解】

福王朱由崧建立的弘光朝覆灭后，唐王朱聿键在福州称帝，改元隆武；张国维、张煌言等拥立鲁王朱以海在绍兴建立政权。两路人马各自为政，于浙江、福建及沿海岛屿，进行抗清斗争，惜鲁王军队抗敌不敌，绍兴失守，福王逃往海上避难。这年秋天，作者登山望海，想望时局，感慨而作此诗，哀叹明王室衰败失计，抒发渴望收复故土的忧国忧民情怀。

　　《海上》共有四首，其一用现实的描写与想象世界结合的写法，来抒发作者的亡国哀痛。海上有传说中的仙山、神鸟和宫阙楼台，是历来人们向往的地方，许多人在现实矛盾无法解决的时候，就常常以它作为逃避现实，世世隐居的理想境界。现在，诗人在现实中所见到的，正是十年干戈后满目疮痍的神州大地，四海苍生痛不欲生的悲惨景象，可是诗人却依然认为，神山虽好，可以避世，作者所追求的，还是积极的斗争。其二仍是以登临送目的角度来写的。不同的是，它更多地运用了写实的手法，记录了南明政权与清军铁马金戈、烽火冲天的战时景象，对隆武帝下诏亲征寄寓了殷切希望。

同欧阳令饮凤凰山下 [1]

宋 琬

茅茨深处隔烟霞 [2]，鸡犬寥寥有数家。寄语武陵仙吏道 [3]，莫将征税及桃花 [4]。

——选自辛鸿义、赵家斌点校《宋琬全集》，齐鲁书社 2003 年版

❖ 诗歌

【作者简介】

宋琬（1614—1674），清初著名诗人，清八大诗家之一。字玉叔，号荔裳，汉族，莱阳（今属山东）人。顺治四年进士，授户部主事，累迁永平兵仆道、宁绍台道。族子因宿憾，诬其与闻逆谋，下狱三年。久之得白，流寓吴、越间，寻起四川按察使。琬诗入杜、韩之室，与施闰章齐名，有"南施北宋"之目，又与严沆、施闰章、丁澎等合称为"燕台七子"，著有《安雅堂集》及《二乡亭词》。

【注释】

[1] 欧阳：字介庵，时任同谷（今甘肃成县）县令。凤凰山在同谷东南十里，是当地名胜之一。

[2] 茅茨：茅草盖的屋顶，亦指茅屋。烟霞：指红尘俗事。

[3] "寄语"句：此处借用陶渊明《桃花源诗并记》中所写："晋太原中，武陵人捕鱼为业……"

[4] "莫将"句：字面意思是劝慰武陵地方的官吏不要将桃花也作为征税的对象。

【作品要解】

　　此诗为顺治十一年（1654）秋冬之际，宋琬与欧阳等同游凤凰山时有感而作。前两句以景起兴，茅茨深处，烟霞缭绕，鸡犬寥寥，农户数家，与陶渊明笔下"桃花源"之景相合，紧接着后两句便以陶渊明《桃花源记》作典，以戏笔寄真情，委婉劝导友人不要居官弄权，横征暴敛，辜负这一方美景。历代以揭示讽刺横征暴敛的诗作甚多，如唐陆龟蒙的《新沙》，宋代洪咨夔的《促织》，但或情绪沉郁或言语多讽。但此诗因为是宋琬对友人欧阳介庵当面言讲，故而语气轻松委婉，看似调侃实又不失谆谆劝导之情，得体合度，情意真切，别出新意。

杂　诗

王夫之

悲风动中夜，边马嘶且惊。壮士匣中刀，犹作风雨鸣。飞将不见期[1]，萧条阻北征。关河空杳霭[2]，烟草转纵横。披衣视良夜，河汉已西倾[3]。国忧今未释，何用慰平生。

——选自《船山全书》，岳麓书社 2011 年版

【作者简介】

王夫之（1619—1692），字而农，号姜斋，又号夕堂，湖广衡州府衡阳县（今湖南衡阳）人。他与顾炎武、黄宗羲并称明清之际三大思想家。其著有《周易外传》《黄书》《尚书引义》《永历实录》《春秋世论》《噩梦》《读通鉴论》《宋论》等书。王夫之自幼跟随自己的父兄读书，青年时期王夫之积极参加反清起义，晚年王夫之隐居于石船山，著书立传，自署船山病叟、南岳遗民，学者遂称之为"船山先生"。

【注释】

[1] 飞将："飞将军"的省称，汉代名将李广号称"飞将军"，后又泛指敏捷善战的将领。

[2] 杳霭：亦作"杳蔼"，形容云雾缥缈的样子。

[3] 河汉：指银河。《古诗十九首·迢迢牵牛星》："河汉清且浅，相去复几许。"

【作品要解】

　　从诗的内容推断，本诗大约写于诗人起兵抗清失败不久时，贯穿在诗中的思想感情是国忧未解，壮心难平。诗中集中写了一个不眠之夜的感受与想望。开头四句虚实结合，由现实夜晚的风鸣声联想到边关战事的激烈景象——战马嘶鸣、刀剑如雨、将士奋勇杀敌。以动写静、动静结合，借声音为线索将现实夜晚和对边关战况的遥想贯穿为一体。悲鸣的夜风、嘶惊的边马、铮鸣的战刀与空寂的夜晚形成强烈的对比，增强了景物与诗人心绪的反差，强化悲凉苍劲之感。中间四句由遥想陡然转入现实，战况亦从如火如荼变为零落狼藉，二者对比，形成巨大反差。其描绘的萧条北征之旅——不见飞将、关河杳霭、烟草纵横，一片萧索景象——更体现了诗人反清复明理想破灭的幻寂之感。后四句由虚入始，将笔下景象由遥想的战争拉回眼前的静夜，写自身长夜难眠，披衣起身的孤寂无奈，并由眼前追虑未来，"国忧今未释，何用慰平生"一句反问将国仇未报的落寞幽愤之情充分表达。全诗随着诗人情感的转换在理想与现实之间交错叙写，关合起伏，脉络分明，苍劲悲凉，情意深沉。

早发大同

屈大均

鸡鸣人起大同城，笳鼓凄凄出塞声。青冢风高貂不暖，白河霜滑马难行。髡钳昔日图成事[1]，沟壑今朝欲殉名。枉历三关征战地，无繇一奋曼胡缨[2]。

——选自陈永正等校笺《屈大均诗词编年校笺》，上海古籍出版社 2018 年版

【作者简介】

屈大均（1630—1696），明末清初著名学者、诗人，与陈恭尹、梁佩兰并称"岭南三大家"，有"广东徐霞客"的美称。字翁山、介子，号莱圃，汉族，广东番禺人。曾与魏耕等进行反清活动。后为僧，中年仍改儒服。诗有李白、屈原的遗风，著作多毁于雍正、乾隆两朝，后人辑有《翁山诗外》《翁山文外》《翁山易外》《广东新语》《四朝成仁录》，合称"屈沱五书"。

【注释】

[1] 髡钳：古代刑罚名，剃去头发，用铁圈束颈。

[2] 曼胡缨："曼"通"缦"，指结冠的粗带子。语出《庄子·说剑》："然吾王所见剑士，皆蓬头突鬓垂冠，曼胡之缨，短后之衣，瞋目而语难，王乃说之。"

【作品要解】

此诗是屈大均在还俗后北游山西期间所作。此诗抒发了诗人自青年时期至

今试图抗清复明的决心和壮志，以及报国无望的壮志难平，充满壮志难酬的愤慨。首句点题，写诗人于鸡鸣时分，从大同起程的北方边塞之旅，奠定了凄凉的情感基调。此后，他在诗中历数自己在北方边塞奔波的种种艰难困苦。环境的荒冷凋敝、路途的崎岖南行、斗争的坎坷曲折，无不渗透着悲凉气氛。但种种艰难尚不足以打消诗人复国的雄心壮志，只是痛惜自己苦苦征战仍未成事。诗人身处于三关征战的故地，回首征途，展望未来，感慨良多。虽然复国大计仍旧一筹莫展，但诗人的志向却是坚定不移的。全诗寄托满怀，声情悲楚，慷慨悲凉。

秦淮杂诗

王士禛

其二

结绮临春尽已墟^[1]，琼枝璧月怨何如^[2]。惟余一片青溪水^[3]，犹傍南朝江令居^[4]。

其四

三月秦淮新涨迟，千株杨柳尽垂丝。可怜一样西川种，不似灵和殿里时^[5]。

——选自《王士禛全集》，齐鲁书社 2007 年版

【作者简介】

王士禛（1634—1711），原名王士禛，字子真，一字贻上、豫孙，号阮亭，又号渔洋山人，人称王渔洋，谥文简。汉族，新城（今山东桓台县）人，常自称济南人，清初杰出诗人、文学家。博学好古，能鉴别书、画、鼎彝之属，精金石篆刻，诗为一代宗匠，与朱彝尊并称。书法高秀似晋人。康熙时继钱谦益而主盟诗坛。论诗创神韵说。早年诗作清丽澄淡，中年以后转为苍劲。擅长各体，尤工七绝。但未能摆脱"明七子"摹古馀习，时人诮之为"清秀李于麟"，然传其衣钵者不少。好为笔记，有《池北偶谈》《古夫于亭杂录》《香祖笔记》等。

【注释】

[1] 结绮临春：南朝陈后主所见宫阙之名。

[2]"琼枝"句：陈后主令官人之有文学者赋诗，采其尤艳者为曲，被以新声，

其曲有《玉树后庭花》《临春乐》等，有曰："璧月夜夜满，琼树朝朝新。"大抵美张丽华等容色也。

[3] 青溪：发源于钟山，孙吴所凿。

[4] 江令：即江总，字总持，祖籍济阳郡考城县（今河南商丘民权县），历仕梁、陈、隋，后主尤宠之，为仆射尚书令，其宅在青溪北。

[5] "灵和殿"句：南齐张绪风姿清雅，武帝植蜀柳于灵和殿前，条状如丝缕，因叹曰："此柳风流可爱，似张绪当年！"

【作品要解】

《秦淮杂诗》是诗人在顺治十八年（1661）客居金陵，馆于秦淮布衣丁继之家所作的组诗，共十四首。丁继之曾习声伎，早年多游走于秦淮之地，对明末秦淮风月繁华情景非常熟悉。明亡后，秦淮往昔繁华已成旧梦，不免触动诗人的感慨惆怅，遂根据丁氏所述和自己见闻，写下这组带有伤感前朝旧事情味的诗篇，表达了对逝去的旧日繁华的感伤和追恋。

第一首诗为《秦淮杂诗》的第二首，通过追忆陈后主的奢华淫靡的生活，对比如今宫殿颓圮、繁华不再，抒发繁华富贵转眼即逝如过眼云烟的慨叹，同时借江总的经历，表达了唯有文名才能久存的看法。第二首诗为《秦淮杂诗》的第四首，通过描写秦淮河畔的千株杨柳，追忆张绪的往日风采，感叹秦淮风光已逝，物是人非。两首诗均以写景为主，寄情于景，将诗人的思绪揉于秦淮河畔的绮丽风光之中，塑造了情景交融、相得益彰的整体意境，饱含"言有尽而意无穷"的神韵之美。

碧波行高邮 [1]

赵执信

碧波吞日斜红浅 [2]，湖暝天低觉秋远 [3]。行舟欲泊何处投 [4]？一线堤烟万家满。遥村近郭人无余，相将草草堤上居 [5]。犹争堤前一寸水 [6]，且免一日湖中鱼。天公不检骄龙怒 [7]，偏向此邦夜行雨。眼看无地可容波，终恐平沉赴江去 [8]。连江千里号悲风，无由吹入长杨宫 [9]。翠华春日此徘徊 [10]，何不却趁清秋来？

——选自赵执信《饴山堂诗集》，中华书局 1920 年版

【作者简介】

赵执信（1662—1744），清代诗人、诗论家、书法家。字伸符，号秋谷，晚号饴山老人、知如老人。山东省淄博市博山人。十四岁中秀才，十七岁中举人，十八岁中进士，后任右春坊右赞善兼翰林院检讨。二十八岁因佟皇后丧葬期间观看洪升所作《长生殿》戏剧，被劾革职。此后五十年间，终身不仕，徜徉林壑。

【注释】

[1] 高邮：在江苏高邮湖东岸。旧社会淮河泛滥，这一带常有水灾。

[2] 斜红：指水面上的落日余光。

[3] 暝：天黑。觉秋远：秋色主要表现在草木的变色和摇落上。湖上黄昏，所能见到的除了天就是水，于是就觉得秋已远离此地了。

[4] 投：投宿。

[5] 相将：相互搀扶着。草草：凑合。

[6]"犹争"二句：意谓争取住处哪怕高于水面一寸，也总可免得早一日被淹死。湖中鱼：成为湖中的鱼。杜甫《潼关吏》："哀哉桃林战，百万化为鱼！"

[7]"天公"二句：是说由于天公失察，骄龙发怒，偏要在这一带涨水的地方接连下雨。邦：国，这里指地区。

[8]平沉：指大水上涨淹平陆地堤岸。

[9]无由：没法。长杨宫：旧址在今陕西周至县东南。《三辅黄图》："本秦旧宫，汉修饰之以备行幸，宫中有垂杨数亩，门曰射熊馆，秦汉游猎之所。"

[10]"翠华"二句：翠华，指皇帝的仪仗。皇帝的旗以翠羽为饰。这两句是说，皇帝的仪仗春天老在长杨宫里转来转去，为什么不趁着清秋到高邮这一带来走走呢？

【作品要解】

赵执信为王士禛甥婿，但因性格和诗学取向之差，与王士禛"神韵说"颇为不满，著《谈龙录》以讥之。对虞山诗派冯班执弟子礼，以"私淑门人"自居。诗论秉承冯班余绪，强调"文意为主，言语为役"，主张诗中有人，诗外有事。诗风深沉峭拔，因长期屈居下寮，看到生活百态，写下了很多反映社会黑暗和反映民生疾苦的佳篇佳作，此诗即为其中代表。全诗用一种隐晦而又不失诙谐的语调，慨叹水涨不已，堤上灾民朝不保夕，而朝廷却不闻不问，既表达了作者对于民间疾苦的同情，又将造成这一局面的原因归结为"骄龙"之怒，也反映除了作者敢怒而不敢言的矛盾心态，意味深长。

咏　史

龚自珍

　　金粉东南十五州^[1]，万重恩怨属名流^[2]。牢盆狎客操全算，团扇才人踞上游^[3]。避席畏闻文字狱^[4]，著书都为稻粱谋^[5]。田横五百人安在，难道归来尽列侯^[6]？

——选自《龚自珍全集》，上海古籍出版社 1999 年版

【作者简介】

　　龚自珍（1792—1841），近代思想家、文学家及改良主义的先驱者。27 岁中举人，38 岁中进士。曾任内阁中书、宗人府主事和礼部主事等官职。主张革除弊政，抵制外国侵略，曾全力支持林则徐禁除鸦片。48 岁辞官南归，次年暴卒于江苏丹阳云阳书院。他的诗文主张"更法""改图"，揭露清统治者的腐朽，洋溢着爱国热情，被柳亚子誉为"三百年来第一流"。著有《定庵文集》，留存文章 300 余篇，诗词近 800 首，今人辑为《龚自珍全集》。著名诗作《己亥杂诗》共 315 首。

【注释】

　　[1] 金粉：古代妇女化妆用的铅粉。这里指景象繁华。十五州：泛指长江下游地区。

　　[2]"万重"句：指"名流"在声色和名利场中彼此猜忌争夺，恩怨重重。恩怨：指情侣夫妻间的恩爱悲怨之情。属（zhǔ）：表结交。名流：知名之士。这里指当时社会上沽名钓誉的头面人物。

　　[3]"牢盆"两句：意谓在盐商家帮闲的清客和那些轻薄文人得操胜算，全很

得意。牢盆：古代煮盐器具。这里借指盐商。狎（xiá）客：权贵豪富豢养的亲近的清客。团扇：圆扇，古代宫妃、歌妓常手执白绢团扇。才人：宫中女官。《宋书·后妃传》："晋置才人，爵视千石以下。""团扇才人"是对轻薄文人的贬称。踞上游：指占居高位。

[4] 避席：古人席地而坐，为表示恭敬或畏惧离席而起。文字狱：指清统治者迫害知识分子的一种冤狱，故意在作者诗文中摘取字句，罗织成罪。康熙、雍正、乾隆几代文字狱尤为厉害。

[5] 为稻粱谋：为生活打算。杜甫《同诸公登慈恩寺塔》："君看随阳雁，各有稻粱谋。"原指鸟类寻觅食物，转指人们为衣食奔走。

[6] "田横"两句：借用田横门客的故事讽刺清统治者惯于欺骗，指出当时有些士大夫趋炎附势，没有骨气，实无益处。田横在秦末自立为齐王。刘邦统一中国后，田横带领五百多人逃入海岛。刘邦招降说："田横来，大者王，小者乃侯耳！不来，且举兵加诛焉。"田横来到离洛阳三十里处，终于觉悟到向刘邦称臣为耻，自刎而死。岛上五百人听到田横已死，也都自杀（见《史记·田儋列传》）。列侯：爵位名。汉制，王子封侯，称诸侯；异姓功臣受封，称列侯。

【作品要解】

本诗题为《咏史》，实为伤时。首、颔两联直白地揭露了当时身居高位，手握权柄的人物或是些铜臭熏天的盐商巨贾，或是些终日空谈而百无一能的贵胄子弟。围绕在这些人周围则是一些攀附权贵、沽名钓誉的轻薄文人之流。这些狐群狗党，彼此勾结，狼狈为奸，"操全算""踞上游"，又因个人恩怨而互相猜忌排挤。虽无辩词鞭挞之意显而易见，但生动形象揭示了这些宵小之辈的丑恶嘴脸。颈联笔锋一转，叙写了一些文人墨客、有识之士慑于统治者的文化专制，无所作为，或求苟安，或醉心名利，极尽谄媚攀附之能事的社会现实。既表现了对统治者文化专制的不满，也表现了对此类士人怯懦行径的愤懑与同情。尾联借汉时田横殉难的历史典故反讽士人无节，揭示了统治者玩弄士人的社会图景，紧扣题目。

　　全诗从统治者、狎客、才人三个方面探寻并鞭笞了当时整个社会的腐朽与没落，深刻揭露了统治集团趋炎附势、阿谀奉承的丑态，鞭挞了文士阶层怯懦无为、只求苟活的庸碌状况，又借田横抗汉之事告诫士大夫不要醉心于功名利禄，对统治者抱过高的幻想。同时暗含对统治者玩弄士人于股掌之间，进行思想压制、欺骗笼络以巩固自己统治的不满。诗中借古讽今，层层剖析，条理清楚，笔锋犀利，用典贴切，叙议结合。更为可贵的是，诗人对于社会现实的深刻思考，明确表达了对统治者的"怀柔政策"、文化专制的不满与否定。全诗境界开阔，对仗工整，寓理精辟，鞭辟入里，痛下针砭，造语凝练厚重，音调铿锵，读来有骨力铮铮之感。

疾哑口占

翁同龢

六十年中事，伤心到盖棺[1]。不将两行泪，轻向汝曹弹。

——选自朱育礼等校点《翁同龢诗集》，上海古籍出版社 2009 年版

清代文学作品选

【作者简介】

翁同龢（1830—1904），字叔平，号松禅，别署均斋、瓶笙、瓶庐居士、并眉居士等，别号天放闲人，晚号瓶庵居士，江苏常熟人，中国近代史上著名政治家、书法艺术家。体仁阁大学士翁心存第三子，咸丰六年（1856）状元，历任户部、工部尚书、军机大臣兼总理各国事务衙门大臣。先后担任清同治、光绪两代帝师。卒后追谥文恭。著有《翁文恭公日记》《瓶庐诗文稿》等。

【注释】

[1] 盖棺：指身故。宋苏轼《提举玉局观谢表》："臣敢不益坚素守，深念往愆，……盖棺而已，犹怀结草之心。"

【作品要解】

这是翁同龢的绝命诗，《马关条约》签订后，翁氏欲挟光绪帝亲政，筹划革新，支持康有为的变法主张，并密荐给光绪帝。但光绪帝宣布变法后四天，

慈禧太后将其罢职，勒令返回原籍。戊戌政变后又下令革职，交地方严加管束。他在忧郁中度过了六个多年头，于75岁行将归西时向守候在身边的亲属口述了这首五言绝命诗。前两句以"凄凉"一词概括其一生遭际，言下有无穷悲慨之意。翁同龢的一生，几乎和中国近代史相始终。当时的中国，危机四伏，险象环生。他身为两朝帝师，长期居于晚清政治漩涡的中心，忧国忧民，苦心焦虑，为救晚清时弊，力图改革，拒降主战，却落得罢官监禁的悲惨结局。六十年的伤心事，既有满目疮痍的满清朝廷以及水深火热的劳苦大众的深深忧心，也有变法失败丧权辱国后的屈辱不甘，还有回首一生的落寞凄凉。诗人尽管忧心凄凉满怀，但不愿在人前洒泪，只能将满腔的悲苦压抑于心中，既表现了爱国忠君之心的矢志不渝，又体现了诗人坚强不屈的个性。

　　全诗篇幅短小，语言浅显，但内容丰富，诗人回顾荆棘遍布的一生，哀叹自身遭遇的凄凉，痛惜国家命运的跌宕，寄寓了临终前忧国、忧民、忧己的万种孤愤、无穷哀怨，余味悠长，令人唏嘘。

逃荒行 [1]

郑板桥

　　十日卖一儿，五日卖一妇。来日剩一身，茫茫即长路 [2]。长路迂以远，关山杂豺虎。天荒虎不饥 [3]，肝人饲岩阻 [4]。豺狼白昼出，诸村乱击鼓。嗟予皮发焦，骨断折腰膂 [5]。见人目先瞪，得食咽反吐 [6]。不堪充虎饿，虎亦弃不取 [7]。道旁见遗婴，怜拾置担釜 [8]。卖尽自家儿，反为他人抚。路妇有同伴，怜而与之乳。咽咽怀中声，咿咿口中语 [9]。似欲呼爷娘，言笑令人楚 [10]。千里山海关 [11]，万里辽阳戌 [12]。严城哒夜星 [13]，村镫照秋浒 [14]。长桥浮水面，风号浪偏怒。欲渡不敢撄 [15]，桥滑足无屦。前牵复后曳，一跌不复举。过桥歇古庙，聒耳闻乡语 [16]。妇人叙亲姻，男儿说门户。欢言夜不眠，似欲忘愁苦。未明复起行，霞光影踽踽 [17]。边墙渐以南 [18]，黄沙浩无宇 [19]。或云薛白衣，征辽从此去 [20]。或云隋炀皇，高丽拜雄武 [21]。初到若夙经，艰辛更谈古 [22]。幸遇新主人，区脱与眠处 [23]。长犁开古碛 [24]，春田耕细雨。字牧马牛羊 [25]，斜阳谷量数 [26]。身安心转悲，天南渺何许 [27]？万事不可言，临风泪如注。

——选自《郑板桥全集》，国学整理社 1936 年版

【作者简介】

　　郑板桥（1693—1765），清代官吏、书画家、文学家。名燮，字克柔，汉族，江苏兴化人。一生主要客居扬州，以卖画为生。"扬州八怪"之一。其诗、书、画均旷世独立，世称"三绝"，擅画兰、竹、石、松、菊等植物，其中画竹已五十余年，成就最为突出。著有《板桥全集》。康熙秀才、雍正举人、乾隆元年进士。中进士后曾历官河南范县、山东潍县知县，有惠政。以请臻饥民忤大吏，乞疾归，以卖画为生，为清代画坛"扬州八怪"之一。

【注释】

[1] 逃荒行：乾隆十二年山东连岁荒歉，《清史》本传和《扬州府志》《兴化县志》郑燮条下，均有“官维县时岁歉，人相食”“秋又歉”之类的记载。板桥亦有《和高相公给赈山东道中喜雨并五日自寿之作》，则本诗当为此次灾荒纪实之作。拟逃荒者口吻。

[2] 即长路：走上逃荒远路。

[3] 虎不饥：谓野外逃荒者饿死者甚多，老虎不缺吃的。

[4] 肝人：拦截人。《白虎通》：“肝之为言扞也。”

[5] 膂（lǚ）：脊骨。

[6] “见人”两句：均为饥饿过甚之状。

[7] “不堪”两句：骨瘦如柴，虎亦不食。以上概括写出岁饥荒乱的凄惨景象。

[8] 担釜：逃荒者盛行李锅灶的担子。

[9] “咽咽”两句：均写婴儿。咽咽：悲泣的样子。咿咿：婴儿学语声。

[10] 楚：悲伤。从“道旁”句至此，写逃荒者在极端困苦的条件下收养弃婴。

[11] 山海关：地名。清属直隶（今河北）。过此就到了关外。

[12] 辽阳戍：地名。清属奉天省（今辽宁），位置在辽河以东。戍：古代驻兵戍守之处。

[13] “严城”句：高城上的女墙好像牙齿吞咬着星斗。

[14] 浒：水边。

[15] 撄：接触、接近。

[16] 乡语：家乡人的语音。

[17] 踽踽（jǔ）：行路迟缓的样子。

[18] 边墙：指长城。

[19] 无宇：无垠。宇：疆域。

[20] 薛白衣：薛仁贵。据民间传说，薛仁贵随唐太宗征辽，着白盔甲，有“白袍小将”之称。

[21] “或云”两句：隋时朝鲜半岛有高丽国，大业八年、九年、十年隋炀帝

三次征伐高丽。大业十年，高丽王遣使请降。

[22] "初到"两句：虽初到之处，然于地理掌故甚悉，好像早年经过似的。从"千里"句至此，写逃荒者跋涉艰险，但乐观精神不减。

[23] 区脱：即"瓯脱"，匈奴语，谓边境哨所。此言主人使逃荒者居于区脱之中。

[24] 古碛（qì）：多年的沙荒之地。碛：沙荒地。

[25] 字牧：养牧。

[26] 谷量数：以山谷为单位计量其数。《北齐书·娄昭传》："牛羊以谷量。"

[27] "天南"句：远离南边家乡不知几许里程。

【作品要解】

郑板桥出身于一个衰落的封建知识分子家庭，由于家道贫困，生活艰难，使他对劳动人民有更多的理解和同情。这一点在他的诗文书画中有非常明显的表现。也是他有别于一般封建文人、封建官僚的可贵之处。"板桥诗文，自出己意，理必归于圣贤，文必切于日用"，他主张直抒胸臆，反映和服务于现实生活。板桥诗文，立意高远，富有情趣，给清代诗坛带来一股清新之风。

郑板桥的很多诗作直面社会黑暗，以浓郁的忧国忧民情怀写了很多反映民生疾苦的诗作，颇有杜甫《三吏》《三别》之遗风，《逃荒行》便是其中之一。这首诗是作者通过自己的个人遭遇、感受和对下层人民的了解，描绘了当时人们闯关东逃荒的情景，真实再现了当时潍县灾情的严重及带给百姓生活的困苦。如同一幅长长的画卷，如歌如泣，与杜甫的《自京赴奉先县咏怀五百字》相类。虽然内容不如杜诗深刻，但在文字狱兴盛的"康乾之世"，敢于大胆暴露社会黑暗，反映人民疾苦十分难得。

马 嵬^[1]

袁 枚

莫唱当年长恨歌^[2]，人间亦自有银河^[3]。石壕村里夫妻别^[4]，泪比长生殿上多^[5]。

——选自王英志校点《袁枚全集新编》，浙江古籍出版社 2015 年版

◆
诗
歌

【作者简介】

袁枚（1718—1798），字子才，号简斋，晚年自号随园老人。浙江钱塘（今杭州）人。乾隆四年（1739）进士，授翰林院庶吉士。后出知江浦、沭阳、江宁等县。四十岁辞官定居江宁（今属南京），筑室小仓山之随园，专事诗文著述。是乾、嘉间重要的诗人之一。论诗主张抒写性情，创性灵说。对儒家"诗教"表示不满。部分诗篇对汉儒和程朱理学进行抨击，并宣称"《六经》尽糟粕"（《偶然作》）；多数作品则抒发其闲清逸致。工文章，铃辞赋骈文。著有《小仓山房诗文集》《随园诗话》。

【注释】

[1] 马嵬：即马嵬坡，在陕西省兴平县西。安史之乱时，唐玄宗逃到这里，在随军将士的胁迫下，勒死杨贵妃。

[2] 长恨歌：唐代诗人白居易所作之诗，写的是唐玄宗宠幸杨贵妃而造成的政治悲剧与爱情悲剧。

[3] 银河：天河。神话传说中，牛郎织女被银河隔开，不得聚会。

[4] 石壕村：唐代诗人杜甫《石壕吏》诗，写在安史之乱中，官吏征兵征役，逼迫石壕村中一对老年夫妻惨别的情形。

[5] 长生殿：旧址在陕西省骊山华清宫内，李隆基与杨玉环盟誓之地。

【作品要解】

　　这首诗作于清乾隆十七年（1752）作者赴陕西任职途中，同时创作下了另外三首同名作品。

　　唐天宝十四年（765）发生安史之乱，唐玄宗自京都长安逃往四川经过马嵬坡时，禁军哗变，发起马嵬之变，杀死宰相杨国忠，并迫使唐玄宗命杨贵妃自缢。诗中所提及《石壕吏》《长恨歌》均出于安史之乱这一背景，诗人途径此地，创作此诗，抒发感慨。

　　这首诗不落俗套，另翻新意，将李、杨的爱情悲剧放置在整个社会，尤其是民间百姓的悲惨境遇中加以审视，进行比照。"莫唱当年长恨歌，人间亦自有银河"。将《长恨歌》与牛郎织女故事进行比照。批判了白居易的《长恨歌》中对于李、杨爱情悲剧一味的同情、歌颂态度，认为皇帝的离合悲欢不值得大书特书，而且人间牛郎织女更值得同情。耐人寻味的是，作者运用"银河"一词，充分表现了对《长恨歌》中李、杨二人七夕盟誓的讥笑，很有趣味。紧接着"石壕村里夫妻别，泪比长生殿上多"。此句将杜甫《石壕吏》一诗中石壕村的老夫妻与长生殿上帝妃二人进行比照。长生殿上帝妃二人的悲剧很大程度上是自己造成的，而石壕村中老夫妻骨肉分离，白发人送黑发人，自己孤苦无依，老妇还要服河阳役……这些悲剧、这百姓的众多悲剧又是谁造成的呢？毫无疑问，也是殿上人造成的。石壕村是平民百姓的村落，长生殿是皇帝、贵妃的夜殿。平日中丝毫不敢逾距，可这帝妃二人的悲剧却造成众多无辜百姓的悲剧。马嵬事变，恶果自食，不值得同情，值得同情的倒是这些平民百姓。这两组比照前者深沉，后者浅近，前者重在映照，后者重在对比。两相配合，看似抒情，实为议论之作。诗人跳出前人桎梏，站在历史大众的角度一表所思，远高于前人咏马嵬者。并且诗人在短短四句中充分运用前人之作，以旧有论点论据为依托，化陈朽为新奇，实在是"借古人往事，抒自己之怀抱"。真切体现了诗人先于当时的文学创作观点，表达了作者"民为贵、君为轻"的民本思想。

三湘棹歌 [1]

魏　源

　　楚水入洞庭者三：曰蒸湘，曰资湘，曰沅湘；故有"三湘"之名。洞庭即湘水之尾，故君山曰湘山也 [2]。资湘亦名潇湘，今资江发源武冈上游之夫夷水，土人尚曰潇溪，其地曰萧地。见《宝庆府志》。《水经注》不言潇水，而柳宗元别指永州一水为潇，遂以蒸湘为潇湘，而三湘仅存其二矣。予生长三湘，溯洄云水 [3]，爰为棹歌三章 [4]，以正其失，且寄湖山乡国之思。

资　湘

　　溪行欲尽竹不已，苍雪纷纷化流水。船尾甫出碧玉湾，船头不见白云起。舣船斩竹撑竹篙 [5]，篙声响应空谷号。舟底水将石作骨，江边山以石为毛。滩声渐急篙渐近，知有截溪渔籪近 [6]。渔翁晒网鹭晒翅，一潭竹影涵鱼影。

——选自《魏源集》，中华书局 1976 年版

【作者简介】

　　魏源（1794—1857），清代启蒙思想家、政治家、文学家，近代中国"睁眼看世界"的先行者之一。名远达，字默深，又字墨生，号良图，湖南邵阳隆回人，道光二年举人，二十五年始成进士，官高邮知州，晚年弃官归隐，潜心佛学，法名承贯。魏源认为论学应以"经世致用"为宗旨，提出"变古愈尽，便民愈甚"的变法主张，倡导学习西方先进科学技术，总结出"师夷之长技以制夷"的新思想。文集有《古微堂诗集》《清夜斋诗稿》。

【注释】

[1] 棹歌：船夫划桨时所唱的歌。乐府古题有《棹歌行》。本题共三首，此选其一。

[2] 君山：在洞庭湖中，传说湘水之神湘君曾游此，故名。

[3] 溯洄：逆着水流的方向走。

[4] 爰：于是。

[5] 舣（yǐ）：停船靠岸。

[6] 簖（duàn）：拦河插在水里的竹栅栏，用来捕鱼，

【作品要解】

　　魏源擅写山水诗，其山水诗语言不假雕饰，清新畅朗，自然真切。诗中所描绘的自然风光或雄奇瑰丽，或奔放恣肆，或清新恬淡，各色风光各展其姿，饱含了他对自然世界的喜爱和赞叹，充满了昂扬的气息和旺盛的生命力。

　　本诗作于魏源37岁左右考察湖南水利时，在途中撰写了《三湘棹歌》三首中的一首。钟灵毓秀的湘川风光自屈原以后，引无数文人骚客为其倾尽笔墨，成为诗歌中吟咏不辍的主题。尤其是唐代以来，以湘江流域自然风光为题材的诗篇更是多如牛毛，难以计数。魏源匠心独运，将生活气息与景物完美融合使此诗从众多诗篇中脱颖而出：开篇即写竹林浩瀚；接着在水尽竹不尽、流水碧云湾的景物描写中，将船工们砍竹作篙的生活场景插入其中，万千篙声齐鸣响彻空谷，与浩瀚的竹林融为一体，生活与自然两种图景相映成趣；描写声渐急篙渐警的激烈紧张后，笔锋又转，以"渔翁晒网鹭晒翅，一潭竹影涵鱼影"的平静祥和收束全诗。层次分明，动静结合，构成了生活气息浓厚又自然趣意盎然的水墨画卷，展现了湘水风光的同时也表达了作者对家乡山水的挚爱之情。

今别离

黄遵宪

其一

别肠转如轮，一刻既万周[1]。眼见双轮驰，益增中心忧。古亦有山川，古亦有车舟。车舟载离别，行止犹自由。今日舟与车，并力生离愁[2]。明知须臾景，不许稍绸缪[3]。钟声一及时，顷刻不少留。虽有万钧柁[4]，动如绕指柔[5]。岂无打头风[6]？亦不畏石尤[7]。送者未及返，君在天尽头。望影倏不见[8]，烟波杳悠悠[9]。去矣一何速？归定留滞不[10]。所愿君归时，快乘轻气球[11]。

——选自陈铮编《黄遵宪全集》，中华书局 2005 年版

【作者简介】

黄遵宪（1848—1905），晚清诗人，清朝著名的外交家、政治家、教育家。字公度，别号人境庐主人。汉族客家人，广东省梅州人，光绪二年举人，历充师日参赞、旧金山总领事、驻英参赞、新加坡总领事，戊戌变法期间署湖南按察使，助巡抚陈宝箴推行新政。工诗，喜以新事物熔铸入诗，有"诗界革新导师"之称。黄遵宪有《人镜庐诗草》《日本国志》《日本杂事诗》。被誉为"近代中国走向世界第一人"。

【注释】

[1]"别肠"二句：离情别思像轮船的双轮一样飞转，顷刻间已经绕了千万圈。轮：早期蒸汽机轮船两侧的双轮。

[2] 并力：合力，一起。

[3]"明知"二句:(轮船和火车)明明知道人们分手的时刻那么短暂、宝贵,却不让人们稍有缠绵之意。须臾,片刻、短时间。绸缪,这里形容缠绵不断的离别之情。

[4]万钧柁:几万斤重的船舵。万钧,形容分量重或力量大。

[5]绕指柔:这里形容发动机转动之灵活。

[6]打头风:迎面吹来的风,逆风。

[7]石尤:即石尤风。传说古代有商人尤某娶石氏女,情好甚笃。尤远行不归,石思念成疾,临死叹曰:"吾恨不能阻其行,以至于此,今凡有商旅远行,吾当作大风为天下妇人阻之。"后因称逆风、顶风为石尤风。

[8]倏:疾速,忽然。

[9]烟波杳悠悠:此句化用了唐人崔颢《黄鹤楼》诗中"白云千载空悠悠""烟波江上使人愁"两句,形容轮船驰去之迅疾,让人远望兴叹。

[10]留滞:路途阻塞。

[11]轻气球:指海上飞的汽艇。

【作品要解】

黄遵宪于光绪十六年(1890)在伦敦任驻英使馆参赞,以乐府杂曲歌辞《今别离》旧题,分别歌咏了火车、轮船、电报、照相等新事物和东西半球昼夜相反的自然现象。本诗为第一首,借乐府古题咏时事,借近代新兴事物咏游子思乡之情,借别离之苦写事物之变革、时代之变迁和科技之昌明,表现了古人和今人别离观的差异。

古、今别离因交通工具的不同而激发的不同的离情别绪。"古亦有山川,古亦有车舟。车舟载离别,行止犹自由。今日舟与车,并力生离愁。明知须臾景,不许稍绸缪"。以古代马车、船只衬托当今火车、轮船的便捷迅速,"车舟""行止犹自由"可以给远游人与送别者多出须臾互诉心意、叮咛嘱托的柔情,而"今日舟与车,并力生离愁"。火车、轮船发车时间固定,情感再浓烈也只能止步于此，更加增强了近代人离情别绪的浓烈。下面从时间、距离等多方面将古今舟车进行对比，其中有发车准时的"钟声一及时，顷刻不少留"。有马力巨大的"万钧柁"，不畏打头石尤风，决无"愿得篙橹折，交郎到头还"之可能性。其迅疾"送者未及返，君在天尽头"，"望影倏不见，烟波杳悠悠"。因而这离情，既不似李白"孤帆远影碧空尽，唯见长江天际流"之缓；更无郑谷"数声风笛离亭晚，君向潇湘我向秦"之从容，倏忽之间，人已远去，只留"快乘轻气冲球"的愿望而已。

　　本文选材新颖独特，将近代新兴事物与游子思妇的离别之情相融合，富有特色；语言形象生动，使得诗歌的表现力更上一层。

散文

清代文学作品选

徐霞客传

钱谦益

徐霞客者，名弘祖，江阴梧塍里人也。高祖经，与唐寅同举，除名。寅尝以倪云林画卷偿博进三千[1]，手迹犹在其家。霞客生里社，奇情郁然，玄对山水[2]，力耕奉母。践更繇役[3]，矗矗如笼鸟之触隅，每思飏去。年三十，母遣之出游。每岁三时出游[4]，秋冬觐省，以为常。东南佳山水，如东西洞庭、阳羡、京口、金陵、吴兴、武林、浙西径山、天目、浙东五泄、四明、天台、雁宕、南海落迦，皆几案衣带间物耳。有再三至，有数至，无仅一至者。

其行也，从一奴或一僧、一仗、一襆被，不治装，不裹粮；能忍饥数日，能遇食即饱，能徒步走数百里，凌绝壁，冒丛箐，扳援下上，悬度绠汲[5]，捷如青猿，健如黄犊；以釜岩这床席，以溪涧为饮沐，以山魅、木客、王孙、玃父为伴侣[6]，儚儚粥粥[7]，口不能道词；时与之论山经，辨水脉，搜讨形胜，则划然心开。居平未尝肇帨为古文辞[8]，行游约数百里，就破壁枯树，燃松拾穗，走笔为记，如甲乙之簿，如丹青之画，虽才笔之士，无以加也。

游台、宕还，过陈木叔小寒山[9]，木叔问："曾造雁山绝顶否？"霞客唯唯。质明已失其所在，十日而返。曰："吾取间道，扪萝上龙湫，三十里，有宕焉，雁所家也。扳绝磴上十数里，正德间白云、云外两僧团飘尚在[10]。复上二十馀里，其颠罡风逼人，有麋鹿数百群，围绕而宿。三宿而始下。"其与人争奇逐胜，欲赌身命，皆此类也。已而游黄山、白岳、九华、匡庐[11]；入闽，登武夷，泛九鲤湖[12]，入楚，谒玄岳[13]，北游齐、鲁、燕、冀、嵩、雒，上华山，下青柯枰[14]，心动趣归，则其母正属疾，啮指相望也[15]。

母丧服阕，益放志远游。访黄石斋于闽[16]，穷闽山之胜，皆非闽人所知。登罗浮，谒曹溪，归而追及石斋于云阳。往复万里，如步武耳。繇终南背走峨眉，从野人采药，栖宿岩穴中，八日不火食，抵峨眉，属奢酋阻兵[17]，乃返。只身戴釜，访恒山于塞外，尽历九边厄塞[18]。归，过余山中，剧谈四游四极，九州九府[19]，经纬分合，历历如指掌。谓昔人志星官舆地[20]，多承袭傅会；

江河二经[21]，山川两戒[22]，自纪载来，多囿于中国一隅。欲为昆仑海外之游，穷流沙而后返。小舟如叶，大雨淋湿，要之登陆，不肯，曰："譬如硐泉暴注，撞击肩背，良足快耳！"

丙子九月[23]，辞家西迈。僧静闻愿登鸡足礼迦叶[24]，请从焉。遇盗于湘江，静闻被创病死，函其骨，负之以行。泛洞庭，上衡岳，穷七十二峰。再登峨眉，北抵岷山，极于松潘。又南过大渡河，至黎、雅[25]，登瓦屋、晒经诸山[26]。复寻金沙江，极于犛牛徼外[27]。由金沙南泛澜沧，由澜沧北寻盘江[28]，大约在西南诸夷境，而贵竹[29]、滇南之观亦几尽矣。过丽江，憩点苍[30]、鸡足。瘗静闻骨于迦叶道场，从宿愿也。

由鸡足而西，出玉门关数千里，至昆仑山，穷星宿海[31]，去中夏三万四千三百里。登半山，风吹衣欲堕，望见方外黄金宝塔。又数千里，至西番，参大宝法王[32]。鸣沙以外，咸称胡国，如迷卢、阿耨诸名[33]，由句不能悉[34]。《西域志》称沙河阻远，望人马积骨为标识，鬼魅热风，无得免者，玄奘法师受诸磨折，具载本传。霞客信宿往返，如适莽苍[35]。还至峨眉山下，托估客附所得奇树虬根以归。并以《溯江纪源》一篇寓余，言《禹贡》岷山导江，乃泛滥中国之始，非发源也。中国入河之水为省五，入江之水为省十一，计其吐纳，江倍于河，按其发源，河自昆仑之北，江亦自昆仑之南，非江源短而河源长也。又辨三龙大势[36]，北龙夹河之北，南龙抱江之南，中龙中界之，特短；北龙只南向半支入中国，惟南龙磅礴半宇内，其脉亦发于昆仑，与金沙江相并南出，环滇池以达五岭。龙长则源脉亦长，江之所以大于河也。其书数万言，皆订补桑《经》郦《注》及汉[37]、宋诸儒疏解《禹贡》所未及，余撮其大略如此。

霞客还滇南，足不良行，修《鸡足山志》，三月而毕。丽江木太守饣侯粮[38]，具笋舆以归。病甚，语问疾者曰："张骞凿空[39]，未睹昆仑；唐玄奘、元耶律楚材衔人主之命[40]，乃得西游。吾以老布衣，孤笻双屦，穷河沙，上昆仑，历西域，题名绝国，与三人而为四，死不恨矣。"余之识霞客也，因漳人刘履丁[41]。履丁为余言："霞客西归，气息支缀[42]，闻石斋下诏狱，遣其长子间关往视[43]，三月而反，具述石斋颂系状[44]，据床浩叹，不食而卒。"其为人若此。

　　梧下先生曰[45]："昔柳公权记三峰事[46]，有王玄沖者，访南坡僧义海，约登莲花峰，某日届山趾，计五千仞为一旬之程，既上，爨烟为信"。海如期宿桃林[47]，平晓，岳色清明，伫立数息，有白烟一道起三峰之顶。归二旬而玄沖至，取玉井莲落叶数瓣[48]，及池边铁船寸许遗海，负笈而去。玄沖初至，海谓之曰："兹山削成，自非驭风凭云，无有去理。"玄沖曰："贤人勿谓天不可登，但虑无其志尔。"霞客不欲以张骞诸人自命，以玄沖拟之，并为三清之奇士[49]，殆庶几乎？霞客纪游之书，高可隐几。余属其从兄仲昭雠勘而艳情之，当为古今游记之最。霞客死时年五十有六。西游归以庚辰六月，卒以辛巳正月，葬江阴之马湾[50]。亦履丁云。

——选自钱曾笺注，钱仲联校《钱牧斋全集》，上海古籍出版社 2003 年版

【作者简介】

　　钱谦益，生平简介见前文。

【注释】

　　[1] 博进：赌博所输的钱。《汉书·陈遵传》："官尊禄厚，可以偿博进矣。"颜师古注："进者，会礼之财也，谓博所赌也。"

　　[2] 玄：默。

　　[3] 践更：受钱代人服徭役。

　　[4] 三时：指春、夏、秋三季。

　　[5] 悬度绠汲：以悬索度山谷，攀绳登山，如绠之汲水。

　　[6] 木客：传说中的山中怪兽，形体似人，爪长如鸟，巢于高树。王孙：猴子

46

的别称。貜（jué）父：马猴。

[7] 儚（méng）儚：昏昧的样子。粥（yù）粥：谦卑的样子。

[8] 鞶帨（pán shuì）：大带与佩巾，比喻华丽的藻饰。扬雄《法言·寡见》："今之学者，非独为之华藻也，又从而绣其鞶帨。"故以鞶帨为雕章凿句。

[9] 陈木叔：陈函辉，原名炜，字木叔。崇祯进士，授靖江知县，明亡后从鲁王航海，已而相失。入云峰山，作绝命词十章，投水死。小寒山：陈函辉所居之地，其自号小寒山子。

[10] 正德：明武宗朱厚照的年号（1506—1521）。团瓢：圆形草屋。

[11] 白岳：山名，在安徽休宁县西四十里。九华：安徽九华山。匡庐：即庐山。

[12] 九鲤湖：在福建仙游县东北，相传有何姓兄弟九人炼丹于此，后各骑一鲤仙去，故称。

[13] 玄岳：武当山之别名。

[14] 青柯坪：在华山谷口内约十公里处。

[15] 啮指：《搜神记》载：曾子从仲尼在楚万里而心动，辞归问母，母曰："思尔啮指。"后用以表达母亲对儿子的渴念。

[16] 黄石斋：黄道明，明福建漳浦人。天启进士，崇祯时官至少詹事，南明弘光朝任礼部尚书，后于福建拥立唐王，拜武英殿大学士，战败被掳至南京，不屈死。

[17] 奢酋：奢崇明。本苗族，世居四川永宁，为宣抚司。明嘉宗时募川兵援辽，崇明等遂反，进围成都，国号大梁，后由朱燮元平定其乱。

[18] 九边：明代北方的九处要镇，即包括辽东、宣府、大同、延绥、宁夏、甘肃、蓟州、山西、固原。

[19] 四游：《太平御览》卷三六引纬书《尚书考灵异（曜）》："地有四游，冬至地上，北而西三万里；夏至地下，南至东复三万里；春秋分，则其中矣。"四极：四方极远之地。《尔雅·释地》："东至于泰远，西至于邠国，南至于濮铅，北至于祝栗，谓之四极。"按泰远至祝栗皆为古代传说中极远处国名。九州：《尔雅·释地》列举冀、豫、雍、荆、扬、兖、徐、幽、营等州为九州。九州州名，《尚书·禹贡》《周礼·夏官·职方氏》《吕氏春秋·有览始》《汉书·地理志》与《尔雅·释地》各书说法不一。后用以泛指中国。九府：谓九方的宝藏和特产。《尔

雅·释地》列举东方、东南、南方、西南、西方、西北、北方、东北及中央出产之美者，是为九府。

[20] 星官：星宿天象的总称，指天文。舆地：地理。

[21] 江河二经：长江、黄河两条干流。徐霞客《溯江纪源/江源考》："江、河为南北二经流，以其特达于海也。"

[22] 两戒：唐代一行和尚提出的我国地理现象特征。北戒相当于今青海、陕北、山西、河北、辽宁一线；南戒相当于四川、陕南、河南、湖北、湖南、江西、福建一线。

[23] 丙子：崇祯九年（1636）。

[24] 鸡足：山名，在云南宾川西北。迦叶：摩诃迦叶，华言饮光胜尊。本事外道，后归佛教，释迦死后，传正法眼藏，为佛教长老。尝持僧伽梨衣人鸡足山。

[25] 黎、雅：黎州（今四川汉源）、雅州（今四川雅安）。

[26] 瓦屋：山名，在四川荣经县东南。晒经：山名，在四川越西县东北，山有广口，相传唐玄奘曾晒经于此，故名。

[27] 牦牛徼外：出产牦牛的边远地区。

[28] 盘江：有南盘江、北盘江，均发源于云南沾益。徐霞客著有《盘江考》。

[29] 贵竹：即贵筑，县名，其地今入贵阳市。

[30] 点苍：山名，一名大理山，在今云南大理白族自治州中部。

[31] 星宿海：在青海省鄂陵湖以西，为黄河源散流地面而形成的浅湖群，罗列如星，故名。

[32] 西番：即西藏。大宝法王：元世祖尊西藏喇嘛教萨迦派首领八思巴为大宝法王，明代因之。

[33] 迷卢、阿耨：皆西域国名。

[34] 由旬：梵语里程单位，约当军行一日的行程，或言四十里，或言三十里，或言十六里，因山川不同致行里不等。

[35] 信宿：再宿。莽苍：空旷貌，此指郊野。语出《庄子·逍遥游》："适莽苍者三飡而返，腹犹果然。"

[36] 龙：旧时指山形地势逶迤曲折似龙，故谓山脉曰龙。三龙之说，见徐霞

客《溯江纪源》。

[37] 桑《经》：相传《水经》为汉代桑钦所撰，故称。郦《注》：指郦道元所作《水经注》。

[38] 木太守：明云南丽江府知府。洪武十六年，以木德为知府。木德从征有功，子孙世袭此职。偫（zhì）：储备。糇（hóu）粮：干粮。

[39] 张骞：汉武帝时人，封博望侯，首先为汉沟通西域诸国。凿空：开通道路。

[40] 耶律楚材：字晋卿，辽皇族，初仕金，后为元重臣，曾随元太祖出征西域。

[41] 刘履丁：字渔仲，明末以诸生应辟召，擢郁林州知州。

[42] 支缀：勉强支持连缀其气息。

[43] 间关：展转跋涉。

[44] 颂（róng）系：有罪入狱而不加刑具。颂，同"容"，谓宽容。

[45] 梧下先生：作者自称。

[46] 柳公权：字诚悬，唐著名书法家。三峰：指莲花峰、落雁峰、朝阳峰。其记王玄冲登莲花峰事，见《小说旧闻记》，载涵芬楼本《说郛》卷四九。又见于唐皇甫枚《三水小牍》，文字大同小异。

[47] 桃林：桃林坪，在华山谷口以南五里。

[48] 玉井莲：韩愈《古意》："太华峰头玉井莲，开花十丈藕如船。"《华山记》："山顶有池，生千叶莲花。"

[49] 三清：道家以为人天两界之外，别有三清，即玉清、太清、上清，为神仙居住之地。

[50] 庚辰：明崇祯十三年（1640）。辛巳：明崇祯十四年（1641）。陈函辉《徐霞客墓志铭》："霞客生于万历丙戌（1586），卒于崇祯辛巳（1641），年五十有六，以壬午（1642）春三月初九日，卜葬于马湾之新阡。"

【作品要解】

据陈函辉《徐霞客墓志铭》记载："霞客生于万历丙戌（1586），卒于崇祯辛巳年（1641），五十有六，以壬午（1642）春三月初九日，卜葬于马湾之新阡。"钱谦益为徐霞客写的这篇人物传记，不重在全面记述徐霞客生平事迹，而是抓住最能体现传主性格与成就，也最能打动作者心灵的事件来具体呈现。文章以时间为线索叙述徐霞客的游踪及游记著述，重点表现其对祖国山河的热爱之情及对为舆地之学的执着精神，展现了其性喜山水、争奇逐胜、富于科学探究精神的人物形象。

徐霞客的游历以时间为线索，以母丧为界限分为前后两个时期：母亲在世的青年时期，徐霞客虽心系山水，但"力耕奉母"，年满三十，母遣之游，方"三时出游，秋冬觐省"，秉承"父母在，不远游"，足迹只在东西洞庭、阳羡、京口等东南之地及中原诸省；母亲去世后，徐霞客放志远游，穷闽山，登罗浮，谒曹溪，蹑终南，走峨眉，访恒山，尽历九边厄塞；穷河沙，星宿海，上昆仑，遍历西域胡国。

文章关于徐霞客游记的叙述详略得当，剪裁有法。如关于前半生的记述，详于"奇情郁然，玄对山水"和平时口不善言，但"论山经，辨水脉，搜讨形胜，则划然心开"；以及不善为古文辞，但写起记游之文却走笔如飞之性情的描绘；和"从一奴或一僧、一仗、一襆被，不治装，不裹粮"之行旅状态的描述，略于行旅之地的介绍。在行旅之地的游历中也有取舍，大多地域仅以地名一掠而过，不费诸多笔墨，但详细地记述了登雁宕绝顶的始末。后期游踪的记述，围绕《西域志》《溯江纪源》《鸡足山志》，采取地名罗列和游记著述互证之法，侧重于治学的态度和著述方式的阐述。

文中还多处引用徐霞客自话和他人评话以评价徐霞客，高度赞扬了其以布衣之身，渡诸水、攀险崖、历厄塞、穷四方的伟大成就。在游历之迹上，张骞、玄奘、耶律楚材尚可比肩，但在论山经、辨水脉、搜讨形胜的著述上，创古今游记之最，无人能及。

李姬传

侯方域

李姬者名香[1]，母曰贞丽[2]。贞丽有侠气，尝一夜博，输千金立尽。所交接皆当世豪杰，尤与阳羡陈贞慧善也[3]。姬为其养女，亦侠而慧，略知书，能辨别士大夫贤否，张学士溥[4]、夏吏部允彝亟称之[5]。少，风调皎爽不群[6]；十三岁，从吴人周如松受歌玉茗堂四传奇[7]，皆能尽其音节。尤工琵琶词[8]，然不轻发也。

雪苑侯生[9]，己卯来金陵[10]，与相识。姬尝邀侯生为诗，而自歌以偿之。初，皖人阮大铖者，以阿附魏忠贤论城旦[11]，屏居金陵，为清议所斥[12]。阳羡陈贞慧、贵池吴应箕实首其事[13]，持之力。大铖不得已，欲侯生为解之，乃假所善王将军，日载酒食与侯生游。姬曰："王将军贫，非结客者，公子盍叩之？"侯生三问，将军乃屏人述大铖意。姬私语侯生曰："妾少从假母识阳羡君，其人有高义，闻吴君尤铮铮，今皆与公子善，奈何以阮公负至交乎？且以公子之世望[14]，安事阮公！公子读万卷书，所见岂后于贱妾耶？"侯生大呼称善，醉而卧。王将军者殊怏怏，因辞去，不复通。

未几，侯生下第[15]。姬置酒桃叶渡[16]，歌琵琶词以送之，曰："公子才名文藻，雅不减中郎[17]。中郎学不补行[18]，今琵琶所传词固妄，然尝昵董卓，不可掩也。公子豪迈不羁，又失意，此去相见未可期，愿终自爱，无忘妾所歌琵琶词也！妾亦不复歌矣！"

侯生去后，而故开府田仰者[19]，以金三百锾，邀姬一见。姬固却之。开府惭且怒，且有以中伤姬。姬叹曰："田公岂异于阮公乎？吾向之所赞于侯公子者谓何？今乃利其金而赴之，是妾卖公子矣！"卒不往。

——选自王树林校笺《侯方域全集校笺》，人民文学出版社 2013 年版

【作者简介】

侯方域（1618—1654），明末清初河南商丘人，字朝宗。侯恂子。少时为复社、几社诸名士所推重，与方以智、冒襄、陈贞慧号称明末"四公子"。南明弘光时，以不受阮大铖笼络，险遭迫害，夜走依总兵官高杰，又曾入史可法幕。入清，应顺治八年乡试，中副榜。文章富才气，与魏禧、汪琬号称"清初三大家"。有《壮悔堂文集》《四忆堂诗集》。

【注释】

[1] 李姬者名香：李香，又称香君。

[2] 贞丽：姓李，字淡如，明末秦淮名妓。

[3] 阳羡：江苏宜兴的古称。陈贞慧：即陈定生。

[4] 张学士溥：字天如，江苏太仓人，"复社"发起人之一，崇祯四年进士，授庶吉士，故尊称为学士。

[5] 夏吏部允彝：字彝仲，江苏松江（今属上海）人，与陈子龙等创立"几社"，与"复社"呼应。明亡参加抗清斗争，被俘后投水自杀。曾在吏部任职，故称为吏部。

[6] 风调：风韵格调。

[7] 周如松：即当时著名昆曲家苏昆生，原籍河南，寄籍无锡，故称"吴人"。玉茗堂：汤显祖书斋名。四传奇：指汤显祖的代表作《紫钗记》《牡丹亭》《还魂记》《南柯记》《邯郸记》。

[8] 琵琶词：指明初高则诚所作传奇《琵琶记》的曲辞。

[9] 雪苑侯生：侯方域自号雪苑。

[10] 己卯：明崇祯十二年（1639）。

[11] 阮大铖：阮大铖（1587—1646），字集之，号圆海，怀宁（今安徽安庆）人。是明末兵部尚书、右副都御史、东阁大学士、戏曲名作家。论城旦：指阮

大铖在崇祯初年阉党败后名列逆案，被革职为民。论，判罪。城旦，秦汉时罪人所充劳役的一种，白日防寇，夜间筑城，一般以四年为期。此处作处徒刑服苦役的代称。

[12] 清议：公正的评论。古代一般指乡里或学校中对官吏的批评。后世亦指朝廷中职司风宪监察或翰林院中的官吏对朝政的批评。《明史·马士英传》："流寇逼皖，大铖避居南京。……无锡顾杲、吴县杨廷枢、芜湖沈士柱、余姚黄宗羲、鄞县万泰等，皆复社中名士，方聚讲南京，恶大铖甚，作《留都防乱揭》逐之。"

[13] 贵池：今属安徽省。吴应箕：即吴次尾。

[14] 世望：世家望族。归德侯氏数簪缨。这里还包含方域父侯恂曾参加东林党反对阉党为世人所敬仰的事。

[15] 下第：应科举未中，此处指参加应天乡试。

[16] 桃叶渡：在南京城内秦淮河与清溪合流处。相传东晋王羲之曾于此送其爱妾桃叶渡河，故名。王羲之作有《桃叶歌》。

[17] 中郎：指东汉蔡邕，为《琵琶记》中的男主角。邕曾官左中郎将，故称。

[18] 学不补行：学问虽好却不能弥补其品行上的缺点。

[19] 开府：明清时称各地的督抚。田仰：贵阳人，马士英的亲戚，弘光时为淮扬巡抚。

【作品要解】

李香君是明末秦淮歌姬，其与侯方域之间的悲欢离合，多为当世及后世所关注，引发无限遐想。此文是侯方域作为当事人为后世留下二人爱情故事的第一手史料。文中不涉旖旎，而是他与李姬爱情发展的三阶段：定情、分别以及别离之后的一些典型事件，为后世塑造了一位虽沦落风尘，却依然孤标傲世，不追慕于荣利，不屈服于权势，对社会政治的是非清浊保持着清醒认识的歌妓形象。而这一人物原型，对孔尚任《桃花扇》的创作产生了很大的影响。

文章虽以侯、李二人的爱情发展为线索，但在爱情叙述中，穿插了很多明末的政治风云，带有很强烈的政治色彩和家国情怀。李姬的人物形象，即在与阉党欲孽阮大铖、田仰等人的对比中逐渐丰满起来。侯、李相遇相知之时，阮大铖退居金陵受到很多指责，阮大铖想借王将军拉拢侯方域以正视听。李姬识破王将军的诡计，并劝诫侯方域，使王将军知难而退。侯方域落榜返乡前，李姬在桃叶渡为侯方域设酒饯行，为之演唱琵琶曲词以劝勉，并以寄专情之意。侯方域离去后，田仰以重金利诱又以威逼胁迫，李姬不为金钱所动，不畏强权压迫，以田仰人品有污不及侯方域而拒之，显示了李姬对侯方域的专情和对侯方域才情品格的赞赏。全文结构严谨，叙事流畅生动，语言简洁流畅，是作者散文代表作之一。

与友人论学书

顾炎武

比往来南北，颇承友朋推一日之长，问道于盲。窃叹夫百余年以来之为学者[1]，往往言心言性[2]，而茫乎不得其解也。

命与仁，夫子之所罕言也[3]；性与天道，子贡之所未得闻也[4]。性命之理，著之《易传》[5]，未尝数以语人。其答问士也，则曰："行己有耻[6]"；其为学，则曰："好古敏求[7]"；其与门弟子言，举尧舜相传所谓危微精一之说一切不道[8]，而但曰："允执其中，四海困穷，天禄永终[9]。"呜呼！圣人之所以为学者，何其平易而可循也！故曰："下学而上达[10]。"颜子之几乎圣也[11]，犹曰："博我以文[12]。"其告哀公也，明善之功，先之以博学[13]。自曾子而下[14]，笃实无若子夏[15]，而其言仁也，则曰："博学而笃志，切问而近思[16]。"今之君子则不然，聚宾客门人之学者数十百人，"譬诸草木，区以别矣[17]"，而一皆与之言心言性，舍多学而识，以求一贯之方[18]，置四海之困穷不言，而终日讲危微精一之说，是必其道之高于夫子，而其门弟子之贤于子贡，跳东鲁而直接二帝之心传者也[19]。我弗敢知也。

孟子一书，言心言性，亦谆谆矣，乃至万章、公孙丑、陈代、陈臻、周霄、彭更之所问，与孟子之所答者[20]，常在乎出处、去就、辞受、取与之间。以伊尹之元圣[21]，尧舜其君其民之盛德大功，而其本乃在乎千驷一介之不视不取[22]。伯夷、伊尹之不同于孔子也，而其同者，则以"行一不义，杀一不辜，而得天下不为[23]"。是故性也，命也，天也，夫子之所罕言，而今之君子之所恒言也；出处、去就、辞受、取与之辨，孔子、孟子之所恒言，而今之君子所罕言也。谓忠与清之未至于仁[24]，而不知不忠与清而可以言仁者，未之有也；谓不忮不求之不足以尽道[25]，而不知终身于忮且求而可以言道者，未之有也。我弗敢知也。

愚所谓圣人之道者如之何？曰："博学于文"，曰："行己有耻"。自一身以至于天下国家，皆学之事也；自子臣弟友以出入、往来、辞受、取与之间，皆有耻之事也。耻之于人大矣！不耻恶衣恶食[26]，而耻匹夫匹妇之不被其泽[27]，故曰："万物皆备于我矣，反身而诚[28]。"

呜呼！士而不先言耻，则为无本之人；非好古而多闻，则为空虚之学。以无本之人，而讲空虚之学，吾见其日从事于圣人而去之弥远也。虽然，非愚之所敢言也，且以区区之见，私诸同志，而求起予[29]。

——选自华东师范大学古籍所整理《顾炎武全集》，上海古籍出版社 2011 年版

【作者简介】

顾炎武，生平简介见前文。

【注释】

[1] 百余年以来：指明代理学家王守仁以来。

[2] 言心言性：这是指宋明理学家所讨论的哲学范畴。

[3] "罕与仁"二句：《论语·子罕》："子罕言利与命与仁。"

[4] "性与天道"二句：《论语·公治长》："子贡曰：'夫子之文章，可得而闻也；夫子之言性与天道，不可得而闻也。'"子贡，孔子弟子端木赐。

[5] "性命之理"二句：《易传》：《周易》中解释"经"的部分，包括《彖》《象》《系辞》《文言》《序卦传》《说卦传》《杂卦传》。《易传》中有讲性命的话，如《说卦传》说："昔者圣人之作《易》也，将以顺性命之理。"又如《乾卦》说："乾道变化，各正性命。"孔颖达疏："性者，天生之质，若刚柔迟速之别；命者，人所禀受，若贵贱夭寿之属是也。"

[6] 行己有耻：《论语·子路》："子贡问曰：'如何斯可谓之士矣？'子曰：'行己有耻，使于四方，不辱君命，可谓士矣。'"

[7] 好古敏求：《论语·述而》："子曰：'我非生而知之者，好古敏以求之者

也。'"敏，勤勉。

[8] 危微精一：伪《古文尚书·大禹谟》中"人心惟危，道心惟微，惟精惟一，允执其中"的简称，宋儒把它当作十六字心传，看成尧、舜、禹心心相传的个人修养和治理国家的原则。这十六字的大意是说，人心是危险的，道心是微妙的，只能正心诚意，不偏不倚，执守中正之道。

[9] "允执其中"三句：《论语·尧曰》："尧曰：'咨尔舜，天之历数在尔躬。允执其中，四海困穷，天禄永终。'"朱熹注："允，信也；中者，无过不及之名。四海之人困穷，则君禄亦永绝矣。"

[10] 下学而上达：语见《论语·宪问》："子曰：'不怨天，不尤人，下学而上达。知我者其天乎？'"意指下学人事，便是上达天理。

[11] 颜子：即颜渊，名回，字子渊，孔子弟子。

[12] 博我以文：语见《论语·子罕》："颜渊喟然叹曰：'……夫子循循然善诱人，博我以文，约我以礼，欲罢不能。'"

[13] "其告哀公"三句：其，指孔子。哀公，鲁哀公姬蒋。明善，辨明善恶。《礼记·中庸》："哀公问政。子曰：'……诚身有道，不明乎善，不诚乎身矣。'"又谈到明善时说："博学之，审问之，慎思之，明辨之，笃行之。"把博学放在首位。

[14] 曾子：孔子弟子曾参，以孝称。

[15] 子夏：孔子弟子卜商，工文学。

[16] "博学而笃志"二句：语见《论语·子张》："子夏曰：'博学而笃志，切问而近思，仁在其中矣。'"笃志：坚定自己的志向。切问：恳切地发问。近思：考虑当前切实的问题。

[17] "譬诸草木"二句：语见《论语·子张》。子夏说："君子之道，孰先传焉，孰后传焉，譬诸草木，区以别矣。"

[18] "舍多学"二句：《论语·卫灵公》："子曰：'赐也，女以予为多学而识之者与？'对曰：'然，非与？'曰：'非也，予一以贯之。'"识：同"志"，记。

[19] 祧（tiāo）：超越。东鲁：借指孔子。二帝：指尧舜。心传：指道统的传授。

[20] "乃至万章"二句：万章，孟子弟子。《孟子·万章》中记其与孔子问答颇多。公孙丑，孟子弟子，《公孙丑》篇中曾记孟子回答他有关孔子的处世态度。

陈代，孟子弟子，《滕文公》篇记他曾欲孟子往见诸侯，孟子以孔子非礼招己则不往回答他。陈臻，孟子弟子，《公孙丑》篇记其曾问孟子何以接受宋、薛两国馈金而不受齐王馈金，孟子答以君子不可以货取。周霄，魏国人，《滕文公》篇记其曾问孟子仕进的方法，孟子答以"由有道"。彭更，孟子弟子，《滕文公》篇记其曾问"后车数十乘，从者数百人，以传食于诸侯，不以秦乎"？孟子答以："非其道，则一箪食不可受于人；如其道，则舜受尧之天下，不以为秦。"

[21] 伊尹：名挚，商汤时大臣，辅佐汤攻灭破夏桀。元圣：大圣。

[22] "尧舜其君"二句：语本《孟子·万章上》："孟子曰：'……伊尹耕于有莘之野，而乐尧舜之道焉。非其义也，非其道也，禄之以天下，弗顾也；系马千驷，弗视也。非其义也，非其道也，一介不以与人，一介不以取诸人。'汤使人以币聘之……三使往聘之，既而幡然改曰：'与我处畎亩之中，由是以乐尧舜之道，吾岂若使是君为尧舜之君哉！吾岂若使是民为尧舜之民哉？'"驷：古代一车套四马，称为一乘。介：同"芥"。

[23] "伯夷、伊尹"五句：语见《孟子·公孙丑上》。其说不同："非其君不事，非其民不使；治则进，乱则退，伯夷也。何事非君，何使非民；治亦进，乱亦进，伊尹也。可以仕则仕，可以止则止，可以久则久，可以速则速，孔子也。"其说同："得百里之地而君之，皆能以朝诸侯，有天下；行一不义，杀一不辜，而得天下，皆不为也。"

[24] "谓忠与清"句：语本《论语·公冶长》："子张问曰：'令尹子文三仕为令尹，无喜色；三已之，无愠色。旧令尹之政，必以告新令尹，何如？'子曰：'忠矣。'曰：'仁矣乎？'曰：'未知，焉得仁？'崔子弑齐君，陈文子有马十乘，弃而违之，至于他邦，则曰：'犹吾大夫崔子也。'违之。之一邦，则又曰：'犹吾大夫崔子也。'违之。何如？子曰：'清矣。'曰：'仁矣乎？'曰：'未知，焉得仁。'"清，谓洁身自好。

[25] "谓不忮"句：语见《论语·子罕》："子曰：'衣敝缊袍，与衣狐貉者立，而不耻者，其由也与？不忮不求，何用不臧？'子路终身诵之。子曰：'是道也，何足以臧！'""不忮不求"二句是《诗经·邶风·雄雉》中的诗句。忮（zhì），嫉妒。求，贪求。

[26] 恶衣恶食:《论语·里仁》:"士志于道,而耻恶衣恶食者,未足与议也。"

[27] "而耻"句:《孟子·万章上》:"思天下之民,匹夫匹妇,有不被尧舜之泽者,若己推而内之沟中。"

[28] "万物"二句:《孟子·尽心上》:"万物皆备于我矣,反身而诚,乐莫大焉。"反身,反躬自问。

[29] 起予:《论语·八佾》:"子曰:'起予者商也。'"起予,是说启发我的。

【作品要解】

此文是顾炎武写给友人张尔歧的书信,谈的是为学之道。顾炎武秉承"文须有益于天下"的经世治世之学,为矫正明代以来受王守仁等影响而产生的空谈心性而脱离实际的荒疏学风,提出了为学应继承孔孟以来重实学的传统,博学与修身并重,以"博学于文""行己有耻"为准则。

文章开篇即以破竹之势,指斥百余年以来的为学者,往往言心言性,而茫然不得其解也。而后逐层剖析,依次展开。首先,孔孟之学慎谈性命之学,强调"行己有耻",要求"好古敏求",颜子、曾子、子夏以之为继,但近世之学奢谈心性,高自标置,以贤于子贡,接指尧舜而自居,其言也妄,其心也侈。其次,孔孟之心性,原原本本,"常在乎出处去就、辞受取与之间",但是近日之心性,孔孟所恒言者罕言之,孔孟所罕言者恒言之,已与孔孟之学相背离。

行文之中破中有立,通过学习总结孔孟之学的为学之道,提出"博学于文""行己有耻"两大修身求学的准则。"博学于文"要遵循"下学而上达""多学而识"和"博学而笃志,切问而近思"的求学方法;"行己有耻"要秉持"好古敏求"和"不忮不求"的求学态度。"士而不先言耻,则为无本之人;非好古而多闻,则为空虚之学"。无本之人擅讲脱离实际的空虚之学,讲之愈多离圣人愈远,愈无益于社会。

全文一气呵成,破中有立,立中有破,逻辑清晰,说理透彻,堪称扭转明末空疏学风的檄文,颇具启发意义。

原　君

黄宗羲

　　有生之初，人各自私也，人各自利也；天下有公利而莫或兴之，有公害而莫或除之。有人者出，不以一己之利为利，而使天下受其利；不以一己之害为害，而使天下释其害；此其人之勤劳必千万于天下之人。夫以千万倍之勤劳，而己又不享其利，必非天下之人情所欲居也。故古之人君，量而不欲入者，许由、务光是也[1]；入而又去之者，尧、舜是也；初不欲入而不得去者，禹是也。岂古之人有所异哉？好逸恶劳，亦犹夫人之情也。

　　后之为人君者不然。以为天下利害之权皆出于我，我以天下之利尽归于己，以天下之害尽归于人，亦无不可；使天下之人，不敢自私，不敢自利，以我之大私为天下之大公。始而惭焉，久而安焉。视天下为莫大之产业，传之子孙，受享无穷；汉高帝所谓"某业所就，孰与仲多"者[2]，其逐利之情，不觉溢之于辞矣。此无他，古者以天下为主，君为客，凡君之所毕世而经营者，为天下也。今也以君为主，天下为客，凡天下之无地而得安宁者，为君也。是以其未得之也，屠毒天下之肝脑，离散天下之子女，以博我一人之产业，曾不惨然。曰："我固为子孙创业也。"其既得之也，敲剥天下之骨髓，离散天下之子女，以奉我一人之淫乐，视为当然。曰："此我产业之花息也。"然则，为天下之大害者，君而已矣。向使无君，人各得自私也，人各得自利也。呜呼！岂设君之道固如是乎！

　　古者天下之人爱戴其君，比之如父，拟之如天，诚不为过也。今也天下之人怨恶其君，视之如寇仇，名之为独夫，固其所也。而小儒规规焉以君臣之义无所逃于天地之间，至桀、纣之暴，犹谓汤、武不当诛之，而妄传伯夷、叔齐无稽之事[3]，使兆人万姓崩溃之血肉，曾不异夫腐鼠。岂天地之大，于兆人万姓之中，独私其一人一姓乎！是故武王圣人也，孟子之言，圣人之言也。后世之君，欲以如父如天之空名，禁人之窥伺者，皆不便于其言，至废孟子而不立[4]，非导源于小儒乎！

　　虽然，使后之为君者，果能保此产业，传之无穷，亦无怪乎其私之也。既

清代文学作品选

以产业视之，人之欲得产业，谁不如我？摄缄縢，固扃鐍，一人之智力，不能胜天下欲得之者之众，远者数世，近者及身，其血肉之崩溃在其子孙矣。昔人愿世世无生帝王家[5]，而毅宗之语公主，亦曰："若何为生我家[6]！"痛哉斯言！回思创业时，其欲得天下之心，有不废然摧沮者乎！

是故明乎为君之职分，则唐、虞之世，人人能让，许由、务光非绝尘也；不明乎为君之职分，则市井之间，人人可欲，许由、务光所以旷后世而不闻也。然君之职分难明，以俄顷淫乐不易无穷之悲，虽愚者亦明之矣。

——选自沈善洪、吴光编《黄宗羲全集》，浙江古籍出版社 2005 年版

散
文

【作者简介】

黄宗羲，生平简介见前文。

【注释】

[1] 许由、务光：传说中的高士。唐尧让天下于许由，许由认为是对自己的侮辱，就隐居箕山中。商汤让天下于务光，务光负石投水而死。

[2] "汉高"句：《史记·高祖本纪》载汉高祖刘邦登帝位后，曾对其父说："始大人常以臣无赖，不能治产业，不如仲（其兄刘仲）力，今某之业所就，孰与仲多？"

[3] 伯夷、叔齐无稽之事：《史记·伯夷列传》载他俩反对武王伐纣，天下归周之后，又耻食周粟，饿死于首阳山。

[4] 废孟子而不立：《孟子·尽心下》中有"民为贵，社稷次之，君为轻"的话，明太祖朱元璋见而下诏废除祭祀孟子。

[5] "昔人"句：《南史·齐书·王敬则传》载南朝宋顺帝刘准被逼出宫，曾发

愿:"愿后身世世勿复生天王家!"

[6]"而毅宗"二句:毅宗,明崇祯帝,南明初谥思宗,后改毅宗,李自成军攻入北京后,他叹息公主不该生在帝王家,以剑砍长平公主,断左臂,然后自缢。

【作品要解】

本文选自《明夷待访录》,是一篇杰出的政论文,主要通过古之圣君与今日之君的对比谈为君之道,批判了"天下君有"的君主专制制度,阐述"天下为主,君为客"的民主主义思想,提出了托古改制的政治改革路数。

本文为实现托古改制,使用了托古讽今的立论方法,在古今对比中赞扬了以天下为公的古之圣君,抨击了以天下为私的今之暴君。前两段立论,一古一今,一正一反,古今对比中指出古今君王之差异。中间两段评判古今,先古后今,以今为主,探究产生古今君王差异的根源,以及由此产生的恶果,并对明乎为君之责的古君和不明为君之责的今君,以及秉承民贵君轻的孟子和尊奉君主为天的小儒作出价值评判。在古今、良莠的两相对比中,肯定圣君当颂,暴君当诛;古君当颂,今君当诛;孟子当颂,小儒当诛。最后先今后古,运用反证法,论证了君主必须明乎君之职分以总结全文。托古部分是立论的根据,论今部分是论述的核心,在古今对比的反差中层层推进,实现纵向的逻辑结构与横向的比较方法的相互交织,在援古证今、借古非今中突出今君之失,增强文章的说服力。

本文纵向的逻辑结构与横向的比较方法的相互交织,前后连贯,首尾照应,逻辑清晰严密,论点突出明确,论证有力,在援古证今、借古非今的层层推进中,明确阐述了君之职分,提出了"天下为主,君为客"的观点,从而论证"以我之大私为天下之大公"的君主制度的危害。文章语言明快犀利,善用名言警句,以提升语言的生动性和战斗性。

论梁元帝读书

王夫之

江陵陷，元帝焚古今图书十四万卷。或问之，答曰："读书万卷，犹有今日，故焚之。"未有不恶其不悔不仁而归咎于读书者，曰："书何负于帝哉？"此非知读书者之言也。帝之自取灭亡，非读书之故，而抑未尝非读书之故也。取帝之所撰著而观之，搜索骈丽，攒集影迹，以夸博记者，非破万卷而不能。于其时也，君父悬命于逆贼，宗社垂丝于割裂；而晨览夕披，疲役于此，义不能振，机不能乘，则与六博投琼[1]、耽酒渔色也，又何以异哉？夫人心一有所倚，则圣贤之训典，足以锢志气于寻行数墨之中，得纤曲而忘大义，迷影迹而失微言，且为大惑之资也，况百家小道，取青妃白之区区者乎[2]？

呜呼！岂徒元帝之不仁，而读书止以导淫哉？宋末胡元之世，名为儒者，与闻格物之正训，而不念格之也将以何为？数《五经》《语》《孟》文字之多少而总记之，辨章句合离呼应之形声而比拟之，饱食终日，以役役于无益之较订，而发为文章，侈筋脉排偶以为工，于身心何与耶？于伦物何与邪[3]？于政教何与邪？自以为密而傲人之疏，自以为专而傲人之散，自以为勤而傲人之惰。若此者，非色取不疑之不仁[4]。好行小慧之不知哉[5]？其穷也，以教而锢人之子弟；其达也，以执而误人之国家；则亦与元帝之兵临城下而讲《老子》[6]，黄潜善之虏骑渡江而参圆悟者奚别哉[7]？抑与萧宝卷、陈叔宝之酣歌恒舞，白刃垂头而不觉者[8]，又奚别哉？故程子斥谢上蔡之玩物丧志[9]，有所玩者，未有不丧者也。梁元、隋炀、陈后主、宋徽宗皆读书者也[10]，宋末胡元之小儒亦读书者也，其迷均也。

或曰："读先圣先儒之书，非雕虫之比，固不失为君子也。"夫先圣先儒之书，岂浮屠氏之言，书写读诵而有功德者乎？读其书，察其迹，析其字句，遂自命为君子，无怪乎为良知之说者起而斥之也。乃为良知之说，迷于其所谓良知，以刻画而仿佛者，其害尤烈也。

夫读书将以何为哉？辨其大义，以立修己治人之体也；察其微言，以善精义入神之用也。乃善读者有得于心而正之以书者鲜矣，下此而如太子弘之读

《春秋》而不忍卒读者鲜矣[11]，下此而如穆姜之于《易》[12]，能自反而知愧者鲜矣。不规其大，不研其精，不审其时，且有如汉儒之以《公羊》废大伦[13]，王莽之以讥二名待匈奴[14]，王安石以国服赋青苗者，经且为蠹[15]。而史尤勿论已。读汉高之诛韩、彭而乱萌消[16]，则杀亲贤者益其忮毒；读光武之易太子而国本定，则丧元良者启其偏私[17]；读张良之辟谷以全身，则炉火彼家之术进[18]；读丙吉之杀人而不问[19]，则怠荒废事之陋成。元高明之量以持其大体，无斟酌之权以审于独知，则读书万卷，止以导迷，顾不如不学无术者之尚全其朴也。

故子曰：“吾十有五而志于学[20]。”志定而学乃益，未闻无志而以学为志者也。以学而游移其志，异端邪说，流俗之传闻，淫曼之小慧，大以蚀其心思，而小以荒其日月，元帝所为至死而不悟者也。恶得不归咎于万卷之涉猎乎？儒者之徒，而效其卑陋，可勿警哉？

——选自《船山全书》，岳麓书社 2011 年版

【作者简介】

王夫之，生平简介见前文。

【注释】

[1] 六博：古代博戏名。共十二棋，六黑六白，两人相博，每人六棋，故名。投琼：即掷骰子。

[2] 取青妃（pèi）白：或云“妃青俪白”，比喻卖弄文字技巧。

[3] 伦物：人伦物理。

[4] 色取不疑之不仁：语本于《论语·颜渊》：“色取仁而行违，居之不疑。”意为表面上似乎爱好仁德，实际行为却不如此，可是自己竟以仁人自居而不加疑

惑。见杨伯峻《论语译注》。

[5] 好行小慧:《论语·卫灵公》:"群居终日,言不及义,好行小慧,难矣哉!"好行小慧,喜欢卖弄小聪明。不知:同"不智"。

[6] 元帝之兵临城下而讲《老子》:《梁书·元帝纪》:"(承圣三年)九月辛卯,世祖(即元帝)于龙光殿述《老子》义,尚书左仆射王褒为执经。乙巳,魏遣其柱国万纽于谨率大众来寇。冬十月丙寅,魏军至于襄阳,萧詧率众会之。丁卯停讲,内外戒严。"

[7] "黄潜善"句:黄潜善,宋高宗南渡时宰相。虏骑渡江而参圆悟,《宋史·黄潜善传》:"郓、濮相继陷没,宿、泗屡警,右丞许景衡以扈卫单弱,请帝避其锋,潜善以为不足虑,率同列听浮屠克勤说法。"浮屠,佛教徒。克勤,北宋末南宋初僧人,高宗建炎元年住持金山寺,适高宗于十月至扬州,入对,赐号圆悟禅师,绍兴五年逝世。见《五灯会元》卷十九《昭觉克勤禅师》条。

[8] "抑与"二句:萧宝卷,即南朝齐东昏侯,荒淫无度,梁兵围京城甚急,犹在含德殿吹笙歌作《女儿子》。是夜卧未熟,为部下所杀。陈叔宝,即陈后主。在位时盛修宫室,元时休止,君臣酣饮,从夕达旦,以此为常。宠幸贵妃张丽华。隋兵临江,犹奏伎纵酒,作诗不辍。后与贵妃逃于井中,被俘。

[9] 程子斥谢上蔡之玩物丧志:程子,即程颢,字伯淳,学者称明道先生,北宋理学家。谢上蔡,名良佐,字显道,上蔡(今属河南)人,程门弟子,学者称上蔡先生。《宋元学案》卷十四《明道学案(下)》:"《程氏遗书》曰:良佐昔录五经语作一册,伯淳见之,谓曰'玩物丧志'。"

[10] "梁元"句:梁元,梁元帝萧绎,嗜读书,藏书十四万卷,隋炀,即隋炀帝杨广。《资治通鉴》卷一八下:"帝好读书著述。……初,西京嘉则殿有书三十七万卷,帝命秘书临柳顾言等铨次,除其复重猥杂,得正御本三万七千余卷,纳于东都修文殿;又写五十副本,简为三品,分置西京、东都、宫省官府。其正书,皆装翦华净,宝轴锦褾。于观文殿前为书室十四间……帝幸书室,户扉及厨扉皆自启。"陈后主:陈叔宝。魏徵称"后主每引宾客,对贵妃等游宴,则使诸贵人及女学士,与狎客共赋新诗,互相赠答,采其尤艳丽者以为曲词,被以新声"。宋徽宗,赵佶,不仅工书善画,而且知乐能词。

[11] 太子弘之读《春秋》：《新唐书·三宗诸子传》："孝敬皇帝弘，显庆元年立为皇太子。受《春秋左氏》于率更令郭瑜，至楚世子商臣弑其君，喟而废卷曰：'圣人垂训，何书此耶？'瑜曰：'孔子作《春秋》，善恶必书，褒善以劝，贬恶以诫，故商臣之罪，虽千载犹不得灭。'弘曰：'然所不忍闻，愿读他书。'"弘为高宗子，武后所生，上元二年从幸合璧宫，遇鸩死，年二十四，谥为孝敬皇帝。

[12] 穆姜：春秋时鲁宣公夫人，鲁成公之母。穆姜和叔孙侨如私通，想驱逐鲁国执政季文子、孟献子而占其家财，又想废掉成公而立其庶弟。成公死，子襄公立，将其迁于东宫。曾命卜史占卦，得《艮》之《随》，有出走之象，卜史劝其速出，可以免。但她认为"有四德者，《随》而无咎。我皆无之，岂《随》也哉？我则取恶，能无咎乎？必死于此，弗得出矣"。后遂死于东宫。见《左传·襄公九年》。

[13] 汉儒之以《公羊》废大伦：《后汉书光武帝纪》："（建武十七年）废皇后郭氏为中山太后，立贵人阴氏为皇后。（十八年）诏曰：'《春秋》之义，立子以贵。东海王阳，皇后之子，宜承大统。皇太子疆，崇执谦退，愿备藩国，父子之情，重久违之。其以疆为东海王，立阳为皇太子，改名庄。'"（刘）庄即是后来的汉明帝。所谓"《春秋》之义，立子以贵"，说见于《公羊传》。《公羊传·隐公元年》："立嫡以长不以贤，立子以贵不以长。桓（鲁桓公）何以贵？母贵也。母贵则子何以贵？子以母贵，母以子贵。"汉光武将原皇太子刘疆降为藩王，而立刘庄为皇太子，以其母贵为皇后之故，即依循《公羊传》中"立子以贵"之义。大伦，《孟子·滕文公上》："教以人伦：父子有亲，君臣有义，夫妇有别，长幼有叙，朋友有信。"又《论语·微子》："子路曰：'不仕无义。长幼之节，不可废也；君臣之义，如之何其废之？欲洁其身，而乱大伦。'"知"大伦"即是"人伦"。

[14] 王莽之以讥二名待匈奴：《汉书·匈奴传》："莽奏令中国不得有二名（两个字的名），因使使者以讽单于，宜上书慕化为一名，汉必加厚赏。单于从之，上书言：'幸得备藩臣，窃乐太平圣制。臣故名囊知牙斯，今谨更名曰知。'莽大悦。"案《公羊传·定公六年》："季孙斯、仲孙忌帅师围运（地名，同"郓"）。此仲孙何忌也，曷为谓之仲孙忌？讥二名。二名，非礼也。"此为本文"讥二名"之所本。讥，谴责，非议。

[15] "王安石以国服"二句：《周礼地官司徒泉府》："凡民之贷者，与其有司

辨而授之，以国服为之息，凡国之财用取具焉。岁终，则会其出入而纳其馀。"国服，原为一地区所出产品之意。王安石用此经文推行青苗法。《宋史·王安石传》："青苗法者，以常平籴本作青苗钱，散与人户，令出息二分，春散入敛。"苏辙《再论青苗状》所云"熙宁之初，王安石、吕惠卿用事，首建青苗之法，其实放债取利，而妄引《周官泉府》之言，以文饰其事"，即指此事。经且为蠹：言以上汉儒、王莽、王安石之妄用经义，犹如蠹鱼之蛀蚀经文。

[16] 汉高：汉高祖刘邦。韩：韩信。彭：彭越。

[17] "读光武"二句：光武易太子而国本定，即汉光武帝废太子刘疆，另立刘庄为太子事。元良，《礼记·文王世子》："一有元良，万国以贞，世子之谓也。"后因以元良为太子之代称。

[18] "读张良"二句：张良辟谷以全身事载《史记·留侯世家》："留侯曰：'愿弃人间事，欲从赤松子游耳。'乃学辟谷，道引轻身。"辟谷，不食五谷；及行道引之术，古人以为可以长生。炉火，指道家烧丹炼汞之术。彼家，儒家指佛、道为彼家。

[19] 丙吉之杀人而不问：《汉书·丙吉传》："吉又尝出，逢清道，群斗者死伤横道，吉过之不问。掾史独怪之。吉前行，逢人逐牛，牛喘吐舌。吉止驻，使骑吏问：'逐牛行几里矣？'掾史独谓丞相前后失问。或以讥吉，吉曰：'民斗相杀伤，长安令、京兆尹职所当禁备逐捕……宰相不亲小事，非所当于道路问也。方春少阳用事，未可大热，恐牛近行用暑故喘，此时气失节，恐有所伤害也。三公典调和阴阳，职当忧，是以问之。'掾史乃服，以吉知大体。"

[20] 吾十有五而志于学：语见《论语·为政》。

【作品要解】

本文出自《读通鉴论》，是一篇政论文，借谈梁元帝读书之道，批评明末的学术风气，总结明亡的历史教训。

虽世人皆指摘梁元帝焚书之过，为古今图书一大浩劫，作者另辟蹊径，提出梁元帝自取灭亡，不是读书之故，"而抑未尝非读书之故也"。梁元帝沉迷读书不是自取灭国的直接原因，但他读书著文以骈俪为能事，以夸博为炫资，"得纤曲而忘大义，迷影迹而失微言"，虽勤奋至昼夜读书而不辍，却仍不能得圣贤之训典，读之虽多而无益于世，与耽于酒色者无异。因而读书本无错，不会读则可能酿大祸。因而沉迷于读书不是梁元帝亡国的直接原因，但梁元帝之不善读书、不会读书，单纯沉迷于从百家小道之书中取清妃白，以作矜奇炫博之资，得小义而忘大义，并因此荒疏政务，却也并非不是梁元帝自取亡国的原因之一。

作者进而言宋元儒者之不善读书者，虽历数《四书》《五经》，追究格物致知，但却不思索文章的经世之用，沉迷于章句格调之间，追求字句的骈俪精工，夸耀章句的广博绚烂，与梁元帝何异？"于身心何与耶？于伦物何与耶？于政教何与耶？"然后作者列举历史上因不善读书而误国的例子佐证这一观点。如兵临城下之危难之际，梁元帝不求破敌之法，仍与臣子讨论《老子》；虏骑渡江直指南宋之际，丞相黄潜善还在参禅佛道；梁兵攻城之时，萧宝卷尚在含德殿鼓笙吟歌；隋兵临江之时，南唐后主陈叔宝仍沉迷于作词填歌。梁元帝、隋炀帝、陈后主、宋徽宗这些亡国之君和宋元小儒均为读书者，他们不善读书，不知读书之法和读书之道，将读书沦为与六博、投琼等相类的小道，玩物丧志，荒于理政，终至亡国。最后作者在批评梁元帝等误国之君和宋元小儒读书之法的基础上，提出正确的读书之道，即为"辨其大义，以立修己治人之体也；察其微言，以善精义入神之用也"。

文章先借梁元帝焚书之事，提出"帝之自取灭亡，非读书之故，而抑未尝非读书之故也"的论点，由此引出论点的讨论，批评梁元帝"攒集影迹，以夸博记"的读书方式，指摘宋元小儒离章辨句的读书方法，继而以古讽今，历数历代君王因不善读书而误国的实证，说明因不善读书以致误国之失，进而提出辨大义、察微言的读书之法。论点突出，逻辑清晰，说理透彻，纵横捭阖，令人信服。

祭妹文

袁　枚

乾隆丁亥冬[1]，葬三妹素文于上元之羊山[2]，而奠以文曰[3]：

呜呼！汝生于浙[4]，而葬于斯[5]，离吾乡七百里矣[6]；当时虽觭梦幻想[7]，宁知此为归骨所耶[8]？

汝以一念之贞[9]，遇人仳离[10]，致孤危托落[11]，虽命之所存，天实为之[12]；然而累汝至此者[13]，未尝非予之过也[14]。予幼从先生授经[15]，汝差肩而坐[16]，爱听古人节义事[17]；一旦长成，遽躬蹈之[18]。呜呼！使汝不识《诗》《书》[19]，或未必艰贞若是[20]。

余捉蟋蟀，汝奋臂出其间[21]。岁寒虫僵，同临其穴[22]。今予殓汝葬汝[23]，而当日之情形，憬然赴目[24]。予九岁憩书斋[25]，汝梳双髻[26]，披单缣来[27]，温《缁衣》一章[28]。适先生奓户入[29]，闻两童子音琅琅然[30]，不觉莞尔[31]，连呼"则则"[32]，此七月望日事也[33]。汝在九原[34]，当分明记之。予弱冠粤行[35]，汝掎裳悲恸[36]。逾三年[37]，予披宫锦还家[38]，汝从东厢扶案出[39]，一家瞠视而笑[40]，不记语从何起，大概说长安登科[41]、函使报信迟早云尔[42]。凡此琐琐[43]，虽为陈迹，然我一日未死，则一日不能忘。旧事填膺[44]，思之凄梗[45]，如影历历[46]，逼取便逝[47]。悔当时不将婴婉情状[48]，罗缕纪存[49]。然而汝已不在人间，则虽年光倒流，儿时可再[50]，而亦无与为证印者矣[51]。

汝之义绝高氏而归也[52]，堂上阿奶[53]，仗汝扶持；家中文墨[54]，顺汝办治[55]。尝谓女流中最少明经义、谙雅故者[56]。汝嫂非不婉嫕，而于此微缺然[57]。故自汝归后，虽为汝悲，实为予喜。予又长汝四岁[58]，或人间长者先亡，可将身后托汝[59]；而不谓汝之先予以去也[60]。前年予病，汝终宵刺探[61]，减一分则喜，增一分则忧。后虽小差[62]，犹尚殗殜[63]，无所娱遣[64]；汝来床前，为说稗官野史可喜可愕之事[65]，聊资一欢[66]。呜呼！今而后，吾将再病，教从何处呼汝耶？

汝之疾也，予信医言无害，远吊扬州[67]；汝又虑戚吾心[68]，阻人走报[69]；及至绵惙已极[70]，阿奶问："望兄归否？"强应曰[71]："诺[72]。"已予先一日梦汝来诀^[73]，心知不祥，飞舟渡江，果予以未时还家^[74]，而汝以辰时气绝^[75]；四支犹温^[76]，一目未瞑^[77]，盖犹忍死待予也^[78]。呜呼痛哉！早知诀汝，则予岂肯远游？即游，亦尚有几许心中言要汝知闻^[79]、共汝筹画也^[80]。而今已矣^[81]！除吾死外，当无见期。吾又不知何日死，可以见汝；而死后之有知无知，与得见不得见，又卒难明也^[82]。然则抱此无涯之憾，天乎人乎^[83]！而竟已乎！

汝之诗，吾已付梓^[84]；汝之女，吾已代嫁^[85]；汝之生平，吾已作传^[86]；惟汝之窀穸^[87]，尚未谋耳。先茔在杭^[88]，江广河深^[89]，势难归葬，故请母命而宁汝于斯，便祭扫也^[90]。其旁葬汝女阿印^[91]。其下两冢：一为阿爷侍者朱氏^[92]，一为阿兄侍者陶氏^[93]。羊山旷渺^[94]，南望原隰^[95]，西望栖霞^[96]，风雨晨昏^[97]，羁魂有伴^[98]，当不孤寂。所怜者，吾自戊寅年读汝《哭侄》诗后，至今无男^[99]；两女牙牙^[100]，生汝死后，才周晬耳^[101]。予虽亲在未敢言老^[102]，而齿危发秃^[103]，暗里自知；知在人间，尚复几日？阿品远官河南，亦无子女^[104]，九族无可继者^[105]。汝死我葬，我死谁埋？汝倘有灵，可能告我^[106]？

呜呼！生前既不可想，身后又不可知；哭汝既不闻汝言，奠汝又不见汝食。纸灰飞扬^[107]，朔风野大^[108]，阿兄归矣，犹屡屡回头望汝也。呜呼哀哉！呜呼哀哉！

——选自王英志校注《袁枚全集》，江苏古籍出版社 1993 年版

【作者简介】

袁枚，生平简介见前文。

【注释】

[1] 乾隆：清高宗爱新觉罗弘历的年号（1736—1795）。丁亥：纪年的干支之

一；乾隆丁亥，即公元 1767 年。

[2] 素文：名机，字素文，别号青琳居士。康熙五十八年（1719）生，乾隆二十四年（1759）卒，得四十岁。上元：旧县名。唐上元（唐肃宗李亨年号）二年（761）置。在今南京市。羊山：在南京市东。

[3] 奠：祭献。

[4] 汝（rǔ）：你。浙：浙江省。

[5] 斯：此，这里。指羊山。

[6] 吾乡：袁枚的枚乡，在浙江钱塘（今杭州市）。

[7] 觭（jī）梦：这里是做梦的意思。觭，得。语出《周礼春官太卜》："太卜滨三梦之法，二曰觭梦。"

[8] 宁知：怎么知道。归骨所：指葬地。

[9] 以：因为。一念之贞：一时信念中的贞节观。贞，封建礼教对女子的一种要求。忠诚地附属于丈夫（包括仅在名义上确定关系而实际上未结婚的丈夫），不管其情况如何，都要从一而终，这种信念和行为称之为"贞"。

[10] 遇人仳（pǐ）离：《诗经·风谷中有蓷》："有女仳离，条其歗矣；条其歗矣。遇人之不淑矣。"这里化用其语，意指遇到了不好的男人而终被离弃。遇人，是"遇人不淑"的略文。淑，善。仳离，分离。特指妇女被丈夫遗弃。

[11] 孤危：孤单困苦。托落：即落拓（tuò），失意无聊。

[12] 存：注定。这句说：虽然审你命中注定，实际上也是天意支配的结果。

[13] 累：连累；使之受罪。

[14] 未尝：义同"未始"，这里不作"未曾"解。过：过失。

[15] 授经：这里同"受经"，指育读儒家的"四书五经"。封建社会里，儿童时就开始受这种教育。授，古亦同"受"。韩愈《师说》："师者，所以传道受（授）业解惑也。"

[16] 差（cī）肩而坐：谓兄妹并肩坐在一起。二人年龄有大小，所以肩膀高低不一。语出《管子·轻重甲》："管子差肩而问。"

[17] 节义事：指封建社会里妇女单方面、无条件地忠于丈夫的事例。

[18] 遽（jù）：骤然，立即。躬（gōng）：身体。引早为"亲自"。蹈（dǎo）：

踏，踩。"实行"。这句说：一到长大成人，你马上亲身实践了它。

[19] 使：如果。《诗》《书》：《诗经》《尚书》，指前文中先生所授的"经"。

[20] 艰贞：困苦而又坚决。若是：如此。

[21] 出其间：出现在捉蟋蟀的地方。

[22] 虫：指前文中的蟋蟀。僵：指死亡。同临其穴（xué）：一同来到掩埋死蟋蟀的土坑边。

[23] 殓（liàn）：收殓。葬前给尸体穿衣、下棺。

[24] 憬然赴目：清醒地来到眼前。憬然，醒悟的样子。

[25] 憩（qì）：休息。书斋（zhāi）：书房。

[26] 双髻（jì）：挽束在头顶上的两个辫丫。古代女孩子的发式。

[27] 单缣（jiān）：这里指用缣制成的单层衣衫。缣，双丝织成的细绢。

[28] 温：温习。《缁衣》：《诗经》中《郑风》的篇名。缁，黑色。一章：《诗经》中诗凡一段称之一章。

[29] 适：刚好。夌（zhà）户：开门。

[30] 琅（láng）琅然：清脆流畅的样子。形容读书声。

[31] 莞（wǎn）尔：微笑貌。语出《论语·阳货》："夫子莞尔而笑。"

[32] 则则：犹"啧啧"，赞叹声。

[33] 望日：阴历每月十五，日月相对，月亮圆满，所以称为"望日"。

[34] 九原：春秋时晋国卿大夫的墓地。语出《礼记·檀弓下》："赵文子与叔誉观乎九原。"后泛指墓地。

[35] 弱冠（guàn）：出《礼记·曲礼上》："二十曰弱，冠。"意思是男子到了他举行冠礼（正式承认他是个成年人）。弱，名词。冠，动词。后因以"弱冠"表示男子进入成年期的年龄。粤（yuè）行：到广东去。粤，广东省的简称。袁枚二十一岁时经广东到了广西他叔父袁鸿（字健磐）那里。袁鸿是巡抚金鉷（hóng）的幕客。金鉷器重袁枚的才华，举荐他到北京考博学鸿词科。

[36] 掎（jǐ）：拉住。恸（tòng）：痛哭。

[37] 逾：越，经过。

[38] 披宫锦：指袁枚于乾隆三年考中进士，选授翰林院庶吉士，请假南归省

亲事。宫锦，宫廷作坊特制的丝织品。这里指用这种锦制成的宫袍。因唐代李白曾待诏翰林，着官锦袍，后世遂用以称翰林的朝服。

[39] 厢：边屋。案：狭长的桌子。

[40] 瞠（chēng）视而笑：瞪眼看着笑，形容惊喜激动的情状。

[41] 长安：汉、唐旧都，即今西安市。

[42] 函使：递送信件的人。唐时新进士及第，以泥金书帖，报登科之喜。此指传报录取消息的人，俗称"报子"。云尔：如此如此罢了。

[43] 凡此琐琐：所有这些细小琐碎的事。袁枚有（到家）诗云："远望蓬门树彩竿，举家相见问平安。同欣阍苑荣归早，尚说长安得信难。壁上泥金经雨淡，窗前梅柳带春寒。娇痴小妹怜兄贵，教把官袍著与看。"（见《小仓山房诗集》卷二）可与"凡此琐琐"去者相印证。

[44] 填膺：充满胸怀。

[45] 凄梗：悲伤凄切，心头像堵塞了一样。

[46] 历历：清晰得一一可数的样子。

[47] 逼取便逝：真要接近它、把握它，它就消失了。

[48] 婴婗（yī ní）：婴儿。这里引申为儿时。

[49] 罗缕纪存：排成一条一条，记录下来保存着。罗缕，也作"䌹缕"。

[50] 可再：可以再有第二次。

[51] 证印：指袁枚的母亲章氏。

[52] 义绝：断绝情宜。这里指离婚。

[53] 阿奶：指袁枚的母亲章氏。

[54] 文墨：有关文字方面的事务。

[55] 眒（shùn）：即用眼色示意。这里作"期望"解。

[56] 明经义：明白儒家经典的含义。谙（ān）雅故：了解古书古事，知道前言往行的意思。语出《汉书叙传》："函雅故，通古今。"谙，熟闻熟知。

[57] "汝嫂"二句：这句意思说：你嫂嫂（指袁枚的妻子王氏）不是不好，但是在这方面稍有欠缺。婉嫕（yì）：温柔和顺。出《晋书·武悼杨皇后传》："婉嫕有妇德。"

散

文

[58] 长（zhǎng）：年纪大。

[59] 身后：死后的一应事务。

[60] 先予以去：比我先离开人世。

[61] 终宵：整夜。刺探：打听、探望。

[62] 小差：病情稍有好转。差（chài），同"瘥"。

[63] 淹殜（yè dié）：病得不太厉害，但还没有痊愈。

[64] 娱遣：消遣。

[65] 稗（bài）官野史：指私人编定的笔记、小说之类的历史记载，与官方编号的"正史"相对而言。《汉书·艺文志》："小说家者流，盖出于稗官。"据说，西周设有掌管收录街谈巷议的官职，称为"稗官"。稗是碎米。稗官，取琐碎之义，即小官。愕（è）：惊骇。

[66] 聊资一欢：姑且作为一时的快乐。

[67] 吊：凭吊，游览。这句意思是说：对于你的病，我因相信了医师所说"不要紧"的话，方才远游扬州。

[68] 虑戚吾心：顾虑着怕我心里难过。戚，忧愁。

[69] 阻人走报：阻止别人报急讯。走，跑。

[70] 绵惙（chuò）：病势危险。

[71] 强（qiǎng）：勉强。

[72] 诺（nuò）：表示同意的答语，犹言"好"。

[73] 诀：诀别。袁枚有哭妹诗："魂孤通梦速，江阔送终迟。"自注："得信前一夕，梦与妹如平生欢。"

[74] 果：果真。未时：相当下午一时至三时。

[75] 辰时：相当上午七时至九时。

[76] 支：同"肢"。

[77] 一目未瞑：一只眼睛没有闭紧。

[78] "盖犹"句：这句意思是说：你还在忍受着死亡的痛苦，等我回来见面。盖：发语词，表原因。

[79] 几许：多少。知闻：听取，知道。

[80] 共汝筹画：和你一起商量，安排。

[81] 已矣：完了。

[82] 又卒难明：最终又难以明白。卒，终于。

[83] 天乎人乎：有史以来强烈时的呼唤，表示极端悲痛。这句说：然而就这样带着无穷的憾恨而终于完了啊！

[84] 付梓：付印。梓，树名。这里指印刷书籍用的雕板。素文的遗稿，附印在袁枚的《小仓山房全集》中，题为《素文女子遗稿》。袁枚为了它写了跋文。

[85] 代嫁：指代妹妹做主把外甥女嫁出去。

[86] 传（zhuàn）：即已经为其立传，写《女弟素文传》。

[87] 窀穸（zhūn xī）：墓穴。这句说：只有你的墓穴，还没有筹划措办罢了。

[88] 先茔（yíng）：祖先的墓地。

[89] 江广河深：言地理阻隔，交通不便。

[90] "故请"三句：意思是说：所以请示母亲，自得她同意而把你安顿在这里，以便于扫墓祭吊。古人乡土观念很重，凡故乡有先茔的，一般都应归葬；不得已而葬在他乡，一般被看作非正式、非永久性的。所以文中既说"葬三妹素文于上元之羊山""宁汝于斯"，又说"惟汝之窀穸，尚未谋耳"；特地将此事作为一个缺憾而郑重提出，并再三申明原因。下文的"羁魂"，也是着眼于此而言的。

[91] 阿印：《女弟素文传》载："女阿印，病瘖，一切人事器物不能音，而能书。"其哭妹诗云："有女空生口，无言但点颐。"

[92] 阿爷：袁枚的父亲袁滨，曾在各地为幕僚，于袁枚三十三岁时去世。侍者：这里指妾。

[93] 阿兄：袁枚自称。陶氏：作者的妾。亳州人，工棋善绣。

[94] 旷渺（miǎo）：空旷辽阔。

[95] 望：对着。原隰（xí）：平广的代地。高平曰原，下湿为隰。

[96] 栖霞：山名。一名摄山。在南京市东。

[97] 风雨：泛指各种气候。晨昏：指一天到晚。

[98] 羁（jī）魂：飘荡在他乡的魂魄。

[99] 男：儿子。袁枚于乾隆戊寅年（1758）丧子。他的兄弟曾为此写过两首

五言律诗，这就是文所说的"哭侄诗"。袁枚写这篇祭文的时候还没有儿子。再后两年，至六十三岁，其妾钟氏才生了一个儿子，名阿迟。

[100] 两女：袁枚的双生女儿。也是钟氏所生。牙牙：小孩学话的声音。这里说两个女儿还很幼小。

[101] 周晬（zuì）：周岁。

[102] 亲在未敢言老：封建孝道规定，凡父母长辈在世，子女即使老了也不得说老。否则既不尊敬，又容易使年迈的长辈惊怵于已近死亡。出《礼记·坊记》："父母在，不称老。"袁枚这句话，是婉转地表示自己已经老了。按，袁枚这时六十一岁，母亲还健在。

[103] 齿危：牙齿摇摇欲坠。

[104] 阿品：袁枚的堂弟袁树，字东芗，号蘸亭，小名阿品，由进士任河南正阳县县令。当时也没有子女。据袁枚《先妣行状》所说，阿品有个儿子叫阿通；但那是袁枚写这篇《祭妹文》以后的事。

[105] 九族：指高祖、曾祖、祖父、父亲、本身、儿子、孙子、曾孙和玄孙。这里指血缘关系较近的许多宗属。无可继者：没有可以传宗接代的人。按，专指男性。

[106] 可能：犹言"能否"。

[107] 纸灰：锡箔、纸钱等焚烧后的灰烬。

[108] 朔风野大：旷野晨，北风显得更大。

【作品要解】

据袁枚《女弟素文传》所载，袁枚三妹素文，名机，与江苏如皋高家指腹为婚，未料高家子成年后品行恶劣，高家建议两家解除婚约。袁素文"以一念之贞"嫁入高家，从此开始了噩梦般的生活。高家子对其百般凌辱，不仅勒索嫁妆嫖妓，还要将其卖掉以偿还赌债。袁素文至此才幡然醒悟，逃回娘家侍母兄，于乾隆二十四年（1759）病卒。袁枚与素文兄妹感情颇为深厚，自素文去世，曾作多篇诗文以悼念之。这篇祭文作于素文去世后八年的乾隆三十二年（1767）冬。

祭文先记录葬祭素文的时间和地点，然后以深切自责之心，哀痛素文遇人不淑的缘由及始末。而后以时间为线索追忆素文出嫁前，兄妹二人相长相伴的日常点滴，从野外捉蟋蟀的奋臂之呼，到天寒虫僵的埋穴之葬；从憩书斋共读的琅琅之声，到教书先生闻读书声的莞尔连呼；从弱冠粤行离别的执裳之泣，到登科还家的睽视之笑，虽为陈年琐事，历历在目，点点滴滴，长记心间。再追述自素文义绝高氏归家之后的日常之德，从侍奉家慈，执掌中馈的明经义、谙雅故，到照顾病兄的终宵探视、畅聊之欢，既显侍奉家母之德，又显关爱兄长之情。但深可哀者，袁枚病中之时素文侍疾床前相始终，素文染疾之时袁枚远吊扬州，待奔家之时却已阴阳两隔，从此相见无期。素文虑兄忧心瞒报病情，袁枚愧妹病逝未伴始终，兄妹关爱之情反成无涯之憾，悲之哀之！

　　聊以寄者，从丧事的料理到女儿的婚事，从诗稿的刊印到传记的撰写，从墓地的择址到葬期的祭奠，从遗诗的阅读到子侄之事的告慰，从九族无继的哀叹到"汝死我葬，我死谁埋"的追问，从祭奠无以见、哭泣无以闻到迎风之回望，句句血泪，哀婉悲戚。

　　作者肝肠寸断地娓娓倾诉，错嫁中山狼的痛惜、回忆往事的哀伤、病中远赴扬州的悔恨、天人之隔的无可奈何，有机地揉和在一起，字字珠玑，感人肺腑。

河中石兽[1]

纪　昀

沧州南一寺临河干[2]，山门圮于河[3]，二石兽并沉焉[4]。阅十余岁[5]，僧募金重修，求二石兽于水中[6]，竟不可得[7]。以为顺流下矣，棹数小舟[8]，曳铁钯[9]，寻十余里无迹。

一讲学家设帐寺中[10]，闻之笑曰："尔辈不能究物理[11]，是非木杮[12]，岂能为暴涨携之去[13]？乃石性坚重，沙性松浮，湮于沙上[14]，渐沉渐深耳。沿河求之，不亦颠乎[15]？"众服为确论[16]。

一老河兵闻之[17]，又笑曰："凡河中失石，当求之于上流。盖石性坚重[18]，沙性松浮，水不能冲石，其反激之力，必于石下迎水处啮沙为坎穴[19]，渐激渐深，至石之半，石必倒掷坎穴中[20]。如是再啮[21]，石又再转，转转不已[22]，遂反溯流逆上矣[23]。求之下流，固颠[24]；求之地中，不更颠乎？"

如其言[25]，果得于数里外。然则天下之事[26]，但知其一[27]，不知其二者多矣，可据理臆断欤[28]？

——选自刘金柱编《纪晓岚全集》，大象出版社 2019 年版

【作者简介】

纪昀（1724—1805），字晓岚，别字春帆，号石云，道号观弈道人、孤石老人，清朝直隶献县（今河北省献县）人，政治家、文学家。乾隆十九年（1754），考中进士，官至礼部尚书、协办大学士，太子少保。一生学宗汉儒，博览群书，工于诗歌及骈文，长于考证训诂。曾任《四库全书》总纂官，著有《阅微草堂笔记》。

【注释】

[1] 石兽：古代帝王官僚墓前的兽形石雕，此处指寺庙门前的石雕。

[2] 沧州南：沧州，地名，今河北省沧县。南，南部。临：靠近，也有"面对"之意。河干（gān）：河岸。干，岸。

[3] 圮（pǐ）：倒塌。

[4] 沉焉（yān）：沉没在这条河里。焉，兼词，于此，在那里。

[5] 阅：经过，经历。十余岁：十多年。岁：年。

[6] 求：寻找。

[7] 竟：终了，最后。

[8] 棹（zhào）：名词作动词，划（船）。

[9] 曳（yè）：拖。铁钯（pá）：农具，用于除草、平土。钯，通"耙"。

[10] 讲学家：讲学先生，以向生徒传授"儒学"为生的人。设帐：设馆教书。

[11] 尔辈不能究物理：你们这些人不能探求事物的道理。尔辈，你们这些人。究，研究、探求。物理，事物的道理、规律。

[12] 是非木柿（fèi）：这不是木片。是，这。柿，削下来的木片。

[13] 岂能：怎么能。为：被。暴涨：洪水。暴，突然（急、大）。

[14] 湮（yān）：埋没。

[15] 颠：颠倒，错乱，一作"癫"，荒唐。

[16] 众服为确论：大家很信服，认为是正确的言论。为：认为是。

[17] 河兵：巡河、护河的士兵。

[18] 盖：因为。

[19] 啮（niè）：咬，这里是侵蚀、冲刷的意思。坎（kǎn）穴：坑洞。

[20] 倒掷（zhì）：倾倒。

[21] 如是：像这样。

[22] 不已：不停止。已：停止。

[23] 遂：于是。溯（sù）流：逆流。

[24] 固：固然。

[25] 如：依照，按照。

[26] 然：既然这样。则：那么。

[27] 但：只，仅仅。

[28] 据理臆断：根据某个道理就主观判断。臆断，主观地判断。欤（yú）：表反问的句末语气词，译为"呢"。

【作品要解】

本文选自《阅微草堂笔记》之《姑妄听之》。这篇文章用简练的语言，讲述了一个富有戏剧性的寓言故事，揭示了生活中应当遵循事物发展的客观规律，注重理论联系实际。

全文主要围绕石兽的搜寻工作展开，通过寺僧、讲学家、老河兵三人围绕寻找石兽发表的不同见解展开阐述。寺僧求石兽于水中，顺流而下十余里不可得。讲学家认为石兽坚重，河沙松浮，石兽应越沉越深，应在沉落处深挖乃可得。老河兵则认为石兽坚重，河沙松浮，水冲击石兽之力必反，应当在河的上流寻找。寺僧只按照水中沉物的常规认识，顺流而下寻找；讲学家看到石兽和沙石的物理属性，但忽略了水、沙、石之间的作用力与反作用力，于沉石之地而寻找；老河兵因常年与河流打交道，基于对河流的水、沙、石的深入认知，逆流而上寻找。结果按照老河兵的方法在上游寻找到了石兽。讽刺了寺僧和讲学家的脱离社会实践，和讲学家的一知半解。赞赏了老河兵的理论联系实际，在全面了解事物一般属性和特殊属性的基础上，提出切实有效的解决办法。

文章简洁凝练，生动有趣，以非常简练的笔触阐述了深刻的道理，寓理于事，引人深思。

狱中杂记

方 苞

康熙五十一年三月，余在刑部狱[1]，见死而由窦出者日三四人[2]。有洪洞令杜君者[3]，作而言曰[4]："此疫作也[5]。今天时顺正，死者尚稀，往岁多至日十数人。"余叩所以。杜君曰："是疾易传染，遘者虽戚属[6]，不敢同卧起。而狱中为老监者四[7]，监五室。禁卒居中央[8]，牖其前以通明[9]，屋极有窗以达气[10]。旁四室则无之，而系囚常二百余。每薄暮下管键[11]，矢溺皆闭其中[12]，与饮食之气相薄[13]。又隆冬，贫者席地而卧，春气动，鲜不疫矣。狱中成法[14]，质明启钥[15]。方夜中，生人与死者并踵顶而卧[16]，无可旋避[17]，此所以染者众也。又可怪者，大盗积贼[18]，杀人重囚，气杰旺[19]，染此者十不一二，或随有瘳[20]；其骈死[21]，皆轻系及牵连佐证法所不及者[22]。"

余曰："京师有京兆狱[23]，有五城御史司坊[24]，何故刑部系囚之多至此？"杜君曰："迩年狱讼[25]，情稍重，京兆、五城即不敢专决；又九门提督所访缉纠诘[26]，皆归刑部；而十四司正副郎好事者[27]，及书吏[28]、狱官、禁卒，皆利系者之多[29]，少有连，必多方钩致[30]。苟之狱，不问罪之有无，必械手足[31]，置老监，俾困苦不可忍[32]。然后导以取保，出居于外，量其家之所有以为剂[33]，而官与吏剖分焉。中家以上，皆竭资取保。其次，求脱械居监外板屋[34]，费亦数十金。惟极贫无依，则械系不稍宽，为标准以警其余。或同系[35]，情罪重者反出在外，而轻者、无罪者罹其毒。积忧愤，寝食违节[36]，及病，又无医药，故往往至死。"余伏见圣上好生之德[37]，同于往圣，每质狱辞[38]，必于死中求其生。而无辜者乃至此。倘仁人君子为上昌言[39]，除死刑及发塞外重犯，其轻系及牵连未结正者[40]，别置一所以羁之，手足毋械，所全活可数计哉？或曰："狱旧有室五，名曰现监，讼而未结正者居之。倘举旧典，可小补也。"杜君曰："上推恩，凡职官居板屋，今贫者转系老监，而大盗有居板屋者[41]，此中可细诘哉！不若别置一所，为拔本塞源之道也[42]。"余同系朱翁、余生及在狱同官僧某[43]，遘疫死，皆不应重罚。又某氏以不孝讼其子，左右邻械系入老监，号呼达旦。余感焉，以杜君言泛讯之[44]，众言同，于是乎书[45]。

凡死刑狱上^[46]，行刑者先俟于门外，使其党入索财物，名曰"斯罗"。富者就其戚属，贫则面语之。其极刑^[47]，曰："顺我，即先刺心；否则四肢解尽，心犹不死。"其绞缢，曰："顺我，始缢即气绝；否则三缢加别械，然后得死。"惟大辟无可要^[48]，然犹质其首^[49]。用此，富者赂数十百金，贫亦罄衣装；绝无有者，则治之如所言。主缚者亦然^[50]，不如所欲，缚时即先折筋骨。每岁大决^[51]，勾者十四三^[52]，留者十六七，皆缚至西市待命^[53]。其伤于缚者，即幸留，病数月乃瘳，或竟成痼疾^[54]。

余尝就老胥而问焉^[55]："彼于刑者、缚者，非相仇也，期有得耳；果无有，终亦稍宽之，非仁术乎^[56]？"曰："是立法以警其余，且惩后也；不如此，则人有幸心^[57]。"主梏扑者亦然^[58]。余同逮以木讯者三人^[59]：一人予三十金，骨微伤，病间月^[60]；一人倍之，伤肤，兼旬愈^[61]；一人六倍，即夕行步如平常。或叩之曰："罪人有无不均^[62]，既各有得，何必更以多寡为差？"曰："无差，谁为多与者？"孟子曰："术不可不慎^[63]。"信夫^[64]！

部中老胥，家藏伪章，文书下行直省^[65]，多潜易之，增减要语，奉行者莫辨也。其上闻及移关诸部^[66]，犹未敢然。功令^[67]：大盗未杀人，及他犯同谋多人者，止主谋一二人立决；余经秋审^[68]，皆减等发配。狱辞上^[69]，中有立决者，行刑人先俟于门外。命下，遂缚以出，不羁晷刻^[70]。有某姓兄弟，以把持公仓，法应立决。狱具矣^[71]，胥某谓曰："予我千金，吾生若^[72]。"叩其术，曰："是无难，别具本章^[73]，狱辞无易，取案末独身无亲戚者二人易汝名^[74]，俟封奏时潜易之而已^[75]。"其同事者曰："是可欺死者，而不能欺主谳者^[76]；倘复请之^[77]，吾辈无生理矣。"胥某笑曰："复请之，吾辈无生理，而主谳者亦各罢去，彼不能以二人之命易其官，则吾辈终无死道也。"竟行之，案末二人立决。主者口呿舌挢^[78]，终不敢诘。余在狱，犹见某姓，狱中人群指曰："是以某某易其首者。"胥某一夕暴卒，众皆以为冥谪云^[79]。

凡杀人，狱辞无谋故者^[80]，经秋审入矜疑^[81]，即免死，吏因以巧法^[82]。有郭四者，凡四杀人，复以矜疑减等，随遇赦。将出，日与其徒置酒酣歌达曙。或叩以往事，一一详述之，意色扬扬，若自矜诩^[83]。噫！渫恶吏忍于鬻狱^[84]，无责也^[85]；而道之不明，良吏亦多以脱人于死为功^[86]，而不求其情^[87]。

其枉民也，亦甚矣哉！

奸民久于狱，与胥卒表里，颇有奇羡^[88]。山阴李姓以杀人系狱^[89]，每岁致数百金。康熙四十八年，以赦出。居数月，漠然无所事，其乡人有杀人者，因代承之^[90]，盖以律非故杀^[91]，必久系，终无死法也。五十一年，复援赦减等谪戍^[92]，叹曰："吾不得复入此矣！"故例^[93]，谪戍者移顺天府羁候^[94]，时方冬停遣，李具状求在狱^[95]，候春发遣，至再三，不得所请，怅然而出^[96]。

——选自《方苞全集》，复旦大学出版社 2017 年版

【作者简介】

方苞（1668—1749），字灵皋，亦字凤九，晚年号望溪，亦号南山牧叟。汉族，江南桐城（今安徽省桐城市凤仪里）人，生于江宁府（今江苏省南京市六合留稼村）。桐城"桂林方氏"（亦称"县里方"或"大方"）十六世，与明末大思想家方以智同属"桂林方氏"大家族。是清代散文家，"桐城派"散文创始人，与姚鼐、刘大櫆合称"桐城三祖"。

【注释】

[1] 刑部狱：清政府刑部下设立的监狱，是当时的中央监狱，方苞因"《南山集》案"在此监禁将近两年。

[2] 窦：洞，此指监狱的小门。

[3] 洪洞（tóng）：现山西省洪洞县。

[4] 作：站起来。

[5] 疫作：闹瘟疫。

[6] 遘者：指传染上疾病的人。遘，相遇，遭遇。

[7] 老监：旧牢房。

[8] 禁卒：狱卒。

[9] 牖其：此处作动词用，意为开个窗。

[10] 屋极：屋顶。

[11] 薄暮：傍晚。管键：锁。

[12] 矢溺（niào）：屎尿。"矢"同"屎"，"溺"同"尿"。

[13] 相薄：相侵犯，相混杂。薄，迫近。

[14] 成法：老规定。

[15] 质明：天亮。启：开，打开。

[16] 并踵顶：头挨头，脚挨脚。踵，脚后跟。顶，头顶。

[17] 旋：转动。避：躲避。

[18] 积贼：多次犯案的贼。

[19] 气杰旺：精力特别旺盛。杰，特别。

[20] 瘳（chōu）：病愈。

[21] 骈死：接连死去。骈，并列。

[22] 轻系：罪轻而被拘禁。牵连：被牵连而被拘禁。佐证：被捉来作证人。法所不及：没有犯法。

[23] 京兆狱：首都的监狱。

[24] 五城御史司坊：五城御史衙门设立的监狱。五城御史，主管巡查京城内东、西、南、北、中五个地区的长官。

[25] 迩年：近年。

[26] 九门提督：掌管北京九门（正阳、崇文、宣武、安定、德胜、东直、西直、朝阳、阜成）守卫事物的步兵统领。多以满族大臣兼任。访缉：访查缉捕。纠诘：纠察盘问。

[27] 十四司正副郎：刑部十四个司的正、副长官。清初，刑部下设十四个司，各司长官正的叫郎中，由满人充任；副的叫员外郎，由汉人充任，总称郎官。

[28] 书吏：清代各官署办事人员的统称。

[29] 皆利系者之多：都以关押囚犯多为有利可图。

[30] 钩致：钩取。也就是牵连进来加以逮捕。

[31] 械：镣铐之类的刑具。这里用作动词，把（手足）铐起来。

[32] 俾：使。

[33] 剂：调剂，指多要或少要。

[34] 板屋：以木板制成的屋子。

[35] 同系：同案而被监禁的人。

[36] 违节：违反常规，失常。

[37] 伏：敬辞。古人提到上司，特别是皇帝时，往往在动词前加以敬辞。

[38] 质：诘问，评断。

[39] 昌言：正直之言。

[40] 结正：结案。

[41] 推恩：推爱，以己以所爱，加爱于人人。《孟子·梁惠王》有"故推恩足以保四海，无推恩无以保妻子。"职官：此指犯罪的官员。

[42] 拔本塞源：拔出根本，堵塞源头。

[43] 朱翁：姓朱的老者，其人不详。余生：即余湛，字石民，安徽舒城人。因"《南山集》案"牵连下狱，病死狱中。同官：县名，今陕西省铜川市。僧某，姓僧，名不详。

[44] 泛讯：广泛的询问。

[45] 书：记录。

[46] 狱：诉讼案件。上：上报。

[47] 极刑：此指凌迟（剐刑）。

[48] 大辟：斩首。要（yāo）：要挟。

[49] 质：扣留。

[50] 主缚者：主管捆绑犯人的人。

[51] 大决：秋决。清制，每年八月，刑部会同九卿各官，对死罪犯人名单一一详阅，核实后上报，奏请皇帝"勾决"。皇帝同意处死，即用朱笔勾划。凡被勾的，立即执行，未勾的暂缓执行。因时在秋季，所以称为秋决。

[52] 勾者：姓名被皇帝勾划的犯人，将马上被处决。

[53] 西市：清时京城处决犯人的刑场，在今北京宣武区菜市口一带。

[54] 痼疾：积久难治的病。此处指残废。

[55] 胥：胥吏。在古代衙门中办理文书等事项的小官吏。

[56] 仁术：仁慈的办法。《孟子·梁惠王》："是乃仁术也。"

[57] 幸：侥幸。

[58] 主梏（gù）扑者：负责给犯人戴枷锁和用刑具处罚犯人的人。

[59] 木讯：用板或棍之类的刑具审讯。

[60] 间：间隔。

[61] 兼旬：二十天。

[62] 有无：指财富的有或无。

[63] 术不可不慎：出自《孟子·公孙丑上》。术，技艺。本意是选择谋生的手段，不能不慎重。在此作者是批评狱吏图财害人手段的残酷。

[64] 信：确实。夫：语气词。

[65] 直省：即各省。各省均直属中央，故称直省。

[66] 上闻：上奏给皇帝的公文。移关：指移文和关文。移文是不相统的官属之间使用的一种公文。关文是百官互相质询的公文。

[67] 功令：政府法令。

[68] 秋审：清代复审死刑案件的制度。每年四月，各省将判而未决的死刑案件分情实、缓决、可矜、可疑四项上报刑部。八月，由刑部同九卿各官详阅后，请旨裁定。参见本文注 [51]。

[69] 狱辞：判决书。

[70] 不羁晷刻：一刻不停留。羁：停留。晷刻：时刻，古代用晷来观测日影，判断时刻。

[71] 具：已判决定案。

[72] 生若：使你活。若，你。

[73] 别具本章：另准备一份奏章。

[74] 案末：同案犯人名单中，名列末尾的从犯。

[75] 封奏：将审判书加封上奏。

[76] 主谳（yàn）者：主审此案者。谳：议罪，审判定罪。

[77] 复请：发现问题，再上奏章请示。

[78] 主者：主谳的人。口呿（qū）舌捄（jiǎo）：张口结舌。形容惊骇之态。呿，张口不能合的样子。捄舌，举其舌而不发声的样子。

[79] 冥谪：阴曹地府的惩罚。

[80] 谋、故：蓄谋，故意。

[81] 矜疑：旧时司法用语。意为其情可怜，其罪可疑，属可宽可免之类。

[82] 巧法：钻法律的空子。

[83] 矜诩：夸耀。

[84] 渫恶吏：贪污恶劣的官吏。渫，污。鬻狱：贪赃枉法。鬻，出卖。狱，官司。

[85] 无责：不去责怪。

[86] 脱人于死：把有死罪的人开脱出来。

[87] 情：实情。

[88] 奇羡：多余，盈利，即有赚头。

[89] 山阴：旧县名。今浙江省绍兴市。

[90] 代承：替人承担。

[91] 故杀：故意杀人。

[92] 援：根据。谪戍：因犯罪遣送边地。也叫充军。

[93] 故例：旧有的案例。

[94] 羁候：关押待遣。

[95] 具状：写好呈文。

[96] 怅然：失意的样子。

【作品要解】

这篇文章是方苞出狱后，追述他因戴名世"《南山集》案"牵连入刑部狱中的所见所闻，揭露了清康熙年间狱治的黑暗残酷，令人怵目惊心。

全文从行清代部狱的牢房、缉捕、刑讯、刑罚四个方面进行展开，客观叙述牢房中瘟疫肆虐的惨况及根源，狱中环境闭塞没有通风窗口，监禁囚犯人员过多，无论已感染瘟疫者还是尚未感染者，无论生者还是死者，踵顶而卧，导致感染者日益增多，疫情日益严重。作者在叙事疫情之时还发现了一个奇怪的现象，即贫者席地而卧，鲜少有不感染瘟疫者，而杀人重犯却鲜少有感染者，为下文叙述狱官诈取钱财、贪赃枉法埋下伏笔。犯人一旦入狱，不管有罪无罪，一切皆以钱财论处。家财丰厚者可取保释放，家资匮乏者只能移居板屋，家中无资者只能披枷带锁遭受酷刑，因此导致重罪犯逍遥在外，轻刑犯惨遭荼毒的奇怪现象。牢狱中，无论监者、刑者、缚者、主梏扑者皆心狠手辣，大行敲诈勒索之能事。行刑者看钱执刑，钱多者可求死得干脆，免受折磨之苦；无钱者临死前还要饱受折磨，受尽屈辱。主缚者视钱财多寡设置捆绑的松紧，不惜折筋断骨以尽勒索之能事。主梏扑者视钱财的多寡设量杖管的轻重和受伤的程度。胥吏或伪造公章，窜改文书，残害无辜；或巧设名目，玩弄法令，私赦死囚；或勾结奸民，代承入狱，牟取暴利。主谳者察而不报，包庇纵容，狼狈为奸。

京兆狱、五城御史司、九门提督、刑部相互勾连，沆瀣一气；书吏、狱官、禁卒、监者、刑者、缚者、主梏扑者等各类职官胥吏蛇鼠一窝，勾结舞弊。刑狱上下官吏无不以官爵为重、以钱财为重、以人命为轻、以刑罚为轻，无人不贪、无人不恶、无事不假，极尽敲诈勒索、行贿索贿之能事，贪赃枉法、草菅人命，不一而足。罪恶多端的刑犯或逍遥法外，或以代人入狱为职；手段阴残的胥吏或系人生死，或大发横财；贫苦百姓或冤曲枉死，或被处以极刑。牢狱之地已成为奸民恶吏渔利作恶的伊甸乐园，穷苦百姓饱受摧残的阴曹地府。

文章以牢房的瘟疫为引，以勒索钱财为中心，围绕引发牢房之怪的因由，选取牢房、缉捕、刑讯、刑罚各方面的典型事件，采用叙述、对话、议论相结合的手法，客观叙述了自己的所见、所闻、所感，描绘了清代刑狱各色人等唯利是图的丑恶嘴脸，揭示了清代刑狱的黑暗腐败和惨绝人寰，具有很强的实证性和说服力。文章叙述详略得当，语言剪裁有法，雅洁通畅，充分践行了"言有物"和"言有序"的"义法"说。

清代文学作品选

登泰山记

姚 鼐

泰山之阳 [1]，汶水西流 [2]；其阴，济水东流；阳谷皆入汶，阴谷皆入济 [3]；当其南北分者，古长城也 [4]。最高日观峰 [5]，在长城南十五里。

余以乾隆三十九年十二月，自京师乘风雪，历齐河、长清 [6]，穿泰山西北谷，越长城之限，至于泰安 [7]。是月丁未 [8]，与知府朱孝纯子颖由南麓登 [9]。四十五里，道皆砌石为磴 [10]，其级七千有余。

泰山正南面有三谷。中谷绕泰安城下，郦道元所谓环水也 [11]。余始循以入，道少半，越中岭，复循西谷，遂至其巅。古时登山，循东谷入，道有天门。东谷者，古谓之天门溪水，余所不至也。今所经中岭及山巅崖限当道者 [12]，世皆谓之天门云。道中迷雾冰滑，磴几不可登。及既上，苍山负雪，明烛天南；望晚日照城郭，汶水、徂徕如画 [13]，而半山居雾若带然。

戊申晦 [14]，五鼓，与子颖坐日观亭待日出，大风扬积雪击面。亭东自足下皆云漫，稍见云中白若摴蒱数十立者 [15]，山也。极天云一线异色，须臾成五彩。日上，正赤如丹 [16]，下有红光动摇承之。或曰："此东海也。"回视日观以西峰，或得日，或否，绛皓驳色 [17]，而皆若偻 [18]。亭西有岱祠 [19]，又有碧霞元君祠 [20]；皇帝行宫在碧霞元君祠东。

是日，观道中石刻，自唐显庆以来 [21]，其远古刻尽漫失。僻不当道者，皆不及往。山多石少土，石苍黑色，多平方，少圆。少杂树，多松，生石罅 [22]，皆平顶冰雪。无瀑水，无鸟兽音迹。至日观数里内无树，而雪与人膝齐。桐城姚鼐记。

——选自《惜抱轩全集》，中国书店 1991 年版

【作者简介】

姚鼐（1732—1815），字姬传，一字梦谷，室名惜抱轩（在今桐城中学

内），世称惜抱先生、姚惜抱，安庆府桐城（今安徽桐城市）人。清代著名散文家，与方苞、刘大櫆并称为"桐城派三祖"。乾隆十五年（1750）中江南乡试，乾隆二十八年（1763）中进士，授庶吉士，三年后散馆改主事，曾任山东、湖南副主考，会试同考官。乾隆三十八年（1773）入《四库全书》馆充纂修官，乾隆三十九年（1774）秋借病辞官。旋归里，以授徒为生，先后主讲于扬州梅花书院、安庆敬敷书院、歙县紫阳书院、南京钟山书院，并培养了一大批学人弟子。姚鼐文宗方苞，师承刘大櫆，主张"有所法而后能，有所变而后大"，在方苞重义理、刘大櫆长于辞章的基础上，提出"义理、考据、辞章"三者不可偏废，发展和完善了"桐城派"文论。为"桐城派"散文之集大成者。姚鼐一生勤于文章，诗文双绝，书艺亦佳。著有《惜抱轩文集》《文后集》《惜抱轩诗集》《笔记》《尺牍》《九经说》《春秋三传补注》《五七言今体诗钞》，辑成《古文辞类纂》75卷。

【注释】

[1] 阳：山的南面，山的北面叫阴。

[2] 汶水：即大汶水，源出山东莱芜县北，流经泰安，水流向西南，最终转入济水。

[3] 济水：发源于河南济源县西的王屋山，流经山东与黄河并行入海。现在故道一部分已经淤塞，一部分为黄河所占。

[4] 古长城：指战国时齐国所筑的长城，从山东肥县西北一直延伸到黄海边。

[5] 日观峰：泰山绝顶，诸峰之一，在这里可观日出，故名。

[6] 齐河、长清：皆山东县名，今在济南市西。

[7] 泰安：清代山东府治，辛亥革命后改为县，登泰山一般都从泰安上去。

[8] 丁未：指乾隆三十九年十二月二十八日，即公元1774年1月29日。

[9] 知府：官名，管辖州县，为府一级的行政长官。

[10] 蹬：山路的石级。

[11] 郦道元：字善长，北魏地理学家、散文家。其《水经注》一书是富有文学价值的地理巨著。

[12] 崖限：大的岩石形成的门限。

[13] 徂徕：山名，在泰安东南。

[14] 戊申晦：戊申日正好是月底。戊申：十二月二十九日。晦：农历每月最后一天。乾隆三十九年十二月为小月，只有二十九天，所以戊申日就是除夕。

[15] 樗（chū）蒲：古代的一种博具，类似于骰子。

[16] 正赤：纯红。丹：朱砂。

[17] 绛：大红色。皓：白色。驳：掺杂。

[18] 偻（lǚ）：曲背。

[19] 岱祠：旧时祭祀泰山之神东岳大帝的祠庙，即东岳庙。岱：泰山亦名岱宗。

[20] 碧霞元君：传说为东岳大帝之女，宋真宗命建祠，并封为"天仙玉女碧霞元君"。

[21] 显庆：唐高宗李治的年号（656—661）。

[22] 罅（xià）：裂缝。

【作品要解】

乾隆三十九年（1774）年年底，姚鼐辞官归乡，途经泰安与好友朱孝纯于十二月二十八日，由泰山南麓负雪同登泰山顶，第二日五更时分至日观峰观赏日出，写下了这篇文章。文章紧紧围绕作者的游踪进行叙述，同时穿插对泰山特点的记述和对所见景观的描绘。

此篇游记以作者的游踪为线索，记录了冬季登泰山的两天行程。从出北京到临泰安，从泰山麓到中谷、西谷、东谷三谷，从泰山巅到日观亭，登山赏景、待日出、赏日出、游祠庙、观石刻。围绕晚登泰山和雪中观日的两个核心时间，圣诞歌描绘了山麓之景、山峰之景、山巅之景、日观亭之景、道中之景，山石、树松、雪水、鸟兽、日月、云雾、道观、石刻错列其中，展示了泰山深冬雪景的壮丽雄奇和雪中日出的瑰丽炫彩。作者在景物描绘中，紧扣"雪"字，或写乘风雪登山之险，或写苍山负雪之丽，或写大风扬积雪之状，使所有的景物带有冬日的色彩，清丽澄净。

全文文笔凝练通畅，语言简洁生动，长于写景状物，堪称山水游记的杰作。

词选序

张惠言

叙曰：词者，盖出于唐之诗人，采乐府之音以制新律[1]，因系其词[2]，故曰"词"。传曰[3]："意内而言外谓之词[4]。"其缘情造端[5]，兴于微言[6]，以相感动，极命风谣，里巷男女哀乐[7]，以道贤人君子幽约怨悱不能自言之情[8]，低徊要眇以喻其致[9]。盖《诗》之比、兴、变风之义[10]，骚人之歌则近之矣[11]。然以其文小[12]，其声哀，放者为之[13]，或跌荡靡丽[14]，杂以昌狂俳优[15]，然要其至者[16]，莫不恻隐盱愉[17]，感物而发，触类条鬯[18]，各有所归[19]，非苟为雕琢曼辞而已[20]。

自唐之词人，李白为首[21]，其后韦应物[22]、王建[23]、韩翃[24]、白居易[25]、刘禹锡[26]、皇甫松[27]、司空图[28]、韩偓[29]，并有述造[30]。而温庭筠最高[31]，其言深美闳约[32]。五代之际，孟氏[33]、李氏[34]，君臣为谑[35]，竞作新调，词之杂流，由此起矣。至其工者[36]，往往绝伦[37]，亦如齐、梁五言[38]，依托魏、晋，近古然也。

宋之词家，号为极盛。然张先[39]、苏轼[40]、秦观[41]、周邦彦[42]、辛弃疾[43]、姜夔[44]、王沂孙[45]、张炎[46]，渊渊乎文有其质焉[47]。其荡而不反[48]，傲而不理[49]，枝而不物[50]，柳永[51]、黄庭坚[52]、刘过[53]、吴文英之伦[54]，亦各引一端[55]，以取重于当世。而前数子者[56]，又不免有一时放浪通脱之言出于其间。后进弥以驰逐[57]，不务原其指意[58]，破析乖剌[59]，坏乱而不可纪[60]。故自宋之亡而正声绝[61]，元之末而规矩隳[62]。以至于今四百余年，作者十数，谅其所是[63]，互有繁变[64]，皆可谓安蔽乖方[65]，迷不知门户者也。

今第录此篇[66]，都为二卷[67]。义有幽隐[68]，并为指发[69]。几以塞其下流[70]，导其渊源[71]，无使风雅之士惩于鄙俗之音[72]，不敢与诗赋之流同类而风诵之也。

嘉庆二年八月[73]，武进张惠言。

——选自许白凤点校《词选》，江西人民出版社 1984 年版

【作者简介】

张惠言（1761—1802），清代词人、散文家。原名一鸣，字皋文，一作皋闻，号茗柯，武进（今江苏常州）人。乾隆五十一年（1786）举人，嘉庆四年（1799）进士，官编修。少为词赋，深于易学，与惠栋、焦循一同被后世称为"乾嘉易学三大家"。又尝辑《词选》，为常州词派之开山，著有《茗柯文编》。他在文学观点上很看重作家的品德修养，他说："文章末也，为人非表里纯白（言行纯洁一致），岂足为第一流哉！"

【注释】

[1] 乐府：汉武帝时设立"乐府"（音乐机构），任务是制定庙堂乐章，采访民间歌曲。后来歌曲这一部分被称为乐府诗。以制新律：创制新的音律。

[2] 系：连缀。

[3] 传：指汉朝许慎的《说文解字》，训释经义叫传，这里借作训释经义的经典著述。

[4] 意内而言外：《说文解字》给"词"字下的定义。清朝文字学家段玉裁解释这句说："意主于内而言发于外。"

[5] 缘情造端：邻居情感而进行创作。缘，随循。造端，发始，这里指词的创作。

[6] 兴于微言：用精微的语言起兴（歌咏）。兴，情感借物而发称"兴"。

[7] 极命：极端称道，意思就是歌咏的重点所在。风谣：民间歌谣。里巷：民间。

[8] 幽约怨悱（fěi）：指情感上的隐忧郁结。悱，不易表达的样子。

[9] 低徊要（yāo）眇：婉约精妙。眇，通"妙"。以喻其致：用来形容描摹它的意态。喻，比喻，开导。致，风致，情致。

[10] 比、兴：都是《诗经》的创作手法。比，以甲喻乙。变风：《诗经·国风》里，从《邶风》至《豳风》一百三十五篇称为"变风"。这一部分诗讽喻性较强。因对"正风"言，故称"变风"。

[11] 骚人之歌：诗人的歌唱。骚人，即诗人。屈原作《离骚》，后因称诗人为骚人。

[12] 小：小道。汉朝扬雄认为诗赋小道，壮夫不为。表示比起经传来，这是微不足道的东西。

[13] 放者：放逸的人。放，放纵而不检点。

[14] 跌（tì）荡靡丽：放浪浮华。

[15] 昌狂俳优：狂放游戏的语言。昌，同"猖"。俳优，宫廷里演戏作乐的人，这里借作像这类人所说的谑言戏语。

[16] 要：大抵。至者：美好的作品。至，至善至美。

[17] 恻隐盱（xū）愉：以感动的态度对待悲欢哀乐之情。恻隐，对不幸表示同情。盱，忧愁。愉，欢乐。

[18] 触类条鬯（chàng）：遇到各种现象都能畅达地表达出来。鬯，同"畅"。

[19] 归：附，依归。

[20] 苟为：勉强作出。曼辞：形式华美的辞语。

[21] 李白为首：李白，字太白。据传他曾作《菩萨蛮》《忆秦娥》二词，被称为"百代词曲之祖"。

[22] 韦应物：著有《调笑令》等小词。

[23] 王建：字仲初，著有《三台令》等小词。

[24] 韩翃：字君平，著有《章台柳》词。

[25] 白居易：字乐天，著有《忆江南》等词。

[26] 刘禹锡：字梦得，著有《杨柳枝》等词。

[27] 皇甫松：字子奇。淞，应作淞，一作嵩。

[28] 司空图：字表圣，著有《杨柳枝》等词。

[29] 韩偓：字致光，著有《生查子》等词。

[30] 并有述造：都有创作。

[31] 温庭筠：一字飞卿，词作见于《花间集》，以上自李白至温庭筠都是唐朝作家。

[32] 闳约：蕴蓄宏富，文辞精约。

[33] 孟氏：五代后蜀皇帝孟昶，善于作词。著有《木兰花》等词。

[34] 李氏：五代南唐皇帝李璟、李煜父子，都是杰出的词人。

[35] 谑：戏谑。这里指他们君臣以词戏嘲或唱和的故事，表示当时词风之盛。

[36] 工：出色行当。

[37] 绝伦：超出同时代的作家。伦，类。

[38] 五言：五言诗。

[39] 张先：字子野，词集名《安陆词》。

[40] 苏轼：字子瞻，词集名《东坡乐府》。

[41] 秦观：字少游，词集名《淮海居士长短句》。

[42] 周邦彦：字美成，词集名《清真集》。

[43] 辛弃疾：字幼安，号稼轩，词集名《稼轩长短句》。

[44] 姜夔：字尧章，词集名《白石道人歌曲》。

[45] 王沂孙：字圣与，词集名《花外集》。

[46] 张炎：字叔夏，词集名《山中白云词》。

[47] 渊渊乎文有其质焉：很深地能以形式配合内容。文，形式。质，内容。

[48] 荡而不反：放荡而没有约束。荡，同"荡"。反，同"返"。

[49] 傲而不理：傲兀而不整齐。

[50] 枝而不物：散漫而不严密。物，指事。这里借用《诗经》"有物有则"一语，兼指法则。

[51] 柳永：字耆卿，词集名《乐章集》。

[52] 黄庭坚：字鲁直，词集名《山谷词》。

[53] 刘过：字改之，词集名《龙洲词》。

[54] 吴文英：字君特，词集名《梦窗词》。之伦：这些人。以上自张先至吴文英都是宋朝词人。

[55] 各引一端：各人发挥一个方面。

[56] 前数子：指前面提到的张先、苏轼等词人。

[57] 弥以驰逐：更加追求这些偏向。

[58] 不务原其指意：不用心探寻了解他们本来的意图。务，力求达到。原，察究。指，同"旨"。

[59] 破析乖剌：割裂违背，指歪曲前人的意图。

[60] 纪：整理。

[61] 正声绝：真正的作品绝迹了。

[62] 规矩隳（hūi）：作品的规矩被破坏了。

[63] 谅其所是：推想他们认为正确的。

[64] 繁变：增加和变化。

[65] 安蔽乖方：安于所蔽和违背正道。

[66] 第：按照次序。

[67] 都为：共计。

[68] 幽隐：不明显的地方。

[69] 指发：指点发明。

[70] 几以塞其下流：大概可以阻挡邪风。下流，指词风的不正，与"上流"对称。

[71] 导其渊源：意思就是说，指出词的源流所在，使它走上正道。

[72] 惩于：有鉴于，含有警戒的意思。

[73] 嘉庆二年：公元 1797 年。嘉庆，清仁宗的年号。

【作品要解】

清代词学流派辈出，词学选本和词学论著亦是层出不穷。以陈维崧代表的"阳羡派"继承苏轼、辛弃疾余风，末流因缺乏现实生活基础，沦为粗率叫嚣。以朱彝尊为首的"浙派"词人，秉承南宋姜夔、张炎的路数，末流因才力之限，沦为空虚浅薄。以张惠言为代表的"常州派"继两派衰微之际，力矫两派之颓风，运势而起。《词选》即为张惠言编选的词集，相较于同期的其他词学选本，《词选》的编选体例更为严格，总计收录唐、宋两代44家词人，116首词作。本文即为张惠言为《词选》所作序文，阐明编选的宗旨、词的发展状况、词学主张，是常州词派非常重要的理论旗帜。

这篇序文首先写词的起源、定义和标准，提出词起源于诗，为"唐之诗人，采乐府之音以制新律"，因此词承《诗》《骚》，感触而发，"以道贤人君子幽约怨悱不能自言之情"，借此指斥词为"小道"的观点，提升词的地位；其次，提出词要继承诗的风雅比兴，追求"意内言外"，从而体现"低回要眇"的审美特征；再次，历数词的发展历程，评述历代词人词风，提出编选的宗旨。五代孟昶、李煜首开词风，精工绝伦，但流于清艳绮靡，使词染以杂音。唐之李白、韦应物、王建、韩翃、白居易、刘禹锡、皇甫松、司空图、韩偓风貌各盛，以温庭筠的"深美闳约"最高。宋之张先、苏轼、秦观、周邦彦、辛弃疾、姜夔、王沂孙、张炎，文采兼备；柳永、黄庭坚、刘过、吴文英各引一端，有得有失。自宋之后，词风衰微，难继盛况。鉴于词无以为继的发展现状，作者编选《词选》"塞其下流，导其渊源，无使风雅之士惩于鄙俗之音"，使词归雅正比兴。

病梅馆记

龚自珍

　　江宁之龙蟠[1]，苏州之邓尉[2]，杭州之西溪[3]，皆产梅。或曰："梅以曲为美，直则无姿；以欹为美[4]，正则无景；梅以疏为美，密则无态。"固也[5]。此文人画士，心知其意，未可明诏大号以绳天下之梅也[6]；又不可以使天下之民斫直[7]，删密，锄正，以夭梅病梅为业以求钱也[8]。梅之欹之疏之曲，又非蠢蠢求钱之民，能以其智力为也[9]。有以文人画士孤癖之隐明告鬻梅者[10]，斫其正，养其旁条[11]，删其密，夭其稚枝[12]，锄其直，遏其生气[13]，以求重价[14]，而江浙之梅皆病。文人画士之祸之烈至此哉！

　　予购三百盆，皆病者，无一完者。既泣之三日[15]，乃誓疗之：纵之顺之[16]，毁其盆，悉埋于地[17]，解其棕缚[18]；以五年为期，必复之全之。予本非文人画士，甘受诟厉[19]，辟病梅之馆以贮之。

　　呜呼！安得使予多暇日[20]，又多闲田，以广贮江宁、杭州、苏州之病梅，穷予生之光阴以疗梅也哉[21]！

——选自王佩诤校《龚自珍全集》，上海古籍出版社 1999 年版

【作者简介】

　　龚自珍，生平简介见前文。

【注释】

　　[1] 江宁：旧江宁府所在地，在今江苏南京。龙蟠：龙蟠里，在今南京清凉山下。

散
文

[2] 邓尉：山名。在今江苏苏州西南。

[3] 西溪：地名。

[4] 欹（qī）：倾斜。

[5] 固也：本来如此。固，本来。

[6] 明诏大号：公开宣告，大声疾呼。明，公开。诏：告诉，一般指上告下。号：疾呼，喊叫。绳：名作动，约束。

[7] 斫：砍削。直：笔直的枝干。

[8] 夭梅病梅：摧折梅，把它弄成病态。夭：使……摧折（使……弯曲）。病，使……成为病态。

[9] 蠢蠢：无知的样子。智力：智慧和力量。

[10] 孤癖：特殊的嗜好。隐：隐衷，隐藏心中特别的嗜好。鬻（yù）：卖。

[11] 旁条：旁逸斜出的枝条。

[12] 稚枝：嫩枝。

[13] 遏（è）：遏制。

[14] 重价：高价。

[15] 泣：为……哭泣。

[16] 纵：放纵。顺：使……顺其自然。

[17] 悉：全。

[18] 棕缚：棕绳的束缚。

[19] 诟厉：讥评，辱骂。厉，病。

[20] 安得：怎么能够。暇：空闲。

[21] 穷：穷尽。

【作品要解】

本文是龚自珍在道光十九年（1839）辞官南归途中所作，是一篇寓言性小品文。全文托物言志，以梅喻人、以梅议政，通过植梅、养梅、品梅、疗梅映射清代社会群体对人才的畸形追求，腐朽的选拔制度对人才的摧残，严酷的政治环境对人才的压制，号召突破对人才的束缚和压制，追求人才解放和人才自由。

文章通过盛产梅花之地，引出病梅之态和病梅之祸。龙蟠、邓尉、西溪皆盛产梅花，然三地之梅花皆不以直、正、密为美，而以曲、欹、疏为美，引出梅花之病态。究其原因为文人画士的孤僻之隐。因文人画士以病梅为美，鬻梅者追利逐金，斫其正、删其密、锄其直，而养其旁条、曲其稚枝、遏其生气，长此以往江浙之梅遂皆为病梅。作者购三百盆梅花皆为病态，少有全者，为之悲泣，遂发誓要"疗之、纵之、顺之"以救治梅之病态。作者欲"穷予生之光阴以疗梅"，但惜时日之不多、场地之不足，发出"呜呼"之叹。

全文皆以梅为中心，借梅喻人，梅成了人才的象征，梅之病为人才之病，梅之疗治为人才之救治，文人画士的孤僻之隐为保守顽固的统治者对于人才的畸形需求，鬻梅者则为八股科举等人才培育和选拔机制。文章借物言志，运用象征的手法，痛惜对人才的摧残，抒发欲挽救人才的志向。由产梅之地、病梅之态、病梅之由、疗梅之志、疗梅之法、疗梅之叹，层层推进，结构井然，意蕴深刻。

词

贺新郎

病中有感

吴伟业

万事催华发。论龚生、天年竟夭 [1]，高名难没 [2]。吾病难将医药治，耿耿胸中热血。待洒向、西风残月。剖却心肝今置地，问华佗、解我肠千结。追往恨，倍凄咽。故人慷慨多奇节 [3]。为当年、沉吟不断，草间偷活。艾灸眉头瓜喷鼻，今日须难决绝。早患苦、重来千叠。脱屣妻孥非易事 [4]，竟一钱、不值何须说。人世事，几完缺。

——选自叶恭绰《全清词钞》，中华书局 1982 年版

【作者简介】

吴伟业（1609—1672），字骏公，号梅村，又号大云居士，江南太仓（今属江苏）人。师事张溥，有才名，为复社成员。弱冠，举崇祯辛未（1631）科会试第一，廷试第二，福王时官至少詹事。与大学士马士英、阮大铖不合，请假归。入清，清世祖闻其名，力迫入都，授秘书侍讲，累迁至官国子监祭酒。顺治十四年（1657）丁继母忧以南归，自后居家不出。因屈节事清，每惭悔不已。康熙十年（1671）卒。临终遗命以僧服入殓，题"诗人吴梅村之墓"。伟业学问淹博，尤长于诗，为一时之冠。著有《梅村集》《梅村家藏稿》《秣陵春》等，词集单行者曰《梅村诗余》，少时才华艳发，所作风华绮丽，中经丧乱，遂多悲凉之音，论者以方之北周庾信。

【注释】

[1] 天年：自然的寿数。唐柳宗元《行路难》诗之一："啾啾饮食滴与粒，生

死亦足终天年。"

[2] 高名：盛名，名声大。唐李白《峨眉山月歌送蜀僧晏入中京》："一振高名满帝都，归时还弄峨眉月。"

[3] 奇节：高旭《侠士行》："深沉好读书，少小励奇节。"

[4] 妻孥（nú）：妻子和儿女。唐杜甫《羌村》诗之一："妻孥怪我在，惊定还拭泪。"

【作品要解】

此词作于词人晚年病重之际，悲叹自己的身世，表达了身为前朝遗民出仕清朝的悔恨心情。吴伟业在明朝已负盛名，南明弘光朝与阮大铖、马士英不合，遂弃官归隐，入清后被迫出仕。词首句"万事催华发"，言时光难老人易老，而此时正处于病中的词人尤其感到时光匆迫和生命的短促。"论龚生、天年竟夭，高名难没"句引入汉代人物龚胜，据《御览》："龚胜，楚人，王莽时遣使征聘，义不事二姓，遂不食而死。有父老来吊，甚哀。既而曰：'嗟乎！薰以香自烧，膏以明自消。龚先生竟夭天年，非吾徒也！'趋而出，终莫知其谁也。"词人之所以想到龚生，实感到自身仕清经历与其相对照，惭愧难当，几无地自容。"吾病难将医药治，耿耿胸中热血。待洒向、西风残月"。词人已知自己病入沉疴，然而肉体的病痛却远不及心灵的痛苦，表达了对前明仍抱有无限的眷恋之情。而此时心中之症结，恰如上片结句所云"剖却心肝今置地，问华佗、解我肠千结。追往恨，倍凄咽"。纵使华佗在世也无法挽救自己精神上的痛楚。下片紧承词意，"故人慷慨多奇节"。这里"故人"实指晚明抗清志士，如陈子龙、夏允彝、顾炎武、黄宗羲等。或矢志不渝，坚持抗清，或誓不与清廷合作的慷慨志士称赞他们的奇情壮节，再回顾自身的隐忍苟活，不免气沮心塞，所谓"为当年、沉吟不断，草间偷活"。"艾灸眉头瓜喷鼻，今日须难决绝。早患苦、重来千叠"中的"艾灸"语出《隋书·麦铁杖传》："铁杖自以荷恩深重，每怀竭命之志。及辽东之役，请为前锋，顾谓医者吴景贤曰：'大丈夫性命自有所在，岂能艾炷灸頵，瓜蒂喷鼻，治黄不差，而卧死儿女手中乎？'"引麦铁杖事为表达自己因早年一时决断差错，如今酿就了无穷的怨悔。"脱屣妻孥非易事，竟一钱、不值何须说"。据《史记·封禅书》："于是天子曰：'嗟乎！吾诚得如黄帝，吾视去妻子如脱躧耳。'"意为抛家弃子乃如脱掉鞋子一般容易。而词人当年正为保全家人性命被迫出仕，但是词人觉得当年的死生抉择虽非易事，但如今看来毕竟难与保全自身名节相比。"一钱不值"，语出《史记·魏其武安侯列传》："行酒次至临汝侯，临汝侯方与程不识耳语，又不避席。夫无所发怒，乃骂临汝侯曰：'生平毁程不识不直一钱，今日长者为寿，乃效女儿咕嗫耳语！'"词人自贬降清之举，一钱不值，不必多说了。结句"人世事，几完缺"。谓人世间事如月之盈亏，有完则有缺，语气虽转平淡，但词人心中之郁结岂能轻易消释，更具引人叹惋哀怜之情。陈廷焯《白雨斋词话》评此词曰：《贺新郎》一篇，梅村绝笔也。悲感万端，自怨自艾。千载下读其词，思其人，悲其遇，固与牧斋不同，亦与芝麓辈有别。"

满江红

秋日经信陵君祠

陈维崧

席帽聊萧[1]，偶经过、信陵祠下。正满目、荒台败叶，东京客舍。九月惊风将落帽，半廊细雨时飘瓦。柏初红、偏向坏墙边[2]，离披打。今古事，堪悲诧。身世恨，从牵惹[3]。倘君而尚在，定怜余也。我讵不如毛薛辈，君宁甘与原尝亚？叹侯嬴、老泪苦无多，如铅泻。

——选自夏承焘、张璋《金元明清词选》，人民文学出版社1983年版

【作者简介】

陈维崧（1625—1682），字其年，号迦陵，江南宜兴（今属江苏）人。维崧天才绝艳，十岁，代大父撰杨忠烈像赞。比长，侍父侧，每名流宴集，援笔作序记，千言立就，瑰玮无比，皆折行辈与交。补诸生，久之不遇。因出游，所在争客之。尝由汴入都，与朱彝尊合刻一稿，名《朱陈村词》，流传至禁中，蒙赐问，时以为荣。逾五十，始举鸿博，授检讨，修明史。在馆四年，病卒。维崧清臞多须，海内称陈髯。平生无疾言遽色，友爱诸弟甚。游公卿间，慎密，随事匡正，故人乐近之，而卒莫之狎。著《湖海楼诗集》《迦陵文集》。时汪琬于同辈少许可者，独推维崧骈体，谓自唐开、宝后无与抗矣。诗雄丽沉郁，词最有名，妇孺皆能习之。一生作词一千六百余首，凡四百余调。尤前此未有也。其少时正当明末，家门鼎盛，故词多旖旎语，青壮年时逢明清易代，颠沛流离，词风一变而为悲壮苍凉。又以有"把酒祝东风，种出双红豆"之句，又称"红豆词人"。

【注释】

[1] 席帽：古帽名。以藤席为骨架，形似毡笠，四缘垂下，可蔽日遮颜。晋崔豹《古今注·席帽》："本古之围帽也，男女通服之。以韦之四周，垂丝网之，施以珠翠。丈夫去饰……丈夫藤席为之，骨鞔以缯，乃名席帽。"宋吴处厚《青箱杂记》卷二："盖国初犹袭唐风，士子皆曳袍重戴，出则以席帽自随。"清钱谦益《客途有怀吴中故人》诗："青袍奉母谁知子？席帽趋时自有人。"聊萧：冷落；稀疏。清曹寅《观弈口占和渔村》："冻柳聊萧卷斾旗，荥阳未北我先知。"

[2] 桕（jiù）：木名，即乌桕。

[3] 牵惹：招引；牵动。元王实甫《西厢记》第四本第四折："柳丝长咫尺情牵惹，水声幽彷佛人呜咽。"

【作品要解】

这是一首怀古词。时值秋天，词人路经信陵君祠，眼前荒芜破败的残破景象让词人顿生无限感慨，表达了吊古伤今之情。首句"席帽聊萧，偶经过、信陵祠下"中的"席帽"点出词人此时的身份特征，宋吴处厚《青箱杂记》载，李巽字仲权，累举不第，乡人侮曰："李秀才应举，空去空回。不知甚时席帽得离身？"巽亦不校。登第后，乃遗乡人诗曰："当年踪迹困泥尘，不意乘时亦化鳞。为报乡间亲戚道，如今席帽已离身。"据徐乾学为其所撰墓志铭所云，词人在清军南下之后，随父贞慧"栖止山村野寺，绝意仕进，久之随辈应乡试，不利"。之后七次失利于场屋，五十五岁方中博学鸿词科。期间一直穷愁落拓，浪游南北、旅食四方。"正满目、荒台败叶，东京客舍"中的"东京"，指开封，点出词人正漂泊至此地，目睹信陵君祠，忽生感慨。信陵君为魏昭王三少子，与孟尝君、平原君、春申君并称为"战国四公子"，尤以礼贤下士著称。曾在大梁结交侯嬴、朱亥，居赵时结交毛公、薛公。遥想当年礼遇贤士的信陵君，如今其祠堂布满枯枝败叶，荒凉萧瑟。"九月惊风将落帽，半廊细雨时飘瓦"此句用晋孟嘉典故，孟嘉重阳随桓温游龙山，风气吹落帽子，孟嘉浑然不觉，桓温命人作文以戏之。古人有此友朋臣僚之乐，颇令人艳羡不已，而自己如今形影相吊，寥落孤寂。"柏初红、偏向坏墙边，离披打"。如此心情，如此景物，便更觉落寞幽寂。上片景与情合，情与景衬，写景之笔都正是为言情。即王国维所云："以我观物，故物皆着我之色彩。"下片从满目荒凉的景色中生发感慨，"今古事，堪悲诧。身世恨，从牵惹。倘君而尚在，定怜余也"。词人半生游荡不定的苦楚，生不逢时的悲痛，都由上片之景"牵惹"出来。倘若信陵君在世，一定会垂青于我，因为词人坚信自己的才能不会低于毛薛二人。"我讵不如毛薛辈，君宁甘与原尝亚？"如能辅佐信陵君，必使其超越平原君与孟尝君，而不会屈居二人之后。可惜的是，这毕竟仅仅是一种不现实的期许而已。"叹侯嬴、老泪苦无多，如铅泻"，侯嬴虽在晚年才得到信陵君的知遇之恩，但那也堪称是一生的幸运了，而词人此生究竟能否遇到信陵君那样的人物呢？

贺新郎

纤夫词

陈维崧

战舰排江口。正天边、真王拜印，蛟螭蟠钮[1]。征发榷船郎十万，列郡风驰雨骤。叹闾左、骚然鸡狗[2]。里正前团催后保，尽累累、锁系空仓后。捽头去，敢摇手[3]。稻花恰称霜天秀。有丁男、临歧诀绝，草间病妇。此去三江牵百丈，雪浪排墙夜吼。背耐得、土牛鞭否[4]？好倚后园枫树下，向丛祠、乞倩巫浇酒。神佑我，归田亩。

——选自夏承焘、张璋《金元明清词选》，人民文学出版社 1983 年版

【作者简介】

陈维崧，生平简介见前文。

【注释】

[1] 蛟螭：蛟龙。亦指器物上的螭形图案。唐韩愈《岳阳楼别窦司直》诗："蛟螭露笋簴，缟练吹组帐。"

[2] 闾左：居住于闾巷左侧的人。一说秦时贫贱者居闾左，后因借指平民。

[3] 捽（zuò）：抓住头发。

[4] 土牛：用泥土制的牛。旧俗立春日造土牛以劝农耕，州县及农民鞭打土牛，象征春耕开始，以示丰兆，谓之"鞭牛""打春""鞭春"。

【**作品要解**】

这首词作于清顺治十六年（1659），是年五月，南明大将郑成功与张煌言合兵北伐，克镇江，攻至江宁（南京）城下。清军筹措江防，从长江中下游抓了大批民夫运兵运粮，此为叙写拉船纤夫之作。首句"战舰排江口"，写其时郑成功陷镇江府，清军准备大规模军事行动的阵势。"正天边、真王拜印，蛟螭蟠钮"。这一年秋七月，清廷以达素为安南将军，同索洪、赖塔等率师征郑成功，此句正写此事。"征发櫂船郎十万，列郡风驰雨骤。叹闾左、骚然鸡狗"此二句写各郡州府抓丁行动犹如疾风骤雨，一时人人自危，鸡犬不宁。"里正前团催后保，尽累累、锁系空仓后。揇头去，敢摇手"，交待抓丁细节，乡里保长从前村催到后村，揪住头发，不敢有丝毫抱怨，被抓来的民夫则囚于空粮仓之中。下片则选取了一个近景特写，"稻花恰称霜天秀。有丁男、临歧诀绝，草间病妇"。一丁男与病妻在路口诀别分手。丈夫担忧病妻今后的生计，妻子则担心丈夫此去所要经受的一切："此去三江牵百丈，雪浪排樯夜吼。背耐得，土牛鞭否？"在白浪滔天，冲击着樯杆的夜晚，拉着百丈的纤绳，还有士兵鞭背驱赶，丈夫是否能受得了呢？而丈夫临别则叮咛妻子："好倚后园枫树下，向丛祠、亟倩巫浇酒。神佑我，归田亩。"快去请来巫婆，到家中后院枫树之下，向凡能想得到的一切神灵祝酒祈求，保佑我能活着回来相见。此一幕颇似王粲《七哀诗》所叙之人间惨象，又似杜甫《新安吏》《石壕吏》，其凄惨情状，令人不忍卒读。

词

111

卖花声

雨花台

朱彝尊

衰柳白门湾，潮打城还。小长干接大长干。歌板酒旗零落尽[1]，剩有渔竿。秋草六朝寒，花雨空坛。更无人处一凭阑。燕子斜阳来又去，如此江山！

——选自叶恭绰《全清词钞》卷五，中华书局 1982 年版

【作者简介】

朱彝尊（1629—1709），字锡鬯，号竹垞，又号金风亭长、小长芦钓鱼师，浙江秀水人。生有异秉，书经目不遗。早年曾结客共图复明，几及于狱，后远游以布衣自尊。康熙十八年（1679），举博学宏词，授翰林院检讨，后坐事褫职，归田著述。当时王士禛工诗，汪琬工文，毛奇龄工考据，独彝尊兼有众长。词则与陈维崧、纳兰性德分鼎于康熙一朝，为"浙西词派"开山祖师。论词宗主南宋姜夔，大抵以清空骚雅为尚。尝选唐、五代、宋以下至元代诸家词为《词综》，有《曝书亭集》。

【注释】

[1] 歌板：即拍板。乐器。歌唱时用以打拍子，故名。唐李贺《酬答》诗之二："试问酒旗歌板地，今朝谁是拗花人？"

清代文学作品选

【作品要解】

此词以南京雨花台为背景，追怀往昔，吊古伤今，表现了零落凄凉的伤感情绪。"衰柳白门湾，潮打城还"中的"白门"乃指南京城西侧之宣阳门，古人以西方色白，故民间曰西门为白门。《建康实录》载，宋明帝忌讳言语中有祸败凶丧字眼，闻人谓宣阳门为白门，以为不祥，甚讳之。尚书左丞江谧尝误犯，变色曰"白汝家门"，谧顿首谢罪，久之方释。此句叙写白门湾柳叶凋萎，生意顿消，秋天业已来临，一派荒疏萧索。而秦淮河潮往来冲击，日夜不息地扑打着城门。唐刘禹锡《石头城》："山围故国周遭在，潮打孤城寂寞回。"此句正与此同。"小长干接大长干。歌板酒旗零落尽，剩有渔竿"，大、小长干皆为地名，都曾是南京最热闹繁华的所在。而如今画舫游船、歌楼舞馆、夜夜笙歌的景象都已消失，只有渔翁在荒凉的河畔垂钓，一切都是过眼云烟，零落殆尽了。"秋草六朝寒，花雨空坛"，南京雨花台，据传梁武帝时，有云光法师讲经于此，天华坠落如雨，故得名雨花台。如今法师讲坛业已空空如也。"更无人处一凭阑。燕子斜阳来又去，如此江山"此二句与开篇的潮水与空城对比，李后主词："独自莫凭栏，无限江山。"所见极阔大，所感极深沉。此结句也将历史兴衰的感慨寓于"如此江山"四字，传达出时移境迁而江山依旧的沧桑之感。此首《卖花声》即《浪淘沙》调，前人多以之表现哀婉之情，此词却写得警健挺拔，谭献评此词"声可裂竹"，允当的评。

桂殿秋

朱彝尊

思往事，渡江干^[1]。青蛾低映越山看^[2]。共眠一舸听秋雨，小簟轻衾各自寒^[3]。

——选自叶恭绰《全清词钞》卷五，中华书局 1982 年版

【作者简介】

朱彝尊，生平简介见前文。

【注释】

[1] 江干：江边；江岸。唐王勃《羁游饯别》诗："客心悬陇路，游子倦江干。"

[2] 青蛾：青黛画的眉毛；美人的眉毛。亦借指少女、美人。宋晏殊《木兰花》词之七："炉中百和添香兽，帘外青蛾回舞袖。"

[3] 簟（diàn）：供坐卧铺垫用的苇席或竹席。

【作品要解】

这是一首词人怀念爱人的情词。朱彝尊《静志居琴趣》多为情词，不少作品描写得宛转细致，而其对象，为其妻妹冯寿常。他的排律《风怀二百韵》，

也是写二人之间的爱情故事，时人劝其删去，他表示宁愿作名教罪人，不能删去。冒广生云："世传竹垞《风怀二百韵》为其妻妹作，其实《静志居琴趣》一卷，皆《风怀》注脚也。竹垞年十七，娶于冯。冯孺人名福贞，字海媛，少竹垞二岁。冯夫人之妹，名寿常，字静志，少竹垞七岁。曩闻外祖周季贶先生言：十五六年前，曾见太仓某家藏一簪，簪刻"寿常"字，因悟《洞仙歌》词云：'金簪二寸短，留结殷勤，铸就偏名有谁认？'盖真有本事也。"既言之凿凿，盖实有其事吧。在此首怀人词中充满了对往昔美好情事的无限怀念，表达了"两美诚难合""无端失比伉"的无奈。起句便言"思往事"，明白直切，往事究竟如何呢？"渡江干"，顺势点出地点。"青蛾低映越山看"，"青蛾"本喻女子眉黛，这里代指美女，确切地说是指心意中的人儿。青山隐隐，绿水迢迢，翠眉凝黛的佳人低眉俯首弄舟，似有无限心事。倩影倒映水中，与清秀的越山景色相映成趣。相伴记忆中的一切是那么令人难以忘怀。接下来是一则生活近景，"共眠一舸听秋雨"，在青山绿水之间，二人共卧小舟，共听秋雨。应是两情相契，彼此情浓的好时光。然"小簟轻衾各自寒"却透漏出另外的信息，虽共乘一舟同行，却并非如韦庄"春水碧如天，画船听雨眠"般的自在气氛。而是"小簟""轻衾"分在两处，各自感受着秋雨带来的寒意。相倾相慕的双方虽近在咫尺，却如远隔天涯。二人中间隔着一道无法逾越的障碍。恐怕只能暗地里互相领略对方给予自己的无语柔情。清人丁绍仪评此词曰："史梅溪《燕归梁》云'独卧秋窗桂未香。怕雨点飘凉。玉人只在楚云旁。也著泪，过昏黄。西风今夜梧桐冷，断无梦，到鸳鸯。秋砧二十五声长。请各自，耐思量。'竹垞太史仿其意，而变其辞为《桂殿秋》云，较梅溪词尤含意无尽。"

解珮令

自题词集

朱彝尊

十年磨剑，五陵结客^[1]，把平生、涕泪都飘尽。老去填词，一半是、空中传恨。几曾围、燕钗蝉鬓^[2]？不师秦七，不师黄九，倚新声、玉田差近^[3]。落拓江湖，且分付、歌筵红粉。料封侯、白头无分^[4]！

——选自叶恭绰《全清词钞》卷五，中华书局1982年版

【作者简介】

朱彝尊，生平简介见前文。

【注释】

[1] 结客：结交宾客。常指结交豪侠之士。唐韩翃《送王诞渤海使赴李太守行营》诗："少年结客散黄金，中岁连兵扫绿林。"

[2] 蝉鬓：古代妇女的一种发式。两鬓薄如蝉翼，故称。亦借指妇女。晋崔豹《古今注·杂注》："魏文帝宫人绝所宠者，有莫琼树、薛夜来、田尚衣、段巧笑，日夕在侧，琼树乃制蝉鬓。缥缈如蝉翼，故曰蝉鬓。"清纳兰性德《浣溪沙》词："睡起惺忪强自支，绿倾蝉鬓下帘时，夜来愁损小腰肢。"

[3] 新声：新作的乐曲；新颖美妙的乐音。元王士熙《李宫人琵琶引》："新声不用黄金拨，玉指萧萧弄晚凉。"这里指词人的新作。

[4] 无分：指没有机缘。唐杜甫《九日》诗之一："竹叶于人既无分，菊花从此不须开。"

【作品要解】

作为清代"浙西词派"开山词人，此自题词集可视为其一生词体创作之总结。上片叙写其平生志愿不得实现的遗憾。"十年磨剑"引唐贾岛"十年磨一剑，霜刃未曾试"句；"五陵结客"也是用典，五陵指汉五个皇帝陵墓所在地，即长陵、安陵、阳陵、茂陵、平陵的合称，均在渭水北岸今陕西咸阳市附近。汉高祖时郎中刘敬上书建议将关东高官富豪举家迁往关中侍奉陵寝，后至汉元帝以前，每立陵墓，辄迁徙四方富豪及外戚于此居住，令供奉园陵，因此郡国诸豪及长安五陵诸为气节者，皆归慕之。此处引用二典意为表现词人少时亦曾一腔热血，抱有雄心壮志。然而"把平生、涕泪都飘尽"，如今却壮志难酬，徒留遗憾。既然如此，词人则转向文墨，"老去填词，一半是、空中传恨。几曾围、燕钗蝉鬓"句亦包含两个典故。《雨村词话》载："鲁直少时使酒玩世，喜造纤淫之句。法秀道人诫曰：'笔墨劝淫，应堕犁舌地狱。'鲁直答曰：'空中语耳。'""燕钗蝉鬓"语出《洞冥记》，称汉代神女留下玉钗一枚，后玉钗化白燕飞去，宫人遂学做此钗，名玉燕钗；"蝉鬓"借指美女。此句意为自己虽多作艳词，然皆出于艺术虚构，并非亲身经历，仅以此表达难以言传的苦衷而已。对此人所作艳词，陈廷焯《白雨斋词话》评价说："尽扫陈言，独出机杼。艳词有此，匪独晏、欧所不能，即李后主、牛松卿亦未尝梦见，真古今绝构也。"词下片具体谈到词人填词的师承和创作心态。"不师秦七，不师黄九，倚新声、玉田差近"中的"秦七"指词人秦观，"黄九"指黄庭坚。秦观与黄庭坚皆是宋代词之作手，词名甚高，前者词风柔婉，后者下语奇崛，陈廷焯所谓"秦七黄九，并重当时"。但词人说二者皆不是他所追慕学习的对象。他所钦佩学习者乃是姜夔、张炎一路的"清空"。这既指出自己的词学师承，也道出自己的词作特色。"落拓江湖，且分付、歌筵红粉。料封侯、白头无分！"此二句则从对词的创作状况宕开去，谈自己的人生境况。唐孟棨《本事诗》载："杜登科后，狎游饮酒，为诗曰：'落拓江湖载酒行，楚腰纤细掌中情。三年一觉扬州梦，赢得青楼薄幸名。'"备言仕途失意而寄情声色自娱的心态。词人想到杜牧，料想自己此生亦沦落江湖，建功立业、拜将封侯的期许也是一场空，亦不免于歌筵红粉，黯然伤情，唏嘘怅恨。

金缕曲二首 · 其一

寄吴汉槎宁古塔，以词代书，丙辰冬寓京师千佛寺冰雪中作

顾贞观

季子平安否？便归来，平生万事，那堪回首？行路悠悠谁慰藉？母老家贫子幼。记不起、从前杯酒。魑魅搏人应见惯[1]，总输他、覆雨翻云手。冰与雪，周旋久。泪痕莫滴牛衣透[2]。数天涯、依然骨肉，几家能够？比似红颜多命薄，更不如今还有。只绝塞、苦寒难受。廿载包胥承一诺，盼乌头马角终解救[3]。置此札，君怀袖。

——选自叶恭绰《全清词钞》卷四，中华书局 1982 年版

【作者简介】

顾贞观（1637—1714），字华峰，号梁汾，江南无锡人。清康熙十一年（1672）举人，官内阁中书。擢秘书院典籍，后丁父忧。康熙十五年（1666）入京馆于大学士明珠家中，与明珠子纳兰性德交契甚厚。后还家，读书以终老。工诗，自定集仅五言三十余篇，清微婉笃，上睎韦、柳；尤长于词，为世所特传，与陈维崧及朱彝尊称"词家三绝"。集名《弹指词》。

【注释】

[1] 魑魅：古谓能害人的山泽之神怪。常喻指坏人或邪恶势力。

[2] 牛衣：供牛御寒用的披盖物。如蓑衣之类。亦指贫寒之士。

[3] 乌头马角："乌头白马生角"的略语。乌头变白，马首长角。比喻不可能实现的事情。《燕丹子》卷上："燕太子丹质于秦，秦王遇之无礼，不得意，欲求归。秦王不听，谬言令乌头白，马生角，乃可许耳。丹仰天叹，乌即白头，马生角，秦王不得已而遣之。"

【作品要解】

    此二首词是比较独特的信札形式的怀人词，写给词人好友吴汉槎。汉槎字兆骞，清诗人，顺治十四年（1657）江南乡试中举，但无辜遭累，于当年十一月被流放于宁古塔，长达二十余年。这两首词作于1676年冬，之后经词人与纳兰性德的周济斡旋，终使吴汉槎返京。首句"季子平安否"是问询语，因吴汉槎兄弟排行最末，故称季子。以下数句为宽慰语："便归来，平生万事，那堪回首？"即使归来京师，也不见得多么顺利。"母老家贫子幼。记不起、从前杯酒。魑魅搏人应见惯，总输他、覆雨翻云手。冰与雪，周旋久"紧承上句，词人设身处地谈到友人的境况和曾经与其相处的愉快，同时也指斥了那些形同魑魅魍魉、构陷友人的小人，对友人传达了同情。在表达了问候和关切之后，下片则转而劝慰友人要坚强，莫要过度伤感。"泪痕莫滴牛衣透。数天涯、依然骨肉，几家能够？比似红颜多命薄，更不如今还有"。"牛衣透"，即"牛衣对泣""牛衣夜哭"谓因家境贫寒而伤心落泪。汉王章在出仕前家里很穷，没有被子盖，生大病也只得卧牛衣中，他自料必死，哭泣着与妻子诀别。妻子怒斥之，谓京师那些尊贵的人谁能比得上你呢？此典用以激励友人，谓古往今来，并非只有你沦为不幸的命运，比你凄惨的人还大有人在，毕竟你还可以有骨肉相依，足可聊以此安慰了。据载吴妻后出关省夫，陪伴其多年，并生四女一子。此数句表明词人对朋友的状况了如指掌，因此所发出的关心语体贴周至。下片末二句则表达了一定要解友人之困的决心。"只绝塞、苦寒难受。廿载包胥承一诺，盼乌头马角终相救。置此札，君怀袖"。联想到友人处境，词人决心像申包胥当年到秦国痛哭七日请兵助楚伐吴一样，拯救友人早日脱离苦海。"乌头马角"，据《燕丹子》卷上："燕太子丹质于秦，秦王遇之无礼，不得意，欲求归。秦王不听，谬言令乌头白，马生角，乃可许耳。丹仰天叹，乌即白头，马生角，秦王不得已而遣之。"表达即使希望渺茫，也不断努力，并坚信会有成功的一日。《古诗》曰："客从远方来，遗我一书札。上有长相思，下言久离别。置书怀袖中，三岁字不灭。"词人隐括此诗希望友人坚持信念，不要放弃。

金缕曲二首·其二

顾贞观

我亦飘零久。十年来，深恩负尽，死生师友。宿昔齐名非忝窃 [1]，只看杜陵穷瘦，曾不减、夜郎僝僽 [2]。薄命长辞知己别，问人生、到此凄凉否？千万恨，为兄剖。兄生辛未吾丁丑。共些时、冰霜摧折，早衰蒲柳 [3]。词赋从今须少作，留取心魂相守。但愿得、河清人寿 [4]。归日急翻行戍稿，把空名料理传身后。言不尽，观顿首。

——选自叶恭绰《全清词钞》卷四，中华书局1982年版

【作者简介】

顾贞观，生平简介见前文。

【注释】

[1] 忝窃：谦言辱居其位或愧得其名。唐杜甫《长沙送李十一》诗："李杜齐名真忝窃，朔云寒菊倍离忧。"

[2] 僝僽（chán zhòu）：亦作"僝愀"。烦恼；愁苦。

[3] 蒲柳：即水杨。一种入秋就凋零的树木。南朝宋刘义庆《世说新语·言语》："蒲柳之姿，望秋而落；松柏之质，经霜弥茂。"后因以比喻未老先衰，或体质衰弱。唐卢纶《和崔侍郎游万固寺》："风云才子冶游思，蒲柳老人惆怅心。"

[4] 河清：河水变清。多指黄河水清。黄河水浊，少有清时，因以"河清"比喻时机难遇。

【作品要解】

　　第一首从友人角度写。第二首则从自身抒发感慨。"我亦飘零久。十年来，深恩负尽，死生师友"。虽然自己并未如友人那样陷入北地绝境，但多年以来心情并不轻松，只因无力挽救身处困境的师友。接着词人回忆二人交往的旧事，"宿昔齐名非忝窃，只看杜陵穷瘦，曾不减、夜郎僝僽"。"宿昔齐名"，据王士禛《感旧集》："贞观幼有异才，尤工乐府，少与吴江吴兆骞齐名。"可见二者名实相当，这里并非妄言。接着词人以杜甫与李白之关系，来比况自己与友人。李白当年曾流夜郎，亦曾作诗戏谑老杜："饭颗山头逢杜甫，头戴笠子日卓午。借问别来太瘦生，总为从前作诗苦。"杜陵消瘦虽非为李白，而这里词人为友人的担忧却是真真切切的。"薄命长辞知己别，问人生、到此凄凉否？千万恨，为兄剖"。"薄命长辞"系指妻子过世，"知己别"是说与吴汉槎的分离。此人想到自己这些年的变化也不禁悲从中来。"兄生辛未吾丁丑。共些时、冰霜摧折，早衰蒲柳"。吴汉槎生于辛未（明崇祯四年，即1631），顾贞观生于丁丑（明崇祯十年，即1637），二人均人逢壮年，但早受摧折，恰如望秋先零的蒲柳一般。"词赋从今须少作，留取心魂相守"此句劝告友人，以后少作辞赋，保养心魂，耐心等待机运回转的那一日。"但愿得、河清人寿。归日急翻行戍稿，把空名料理传身后"。果真等到那一天回来了，再整理你在戍所积攒下来的词赋诗章，能让后人知晓你的所遭所遇。"言不尽，观顿首"。最末仍以信札行文格式结尾。这两首词以词代信，非常罕见。但词人将形式与内容巧妙融为一体，浑然天成，情感真挚，动人心魄。陈廷焯《白雨斋词话》评曰："华峰《贺新郎》（即《金缕曲》寄吴汉槎宁古塔，以词代书）两阕，只如家常说话，而痛快淋漓，宛转反覆，两人心迹，一一如见。虽非正声，亦千秋绝调也。二词纯以性情结撰而成，悲之深，慰之至。丁宁告戒，无一字不从肺腑流出。可以泣鬼神矣。"

木兰花令

拟古决绝词

纳兰性德

人生若只如初见，何事秋风悲画扇。等闲变却故人心[1]，却道故人心易变。骊山语罢清宵半[2]，泪雨零铃终不怨。何如薄幸锦衣郎[3]，比翼连枝当日愿。

——选自赵秀亭、冯统一《饮水词笺校》，中华书局 2005 年版

【作者简介】

纳兰性德（1655—1685），初名成德，因避东宫废太子嫌改性德，字容若，号楞伽山人。满洲正黄旗人。武英殿大学士明珠之子。康熙十五年（1676）进士，官至一等侍卫。自幼习骑射，性聪敏，读书过目不忘。留意经学，乡试出徐乾学之门。尤喜为词，好观北宋之作。尤其崇尚南唐李煜，曾云："花间之词如古玉器，贵重而不适用；宋词适用而少贵重。李后主兼有其美，更饶烟水迷离之致。"并重视词的文学地位，视为上承三百篇古乐府的传统，并强调词的比兴之法。以小令见长，风格清婉。尤善用白描手法，流动自然，无雕琢之病，但内容多写个人情致，流于感伤。其悼亡诸词，颇为凄惋。其所交游，如顾贞观、朱彝尊、陈维崧、姜宸英、严绳孙、秦松龄辈，皆一时俊彦。与顾贞观交尤为契厚。当时坎坷之士，失志走京师者，生馆死殡，多得到其资助。贞观友吴兆骞缘科场案谪戍宁古塔，因力请而为之求救于父明珠，酿金赎之。终得释还，世人称之。有《纳兰词》。又与顾贞观合选《今词初集》，与徐乾学编刻宋、元以来诸儒说经之书为《通志堂经解》。

【注释】

[1] 等闲：轻易；随便。

[2] 清宵：清静的夜晚。

[3] 薄幸：薄情；负心。亦指旧时女子对所欢的昵称，犹冤家。

【作品要解】

古乐府有《决绝词》云："皑如山上雪，皎若云间月。闻君有两意，故来相决绝。"此词题为"拟古决绝"，即是一首模仿之作。顾贞观《通志堂词序》："容若天资超逸，储然尘外，所为乐府小令，婉丽凄清，使读者哀乐不知所主，如听中宵梵呗，先凄惋后而喜悦。"此词即以凄清哀婉的笔调，叙写了一个痴情女子对负心锦衣郎爱恨交加的情感，寄寓了对其深深的爱惜和同情。首句"人生若只如初见"，开篇就将一个失恋女子的心理祈愿和盘托出，希望人生永远就像第一次相见一样，充满着无限的期待，充满着新鲜感，也充满着包容，永远没有倦怠、猜忌和变故。然而这似乎是不可能之事，因为下句马上以反诘语气接出"何事秋风悲画扇"。如果人生一切都如初次相见一般美好，永远葆有感情最初的热烈和纯真，永远情深意浓，那么则不会有感情上的悲剧发生。《汉书·外戚传》载才女班婕妤入官受宠，后为赵飞燕所谮，为避害退身，自求供养太后于长信宫，乃作《怨歌行》(《团扇诗》)云："新裂齐纨素，皎洁如霜雪。裁为合欢扇，团团似明月。出入君怀袖，动摇微风发。常恐秋节至，凉风夺炎热。弃捐箧笥中，恩情中道绝。"诗中以秋至团扇遭闲置以自比，抒发背弃的伤悼之情。接下来一句"等闲变却故人心，却道故人心易变"。锦衣郎视情变若等闲，却反道对方首先变心，其中充满了矛盾和误会，愈见葆有感情最初之真的不易。词下片在承继上片，"骊山语罢清宵半，泪雨零铃终不怨"。以唐明皇与杨贵妃情事谴责薄情郎，《杨太真外传》载唐玄宗与杨玉环七月七日在华清宫长生殿立下永为夫妇的誓言。白居易《长恨歌》云："七月七日长生殿，夜半无人私语时。在天愿作比翼鸟，在地愿为连理枝。"但安禄山叛乱，玄宗仓皇出走，在马嵬坡遭遇兵变，被迫缢杀杨玉环，死前杨说："妾诚负国恩，死无恨矣。"而唐明皇奔蜀道中遇雨，亦因思念玉环而作《雨霖铃》以寄恨。此句以李杨二人情事作比，虽在表达责备之意，实际表达的却是女子不能忘情的痛苦，亦因此有结句曰："何如薄幸锦衣郎，比翼连枝当日愿。"虽意在决绝，实际仍然不能释怀，仍然不能忘怀当日的海誓山盟，成功刻画了一个深情、单纯、善良的失恋女子形象。陈维崧《词评》曰："饮水词哀感顽艳，得南唐二主之遗。"此词写情缠绵悱恻，辞旨顽艳，确实颇有南唐后主之风。

浣溪沙

纳兰性德

谁念西风独自凉，萧萧黄叶闭疏窗。沉思往事立残阳。被酒莫惊春睡重^[1]，赌书消得泼茶香^[2]。当时只道是寻常。

——选自叶恭绰《全清词钞》卷四，中华书局 1982 年版

【作者简介】

纳兰性德，生平简介见前文。

【注释】

[1] 被酒：为酒所醉。犹中酒。

[2] 消得：犹言值得；配得。

【作品要解】

此词为悼念亡妻卢氏所作。纳兰性德享年不永，仅三十二岁便谢世，而其妻比他还早亡数年。因此颇有悼亡之作。如《金缕曲·亡妇忌日有感》云："此恨何时已？滴空阶寒更雨歇，葬花天气。三载悠悠魂梦杳，是梦久应醒矣！"《南乡子·为亡妇题照》云："泪咽却无声，只向从前悔薄情。凭仗丹青重省识，盈盈，一片伤心画不成！"无不凄清骚屑，愁苦万端。此词亦是如

此，从感触节序变化引发对亡人思念，回忆过去生活，深致伤惋之怀。"谁念秋风独自凉，萧萧黄叶闭疏窗"，昔日每至秋天节序，即有人催唤添衣，而如今秋风又至，斯人不在，词人只好独自感受这肃杀的凉意，此时落叶萧萧，疏窗紧闭，就像词人紧闭的心扉，了无一点生气。两句写景传达的凄怆之感，不言而喻。如此凄寂的物候，如此的心情，让词人不禁陷入对往事的沉思之中，遂有末句"沉思往事立残阳"。孤独的身影，伫立于夕阳西下之时，无数感慨生于笔端。下片对往事的片段做一一提起，"被酒莫惊春睡重，赌书消得泼茶香"二句俱写往日夫妻间之欢乐，伊人醉酒，睡意浓重，词人专心侍奉其安睡；"赌书"用赵明诚与李清照典，据《金石录后序》："德甫在太学，每朔望谒告出，质衣取半千钱，步入相国寺，市碑文果实归。夫妻相对展玩咀嚼，尝谓葛天氏之民也。后二年从官，便有穷尽天下古文奇字之志。……每获一书，即校勘、整集、签题。得书画彝鼎，摩玩舒卷。坐归来堂烹茶，指堆积书史，言某事在某书在某卷第几页第几行，以中否角胜负，为饮茶先后。中即举杯大笑，至茶倾覆怀中，反不得饮而起。"赵、李之事，历来传为佳话，为人所艳羡。结句"当时只道是寻常"，而词人此时想到，即如自己与亡妻的当日生活的种种，如今想来，其实亦可堪与他夫妇相拟。不过在当时却并未把这些看得如何珍贵，而如今斯人已去，方才感到那些寻常往事竟然变得如此不寻常，而今忆起，竟如一段尘梦，再也无处追挽，着实令人唏嘘感念，难胜其愁。顾贞观《纳兰词评》曰："容若词一种凄婉处，令人不忍卒读。"此首悼亡怀人之作确实体现了此种艺术魅力。

金缕曲

赠梁汾[1]

纳兰性德

德也狂生耳。偶然间、缁尘京国，乌衣门第[2]。有酒惟浇赵州土，谁会成生此意？不信道、遂成知己。青眼高歌俱未老，向尊前、拭尽英雄泪[3]。君不见，月如水。

共君此夜须沉醉。且由他、蛾眉谣诼，古今同忌。身世悠悠何足问，冷笑置之而已。寻思起、从头翻悔。一日心期千劫在，后身缘、恐结他生里。然诺重[4]，君须记。

——选自赵秀亭、冯统一《饮水词笺校》，中华书局 2005 年版

【作者简介】

纳兰性德，生平简介见前文。

【注释】

[1] 梁汾：即清词人顾贞观，与纳兰性德交情契厚。

[2] 缁尘：黑色灰尘。常喻世俗污垢。唐李益《答许五端公马上口号》："晚逐旌旗俱白首，少游京洛共缁尘。"京国：京城；国都。乌衣门第：指世家望族。

[3] 青眼：指对人喜爱或器重。与"白眼"相对。唐杜甫《短歌行·赠王郎司直》："仲宣楼头春色深，青眼高歌望吾子。"

[4] 然诺：然、诺皆应对之词，表示应允。引申为言而有信。

【作品要解】

这是一首赠给友人的词作，述怀言志，剖露心迹，表现了友朋间的深情。顾

贞观落职之后，为大学士明珠聘为家塾，遂与纳兰性德成忘年之交。顾曾记之云："岁丙午，容若二十二，乃一见即恨识余之晚。"二人相处之际，常以诗词互赠。此词即是一首唱和之作。词甫出，以"词旨嵚崎磊落，不啻坡老、稼轩""都下竞相传写，于是教坊歌曲间，无不知有侧帽词者"。词开篇"德也狂生耳"句，词人自称狂生，既有无知妄为的自谦之意，亦有狂放不羁，不拘成法的自许。类似表达词人曾在《野鹤吟·赠友》中亦云："仆亦本狂生，富贵如鸿毛。"愤世嫉俗，鄙薄富贵。清杨芳灿序《纳兰词》云："先生貂珥朱轮，生长华阀，其词则哀怨骚屑，类憔悴失职者之所为。盖其三生慧业，不耐浮尘，寄思无端，抑郁不释，韵淡疑仙，思幽近鬼，年之不永，即兆于斯。"即解释了纳兰性德的身世、创作以及性格上的特点。接下来的"偶然间、缁尘京国，乌衣门第"句，词人继续剖白心迹。言虽任职京都，出身高门，为常人所企慕，但自己却视若等闲，并不以为意。顾贞观在纳兰性德祭文中说他"视熏名如糟粕，势力如尘埃，其于道谊之甚真，特以风雅为性命，朋友为肺腑"。由此一层含义遂引出下句"有酒惟浇赵州土，谁会成生此意？不信道、遂成知己"。词人格外珍重与友人之间的情谊，引战国平原君赵胜招揽门客、惜才爱贤事为喻。唐李贺《浩歌》诗云："买丝绣作平原君，有酒惟浇赵州土。"李贺说买丝绣平原君的肖像，有酒浇在平原君生活的土地上。可叹的是没人能够领会他的此番心意，但忽逢顾贞观引为知己，实在难得，自然令词人欢欣鼓舞。接下来"青眼高歌俱未老，向尊前、拭尽英雄泪"句叙写二人纵情高歌，指点世事的豪情。"君不见，月如水"。上片末句以景语作结，月色如水，象征二人之间的友情高洁、清澈。词的下片写他对顾贞观身世的同情和期许。"共君此夜须沉醉"。首句既是写景又叙事。"且由他、蛾眉谣诼，古今同忌"。顾贞观此时因受排挤而落职，故有此句。这既是劝慰友人，同时也是激励自己。"身世悠悠何足问，冷笑置之而已"。面对坎坷的命运，不妨采取超然物外的态度，一笑置之。"寻思起、从头翻悔。一日心期千劫在，后身缘、恐结他生里"。这是词人表示从今以后与顾氏订为知己之交，期望能够历尽千劫而不动摇。末句"然诺重，君须记"。也对友人提出期望，希望顾氏也能够信守诺言。此词既是与顾贞观定交之作，也充分表现了词人磊落的胸襟与豪迈的才气。笔墨纵横，一气贯注，充溢着抑塞磊落之气，是篇难得的佳作。

水调歌头

春日赋，示杨生子掞（五首其二）

张惠言

百年复几许？慷慨一何多！子当为我击筑，我为子高歌。招手海边鸥鸟，看我胸中云梦，蒂芥近如何？楚越等闲耳，肝胆有风波。生平事，天付与，且婆娑。几人尘外相视，一笑醉颜酡[1]。看到浮云过了，又恐堂堂岁月[2]，一掷去如梭。劝子且秉烛，为驻好春过。

——选自叶恭绰《全清词钞》卷一五，中华书局 1982 年版

【作者简介】

张惠言（1761—1802），原名一鸣，字皋文，一作皋闻，号茗柯，武进（今江苏常州）人。清代词人、散文家。清嘉庆四年（1799）进士，授翰林院编修。少为词赋，尝拟汉司马相如、杨雄之文，及壮，又效韩愈、欧阳修。深于易学，与惠栋、焦循同被后世称为"乾嘉易学三大家"。工篆书。尤以词学名家，为常州派开山鼻祖。论词强调比兴寄托、意内言外，道贤人君子幽约悱恻不能自言之情。推崇晚唐温庭筠，辑唐宋词人四十四家、词作一百一十六首为《词选》，著有《茗柯文集》。

【注释】

[1] 酡：饮酒脸红貌。

[2] 堂堂：光耀；明亮。

【作品要解】

　　此词是一组词，共五首，此其二。杨子掞为词人门生，生平不详。此词感叹人生百年几许、岁月如流，劝杨生邀赏春光，及时行乐。但此词并未止于单纯的鼓励和劝慰，而是将慷慨之音、沉郁之意熔铸其中，遂成为一篇难得的佳作。"百年复几许，慷慨一何多"句，开篇便以人生百年之短对比慷慨意气之多，苍凉激越的感情突兀而来。"子当为我击筑，我为子高歌"用荆轲与高渐离事，《史记·刺客列传》载："荆轲既至燕，爱燕之狗屠及善击筑者高渐离。荆轲嗜酒，日与狗屠及高渐离饮于燕市，酒酣以往，高渐离击筑，荆轲和而歌于市中，相乐也，已而相泣，旁若无人者。"将自己与杨生比作荆轲与高渐离。"招手海边鸥鸟，看我胸中云梦，蒂芥近如何？""海边鸥鸟"，见《列子·皇帝》载："海上之人有好沤鸟者，每旦之海上，从沤鸟游，沤鸟之至者百住而不止。其父曰：'吾闻沤鸟皆从汝游，汝取来，吾玩之。'明日之海上，沤鸟舞而不下也。"而"云梦"事则用司马相如《子虚赋》中乌有先生夸赞齐地之广大："秋田乎青丘，彷徨乎海外，吞若云梦者八九于其胸中，曾不蒂芥也。"此句用此典表达了自己了无心机，具备极为坦荡磊落的胸怀。上片结句"楚越等闲耳，肝胆有风波"。此语出自《庄子·德充符》："自其异者视之，肝胆楚越也；自其同者视之，万物皆一也。"即共处一体的肝与胆，但如从"异"的角度看，则它们之间也可以像楚越一样距离遥远；可如从"同"的角度看，则万物都是一样的，楚越之远也可以变得像肝胆那么近。这是从为师的角度，教导杨生要具有辩证思考、看待万物的态度。下片宕开一笔，叙写要随缘自适，随遇而安的人生态度。"生平事，天付与，且婆娑"。既然平生事业总由天公安排，那么不妨婆娑起舞，悠游度过。举世皆浊，拼命追求外物、患得患失的世间上，只有那些超越红尘，心游物外的人可以举杯相视而笑，即"几人尘外相视，一笑醉颜酡"。接下来词人又把"看到浮云过了，又恐堂堂岁月，一掷去如梭"。不要把美好的"堂堂岁月"轻易地抛弃，"劝子且秉烛，为驻好春过"。"秉烛"，见于《古诗十九首》的"人生不满百，常怀千岁忧。昼短苦夜长，何不秉烛游"。说白天很短，夜晚很长，要抓住时机，及时行乐。

湘　月

壬申夏泛舟西湖，述怀有赋，时予别杭州盖十年矣

龚自珍

天风吹我[1]，堕湖山一角，果然清丽。曾是东华生小客[2]，回首苍茫无际。屠狗功名[3]，雕龙文卷[4]，岂是平生意？乡亲苏小[5]，定应笑我非计。才见一抹斜阳，半堤香草，顿惹清愁[6]起。罗袜音尘何处觅？渺渺予怀孤寄[7]。怨去吹箫，狂来说剑，两样消魂味。两般春梦，橹声荡入云水。

——选自王佩诤校《龚自珍全集》，上海古籍出版社 1999 年版

【作者简介】

龚自珍（1792—1841），字璱人，号定庵，仁和（今浙江杭州）人。晚年居住昆山羽琌山馆，又号羽琌山民。清代思想家、诗人、文学家和改良主义的先驱者。清道光九年（1829）进士。曾任内阁中书、宗人府主事和礼部主事等官职。主张革除弊政，抵制外国侵略，曾全力支持林则徐禁除鸦片。48 岁辞官南归，次年卒于江苏丹阳云阳书院。他的诗文主张"更法""改图"，揭露清统治者的腐朽，洋溢着爱国热情，被柳亚子誉为"三百年来第一流"。著有《定庵文集》，留存文章 300 余篇，诗词近 800 首，今人辑为《龚自珍全集》。著名诗作《己亥杂诗》共315 首。多咏怀和讽喻之作。词则绵丽飞扬，和周邦彦、辛弃疾而一之。词集凡五种，总称《定庵词》。

【注释】

[1] 天风：风。风行天空，故称。唐韩愈《辛卯年雪》诗："波涛何飘扬，天

风吹旛旗。"

[2]东华：明清时中枢官署设在宫城东华门内，因以借称中央官署。亦泛指朝廷。龚自珍《送南归者》诗："布衣三十上书回，挥手东华事可哀。"

[3]屠狗：宰狗。后亦泛指出身低微者，或位卑的豪杰之士。《史记·樊郦滕灌列传》："舞阳侯樊哙者，沛人也，以屠狗为事。"

[4]雕龙：雕镂龙纹。比喻善于修饰文辞或刻意雕琢文字。语出《史记·孟子荀卿列传》："驺衍之术迂大而闳辩，奭也文具难施；淳于髡久与处，时有得善言。故齐人颂曰：'谈天衍，雕龙奭，炙毂过髡。'"裴骃集解引刘向《别录》："驺奭修衍之文，饰若雕镂龙文，故曰'雕龙'。"宋陆游《舟行过梅市》诗："老来无复雕龙思，遇兴新诗取次成。"

[5]苏小：即苏小小。唐白居易《杭州春望》诗："涛声夜入伍员庙，柳色春藏苏小家。"南宋钱塘名妓。容色俊丽，颇工诗词。清赵翼《陔余丛考·两苏小小》："南齐有钱塘妓苏小小，见郭茂倩《乐府》解题。南宋有苏小小，亦钱塘人。其姊为太学生赵不敏所眷，不敏命其弟娶其妹名小小者。"

[6]清愁：凄凉的愁闷情绪。宋陆游《枕上作》诗："犹有少年风味在，吴笺着句写清愁。"

[7]孤寄：独身寄居他乡。清纳兰性德《金缕曲·寄梁汾》词："别来我亦伤孤寄，更那堪冰霜摧折，壮怀都废。"

【作品要解】

壬申即嘉庆十七年（1812），时词人二十一岁。初夏自苏州携新婚妻子至杭州。早年曾生活于此，张祖廉《定庵年谱外记》载："童时居湖上，有小楼在六桥幽窈之际，尝于春夜梳双丫髻，衣淡黄衫，倚栏吹笛，歌东坡《洞仙歌》词，观者艳之。"而如今"别杭州盖十年矣"，重游故地，喟叹良多，此词即是叙景抒怀之作。上片开首三句直接入题，"天风吹我，堕湖山一角，果然清丽"。所谓"天风吹我"，实指词人重归杭州，乃非刻意安排。嘉庆十七年词人考充武英殿校录，同年三月，陪父亲自京出任徽州知府，四月陪同母亲回苏州省亲，并与舅家表妹完婚，之后才有游杭事。因此"吹""堕"二字既暗示词人行迹漂泊不定，同时也表达对杭州念念不忘的眷恋之情。"果然"一词则透露出词人对杭州湖山景色之美一如既往的欣慰。承接此句叙景之后，以下数句则结合自己数年来的经历抒怀，"曾是东华生小客，回首苍茫无际。屠狗功名，雕龙文卷，岂是平生意？乡亲苏小，定应笑我非计"。"东华"指京城，词人郡望原在杭州，但自从祖、父辈以来，居京师已近百年，词人六岁时便已随母入京，故曰"东华生小客"。如今多年过去，自己平生志向仍无从实现，而那些屠狗之辈易得功名，一般的腐儒也以刻镂华章博得名声。反观自己似乎一无所成，难怪前代同乡苏小小，恐怕也要笑我不合时宜，举措"非计"了。上片抒怀叙志，下片则以景统情，"才见一抹斜阳，半堤香草，顿惹清愁起"。在清丽绵邈景色之中，词人尽力搜寻记忆中的西湖，然而景物依旧，但是词人心境却不如以往了。"罗袜音尘何处觅，渺渺予怀孤寄"，顿生孤身寄居他乡之感。"怨去吹箫，狂来说剑，两样消魂味"，此句中的"箫"与"剑"分别是书生报国物化代表，犹言琴心剑胆。不过书生报国谈何易，以词人眼下的处境来说，不过是徒具报国志雄心而已，词人一念至此，顿感万念俱灰，遂将一切复杂情绪归结为末句以收束全词，"两般春梦，橹声荡入云水"，身边仅有寒烟淡水，橹声回荡。全词叙景、议论、抒情浑然一体，不拘束，不粘滞，空灵浑化，颇有一唱三叹之致。此词成后，词人朋友歙县洪子骏填《金缕曲》钞其后，词曰："一棹兰舟回细雨，中有词腔姚冶。忽顿挫、淋漓如话。侠骨幽情箫与剑，问箫心、剑态谁能画？且付与，山灵诧。"

经

133

玉楼春

郑文焯

梅花过了仍风雨,著意伤春天不许[1]。西园词酒去年同,别是一番惆怅处。一枝照水浑无语,日见花飞随水去。断红还逐晚潮回[2],相映枝头红更苦。

——选自夏承焘、张璋《金元明清词选》,人民文学出版社 1983 年版

【作者简介】

郑文焯(1856—1918),字俊臣,号小坡,又号叔问,近代词人。尝梦游石芝崦,见素鹤翔于云间,因自号石芝崦主及大鹤山人,奉天铁岭(今属辽宁)人。隶汉军正黄旗,自言原籍山东高密,自称高密郑氏。光绪举人,官内阁中书,后旅居苏州。工诗词,兼长于音律、金石、书画,医学,并长于金石器玩赏鉴,尤以词著称于时,在晚清词坛独树一帜。其词以姜夔、张炎为法,倡导清空骚雅。词集有《瘦碧词》《冷红词》《比竹余音》《苕雅余集》等。其后删存诸词集为《樵风乐府》九卷。仁和(杭州)吴昌绶并收集其生平著述,合刊为《大鹤山房全集》。

【注释】

[1] 著意:特意;用心。
[2] 断红:飘零的花瓣。

【作品要解】

　　此词咏初春时节梅花落后的景色，上片起首二句叙写伤春之情。"梅花过了仍风雨，著意伤春天不许"。梅开百花之先，因此被视为报春之花。此句言虽然梅花已落，但真正的春天并未到来，风雨冰雪仍会持续，"天不许"表达了盼望春天快些到来的渴念，也隐含着对时序季候的担忧。接下来二句，"西园词酒去年同，别是一番惆怅处"。则是由眼前景色勾起了对往事的回忆。此句中"西园"并非实指，"西园"即铜雀园，位于邺都西郊，园中有铜雀台、芙蓉池等。三国时曹丕、曹植与建安名士常在那里聚会宴游，"酒酣耳热，仰而赋诗"，西园宴游遂成文人雅事，颇为后世文人艳羡。词人光绪元年（1875）中举，后屡试不第，遂绝意进取，弃官南游，旅居苏州，日与文士友朋交游唱和。回忆去年此时相聚之欢，如今时移世易，不禁满腹惆怅。下片转而写梅花，"一枝照水浑无语，日见花飞随水去"。枝头仅余的一枝未谢梅花，临水照镜；已谢梅花，逐水漂流。"断红还逐晚潮回，相映枝头红更苦"。而随水而走的落花，却被回流的晚潮打回原地，与枝头残留的梅花相对映照，更加令人伤感悲哀。此词不言愁而愁心自见，以稳缓含蓄的笔触表达了对人之命运和世事流转的某种淡淡哀感。

戏曲

清代文学作品选

《清忠谱》

李 玉

骂 像

（末胡髯、罗帽、员领上）威势炎炎天地昏，人人孝敬效儿孙；未识词堂崇奉后，更将何事报亲恩。自家堂长陆万龄的便是 [1]，蒙本衙门老爷与毛军门老爷委造魏千岁爷祠堂 [2]，已经完工。今日各位老爷亲往虎丘，迎接新塑的神像入祠，我这里挂红结彩、上膳进香，各项俱已完备，特在此伺候。若说起祠堂的好处，真个世间少有，天上无双。金银钱钞，输将万万，一似尘土泥沙；木石砖灰，堆积千千，恰像峰峦山谷。日则鸣锣，锣响处千工动手，一个个鬼运神输；夜则敲梆，梆打时万桩齐下，一声声天摇地动。做匠的如狼似虎，好似罗刹临空 [3]；督工的喝雨呼风，赛过哪吒降世。观看的闭口无言，还怕死临头上；过路的低头疾走，尚愁祸到当身。费尽了百万钱粮，才得个一朝齐整。雕龙插汉，镂凤飞云；画栋流霞，碧甍耀日。城墙坚固，赛过石头城、紫金城，万年基业；殿宇巍峨，一似皇极殿、凌霄殿，千丈辉煌。头门上高题着："三朝捧日 [4]，一柱擎天"；两坊中明写的："力保封疆，功留社稷。"威仪雄壮，浑似五凤楼前，行走的谁不钦钦敬敬；气象尊严，出入的如在建章宫里，那敢嚷嚷喧喧！少顷的沉香像迎入祠堂，队队行行，尽拥着一人有庆 [5]；今日里普惠祠均瞻圣貌 [6]，挨挨挤挤，堪比着万国来朝。真是千载齐心来仰圣，百官何必去朝天。道犹未已，你听鼓乐声喧，想是神像迎将来了，不免进去整备登座则个。正是：平日但知天子贵，今朝才识厂公 [7] 尊。（下）（外、小生、旦、贴扮执事、吹手、丑扮小监，付纱帽、红员领，老旦监帽、蟒服，前行。三杂抬轿，抬魏像盘龙监帽、蟒玉，一杂撑黄伞，上）

【正宫过曲】【玉芙蓉】（合）勋名贯斗杓，功业凌苍昊 [8]。淘千秋间气 [9]，天挺人豪 [10]。今朝德望逾周召，他日经纶翊舜尧 [11]。神容肖，胜龙姿凤表。遍街衢万人瞻仰拥如潮。（作到介）

（末暗上，扶像上座介）（副）厂爷登殿，礼应加冠。（老）有御赐的七曲缨冠在此，进上千岁爷。（丑递冠与老介，老捧冠与副跪介，老高声介）奉旨进上千岁爷七曲缨冠！（丑立台上、除像监帽，作戴冠不上介。丑）头大冠小，戴不得。（老、副立起介）唤陆万龄！怎么爷的头塑大了？（末跪介）遵爷钧旨，头塑九寸九，这是宫中赐来的冠小了，与小的何干？（副）如今怎么处？（老）这冠儿是上位赐的[12]，又不好动他。（末）不难。塑像的在此，分付他将爷的头儿，收一收便了。（老）有理。（末向净介）你把爷的头儿收这一分儿。（净）晓得。（作上台取像头、安膝上铲小介，副、老跪介。老哭介）咱的爷爷阿，头疼阿！了不得！了不得！（净作铲小加冠介。副）好得紧，好得紧！（老）如今俨然是一位太庙中的神像了[13]。（末）请爷上香进爵。（副）如今我们都行五拜三叩头的礼了。（老）不消，不消。别的要行这大礼；如今咱们两个都是爷的亲生骨肉一般，不须行这大礼；也不用礼生虚文[14]，竟自多嗑几个头儿就是了。（副）有理。（杂、众奏乐介，老、副进香、进酒介，嗑头跪介）

【前腔】（合）金樽玉液浇，宝鼎沉烟袅。着食前方丈，山海珍瑶。筵前祷祝祈三岛[15]，云际嵩呼彻九霄[16]。（老、副又叩头介。合）儿纯孝，舞斑衣拜祷[17]。望亲恩天聪昭鉴孝思遥。（作拜献完介。末）

请二位老爷偏殿进宴。（老）爷赐咱们的宴么？（末）正是。（老）毛哥，咱们去吃爷的赐宴，再来上午膳罢。（副）有理。（老）歌乐奏来三殿合。（副）酒杯连进万年欢。（老）分付孩子们，用心看守外边栅门，不许闲人闯入！千岁见了，要恼哩。（外）晓得。（共下）

【北正宫】【端正好】（生方巾、白衣上）首阳巅，常山峤[18]，笃生来正气昭昭，俺只是冷清清坚守着冰霜操，要砥柱狂澜倒。

俺周顺昌[19]，孤介性成，忠贞夙秉。血淋淋一点赤心，只是忠君为国；铁铮铮千寻劲节，不肯贪位求荣。如今阉贼专权，群奸附势，俺自削籍家居[20]，恨不奋身杀贼。近来趋承谄附之辈，各处遍造逆祠；吾郡亦创祠于半塘，那些党羽，输金恐后。昨有传贴到来，说今日塑像入祠，公往叩贺。俺一时怒发冲冠，毁贴大骂。如今不免步到半塘，看他们恁般样光景！（行介）

【滚绣球】恨奸邪，善类诛，逞凶图国祚摇[21]。数不尽拜门墙一群狼豹[22]。蓦忽地耸生祠虎阜东郊。那一个贡沉香塑着头，那一个献玉带束着腰，那一个

139

進珍珠纓冠光耀,那一個奉金爐降速香燒。紛紛的輸金饋餉晨昏納,擠擠的稽首投誠早晚朝:總是兒曹[23]!

來此已是半塘了。果然是地侵阡陌,祠插雲霄,直恁奢侈僭擬也[24]!

【叨叨令】見參差樓兒和殿兒,直恁的巍巍峨峨的造。看多少門兒和柵兒,直個是重重疊疊的奧。遙望着燈兒和炬兒,閃的人輝輝煌煌的耀。猛望着身兒和首兒,活現出猙猙獰獰的貌。(指介)咦,兀的不恨殺人也麼哥,兀的不恨殺人也麼哥!(外、小生扮家丁持紅棍趕上)什麼人在這裏窺探?(生)又只見牙兒和爪兒,向咱行喧喧磌磌的鬧[25]。

(外、小生見生立住介)(老、副、末同丑眾上)千年桃進呈仙品,三祝聲傳效華封[26]。(老)此時該上午膳了。(副)承應的樂人梨園,隊舞、撮弄的[27],都齊備在這裏麼?(末)都伺候久了。(老、副望介)什麼人在外邊窺望?孩子們快些打啊!(二雜低稟介)是吏部周老爺。(老)什麼周老爺?(副)一定是周順昌了。(生直入介)老公祖奉揖了!(與副揖介)(老)先拜了廠爺,然後作揖。(生)要俺周順昌拜麼?(冷笑介)

【脫布衫】(生)俺生平勁節清操,怎肯向貂璫屈膝低腰[28]!(老)叩拜的也頗多,你怎地獨自崛強?(生)一任那吠村莊趨承權要[29],俺只是守孤忠心存廊廟[30]。

(副)廠公功德巍巍,也是合當欽敬的。(生怒介)咳!那魏忠賢麼?

【小梁州】(生)他逞着產、祿凶殘勝趙高[31],比璜、瑗倍肆貪饕[32]。(老怒介)嘎,這等放肆!(生)他待學守澄、全誨瓷咆哮[33],凶謀狡,件件犯科條。

(老)廠爺有什麼不好處來?(生)他的罪案多得緊哩!

【么篇換頭】(生)他誅夷妃后把皇儲剿[34],殺忠良擅置宮操[35]。結干兒,通奸媼[36],兀亂把公侯冒監。他待要神器一身叨[37]。

(老)哇哇,一派多是胡言!(副)想多飲了幾杯酒兒,敢是醉了麼?(生)俺幾曾醉來!

【中呂】【快活三】(生)俺待學陽球伏闕號,效張鈞請劍梟[38]。恨不把奸皮冒鼓任人敲[39],倩禰衡撾出漁陽調[40]。

(老怒介)孩子們,把棍兒亂打這廝!(眾應介)(生)誰敢!誰敢!(副勸介)

不要动手。且慢！且慢！（向生介）老先生请回罢，不要招灾惹祸了。（生大笑介）

【朝天子】（生）任奸祠郁岧[41]，任奸容鸳鹜[42]。枉费了万民脂，千官钞。羞题着一柱擎天，封疆力保。少不得倒冰山，阳光照，逆像烟销，奸祠火燎，旧郊原兀自的生荒草。怪豺狼满朝，恨鸱鸮满巢[43]，只贻着臭名儿千秋笑。（作拂衣下）

（老）可恼，可恼！今日是神像进祠吉日，撞着这狗弟子孩儿，闹蕻这一场[44]。咱家方才叫孩子们毒打这厮一顿，又被毛哥劝止，胸中恼不过，怎么处？（副）凡事不可性急，方才就打他一顿，也干不得正经。如今连夜写成一疏，送到厂爷处，差着校尉拿他上去，了他的性命便了。（老）就把辱骂神像为题么？（副）不中用。他前日与魏大中结姻[45]，我已具一密揭，报知厂爷了。如今就在周起元背违明旨[46]，撳减袍价疏内[47]，说与东林周顺昌等干请说事，娄赃剖分，一网打尽便了。（老）有理，有理！就写，就写！多谢毛哥指教。（副）俺们事、关一体，自该同心合胆画出恶策的，何须谢得。（老）周顺昌、周顺昌！我此本一上，教你浑身是口不能言，遍体排牙说不得了。陆万龄过来！咱老爷心上恼，也等不得上膳了。你们掩了神厨，好好在此看守。咱老爷和毛老爷明日来候千岁的安罢。（末）晓得。（副）外厢去上轿了。（老）自然。（副）恨小非君子，无毒不丈夫。（老）纵使人如铁，难当法似炉。（俱下）

——选自王毅校注《清忠谱》，人民文学出版社 1990 年版

【作者简介】

李玉，字玄玉，号苏门啸侣，又号一笠庵主人，江苏吴县（今苏州）人。富有才情，娴于音律，所作传奇三十多种，今存十八种，其中以"一笠庵四种曲"即《一捧雪》《人兽关》《永团圆》《占花魁》最为有名，合称"一人永占"。入清以后意欲借戏曲创作抒发心中郁结不平的愤慨，先后创作了《清忠谱》、《万里圆》（又名《万里缘》）、《千钟禄》（又名《千忠戮》）等历史剧。此外，他编订的《北词广

正谱》是研究北曲曲律的重要著作。

【注释】

[1] 堂长：管理祠堂的头目。陆万龄：明天启年间监生，献媚魏忠贤可比孔子，倡议建立生祠于太学旁。见清计六奇《陆万龄下狱》。

[2] 本衙门老爷：指苏宁织造太监李实，曾上书弹劾应天巡抚周起元罪状时，将周顺昌之名连坐其中以陷害。见《明史·周顺昌传》《周忠介公遗事》。毛军门老爷：即毛一鹭。天启年间，任应天巡抚，依附魏忠贤，为魏忠贤立生祠，并参与陷害、抓捕周顺昌。魏千岁：即明末宦官魏忠贤，明熹宗时期独揽大权，排除异己，残害东林党人，自称"九千九百岁"。明思宗朱由检继位后铲除阉党，自缢而死。

[3] 罗刹：梵语，指食人血肉的恶鬼。

[4] 三朝捧日：指魏忠贤历侍神宗、光宗、熹宗三朝。

[5] 一人有庆：出自《尚书·吕刑》，常用来歌颂帝王德政。此处用来歌颂魏忠贤，希望能分享他的福气，暗含魏忠贤可比君王之意。

[6] 均瞻圣貌：常用来形容百姓对君王的爱戴，此处用来指趋附阉党之众对魏忠贤的追捧可比君王。

[7] 厂公：亦指魏忠贤，因他当时掌管东厂。

[8] "勋名"二句：形容魏忠贤的功德响彻北斗，凌跨天庭。斗杓：即斗柄，北斗七星中后三颗星。苍昊：即苍天。

[9] 洵千秋间气：确实是千古杰出的人才。洵：确实，实在。间气：指英雄伟禀天地之气象，间世而出。

[10] 天挺：指天生卓越。

[11] "今朝"两句：皆为颂赞魏忠贤的谀辞。周召：西周贤臣周公旦和召公奭。经纶：筹划治理国家大事。

[12] 上位：指君主。

[13] 太庙：皇帝的宗庙。

[14] 礼生虚文：同"虚文缛节"，指繁复的礼节。

[15] 祈三岛：祈求长生不老之意。三岛：指传说中的蓬莱、方丈、瀛洲三座仙山。

[16] 嵩呼：指臣子朝拜皇帝高呼"万岁"。出自《汉书·武帝纪》："翌日亲登崇嵩，御史乘属在庙旁，吏卒咸闻呼'万岁'者三。"

[17] 舞斑衣：指子女孝顺父母，承欢膝前。典出《孝子传》："老莱子者，楚人，行年七十，父母具存，至孝蒸蒸，常着班兰之衣，为亲取饮，上堂脚肤，恐伤父母之心，因僵仆为婴儿啼。"

[18] "首阳巅"二句：周顺昌自况不与魏忠贤同流合污的决心。首阳巅：指商末伯夷、叔齐在武王灭商后，耻食周粟，采薇而食，饿死于首阳山的典故。见《史记·伯夷列传》。常山峤：指唐"安史之乱"时，常山太守颜杲卿在辱骂安禄山的典故。见《旧唐书》。

[19] 周顺昌：字景文，号蓼洲，明万历进士，吏部稽勋主事，故后文称他为"吏部周老爷"。为人刚方贞介，疾恶如仇，力斥阉党，结交帮助为阉党所迫害的文人义士，并多次出口辱骂魏忠贤，为阉党所不容。苏宁织造太监李实和应天巡抚毛一鹭查检周起元时，诬陷周顺昌私自勾连罪臣，吞没公家财物，被捕遇害。

[20] 削籍：即革职。

[21] 国祚：本义指帝王的宝座，此处指国运。

[22] 拜门墙：指拜师。

[23] 儿曹：儿辈，即晚辈的孩子。

[24] 僭拟：即僭越，指臣子超越本分使用君王才能使用或享用的器物、仪仗、权利等。

[25] 喧喧磌磌（tián）：喧闹嘈杂声。

[26] "三祝"句：效仿"华封三祝"祝福魏忠贤。《庄子·天地》："尧观乎华。华封人曰：'请祝圣人，使圣人富，使圣人寿，使圣人多男子。'"

[27] 撮弄的：杂耍的，变戏法的。

[28] 貂珰：借指宦官。因古时宦官常佩戴貂尾和金、银珰，故谓。

[29] 吠村庄：辱骂魏忠贤的党羽为村庄中乱吠的狗。

[30] 廊庙：指朝廷。

[31] 产、禄：即汉高祖吕皇后吕雉的弟侄子吕产和吕禄，在吕后专权时被封为王，统领南北军。吕后死后，起兵叛乱，史称"诸吕之乱"。见《史记·吕太后本纪》。赵高：秦朝宦官。秦始皇死后，联合丞相李斯发动沙丘政变，逼死太子，另立幼子胡亥为帝，史称秦二世。秦二世期间设计杀死李斯，继任丞相，独揽大权。不久又逼迫秦二世自杀，另立子婴为秦王。

[32] 璜、瑗：即汉桓帝时期的宦官徐璜、具瑗，恃宠骄横，贪婪狠毒，人称"徐卧虎""具独坐"。饕（tāo）：贪财。

[33] 守澄、全海：即唐代宦官就是王守澄、韩全海。王守澄三度废立皇帝，历事唐宪宗、穆宗、敬宗、文宗四朝，把持朝政十余年。韩全海骄横跋扈，曾幽禁唐昭宗意图不轨。

[34] "诛夷妃后"句：指魏忠贤矫诏赐死光宗选侍张氏、谋杀裕妃张氏、堕皇后张氏胎儿等事。见《明史·魏忠贤传》。

[35] 擅置宫操：指魏忠贤选武阉、炼火器为内操之事。见《明史·魏忠贤传》。

[36] 通奸媪：指私通明熹宗的乳母客（qiě）氏。上文所说诛杀妃后、谋害皇嗣一事，客氏皆为主谋。

[37] 神器一身叨：指控制了朝廷政权。神器：指帝位。

[38] "俺待学"二句：指效仿阳球、张钧惩治宦官。阳球：东汉灵帝年间司隶校尉，刚正不阿，曾诛杀宦官王甫、曹节等人，后汉灵帝听信谗言，降其官职，阳球叩头流血请求铲除奸佞。见《后汉书·阳球传》。张钧：东汉灵帝年间侍中，曾上书请求斩杀张让等十常侍。见《后汉书·张钧传》。

[39] 奸皮冒鼓：指把魏忠贤的皮剥下来做鼓。

[40] "倩祢衡"句：指祢衡击鼓骂曹之事。见《后汉书·祢衡传》。

[41] 郁岧（tiáo）：茂盛高大。

[42] 驾鹜：同"桀骜"，骄横不被驯服。

[43] 豺狼、鸱鸮（chī xiāo）：皆为恶兽猛禽，借指魏忠贤的爪牙。

[44] 闹薅（hāo）：扰乱。

[45] 魏大中：字孔时，号廓园，曾勇斗阉党，弹劾魏忠贤，后被阉党杀害。

[46] 周起元：字仲先，天启年间右佥都御史巡抚，因指控织造太监李实得罪阉党，设计诬告下狱死。

[47] 撤减：同"勒减"，强制缩减。

【作品要解】

《清忠谱》基本依据天启年间魏忠贤等阉党迫害东林党人周顺昌等的史实创作而成。熹宗年间，魏忠贤勾结熹宗乳母客氏独揽大权，残害妃后，谋杀皇嗣，排斥异己。周顺昌居官清正，为阉党所忌，后因不满朝政的污秽辞官归乡。归乡后依然心系黎民，好为德于乡，深受百姓爱戴。据汪琬《周忠介公遗事》记载，其归乡后专门结交为阉党迫害的文人义士，并与得罪魏忠贤的魏大中结为姻亲。适逢织造太监李实与周起元有嫌隙，诬告弹劾周起元之时，捏造周顺昌于其中。天启六年（1626）春，魏忠贤派厂卫缇骑至苏州逮捕周顺昌，激起复社文人及乡民不满，集结数万人聚集到官衙前祈救周顺昌，并与东厂发生冲突。应天巡抚毛一鹭以暴乱为名，逮捕为首的颜佩韦等五人。数日后周顺昌被捕入狱，惨遭严刑逼供，惨死在狱中。次年，崇祯帝即位，罢黜魏忠贤一党，周顺昌得以昭雪，追赠为太常卿。

《清忠谱》全剧二十五出，《骂像》为第六出，是全剧的高潮。通过叙写魏忠贤爪牙李实、毛一鹭等为魏忠贤建生祠，周顺昌闻训前往大肆辱骂的始末，生动地刻画了李实众人对着魏忠贤的塑像，卑躬屈膝、谄媚奉承的丑恶嘴脸，歌颂了周顺昌不畏权奸，刚正不阿的豪迈之气。魏忠贤身为宦官长期把持朝政，结党营私，居然让爪牙在全国各地建造生祠，比诸孔圣，势盖君主，犯下大不韪之罪。周顺昌站在正义的立场上历数魏忠贤犯下的种种滔天罪行，以历史上诸多废立皇位的宦官为警示，揭发他操控皇权的狼子野心。唱词铿锵有力，慷慨激昂，振聋发聩。

《风筝误》

李 渔

诧 美

【传言玉女前】（小旦带副净上）儿女温柔，佳婿少年衣绣，问邻家娘儿妒否[1]？

妾身柳氏。前日老爷寄书回来，教我赘韩状元为婿。我想梅夫人与我各生一女，他的女婿是个白衣白丁[2]，我的女婿是个状元才子；我往常不理他，今日成亲，偏要请过来同拜，活活气死那个老东西！叫梅香去请二夫人过来，好等状元拜见。（副净应下）

【传言玉女后】（生冠带，末随上）姻缘强就，这恶况怎生经受？冤家未见，已先眉皱！

（见介）（副净上）夫人，二夫人说，他晓得你的女婿是个状元，他命轻福薄，受不得起拜，他不过来。（生）既是二夫人不来，今日免了拜堂罢。（小旦）说的什么话？小女原不是他所生，尽他一声不来就罢。叫傧相赞礼[3]。（净扮掌礼上，请介）（副净、老旦扶旦上，照常行礼毕，共作饮酒介）

【画眉序】（生闷坐不开口，众唱）配鸾俦，新妇新郎共含羞。喜两心相照，各自低头。合卺酒未易沾唇，合卺杯常思放手[4]。状元相度[5]，该如此端庄，不轻开口。

【滴溜子】笙歌沸，笙歌沸欢情似酒。看银烛，看银烛花开似斗。冬冬鼓声传漏[6]，早些撤华筵，停玉盏，好待他一双双归房聚首。

（小旦）掌灯送入洞房。（行介）

【双声子】新人幼，新人幼，看一捻腰肢瘦[7]。才郎秀，才郎秀，看雅称宫袍绣。神祐佑，神祐佑；天辐辏[8]，天辐辏。问仙郎仙女，几世同修？

【隔尾】这夫妻是人间偶？是一对蓬莱小友[9]，谪向人间作好逑[10]。

（众下）（生、旦对坐，旦用扇遮面介）（内发擂毕[11]，打一更介）（生背介）他今日也一般良心发动，无颜见我，把扇子遮住了脸。（叹介）你这把小小扇子，怎遮得那许多恶状采！

【园林好】（生）我笑你背银灯，难遮昨羞，隔纨扇，怎藏旧丑？他当初露出那些轻狂举止，见我厌恶他，故此今日假装这个端庄模样。（叹介）你就端庄起来也迟了！任你把娇涩态，千般装扭，怎当我愁见怪，闭双眸！

愁见怪，闭双眸！

我若再一会不动，他就要手舞足蹈起来了。趁此时拿灯去睡。双炬台留孤独影，合欢人睡独眠床。（持灯下）（旦静坐介）（内打三更介）（旦觑生不见介）呀！我只说他坐在那边，只一管遮住了脸；方才打从扇骨里面张了一张，才晓得是空空的一把椅子！（向内偷觑，大惊介）呀！他独自一个竟去睡了，这是甚么缘故？

【嘉庆子】莫不是醉似泥，多饮了几杯堂上酒？莫不是善病的相如[12]体态柔？莫不是昨夜酣眠花柳[13]，因此上神倦怠，气休囚[14]；神倦怠，气休囚？

他如我丢在这边，不僦不保[15]，难道我好自己去睡不成？独自个冷冷清清，又坐不过这一夜，不免拿灯到母亲房里去睡。檀郎不屑松金钏[16]，阿母还堪卸翠翘[17]。（敲门介）母亲开门。（小旦持灯上）眼前增快婿，脚后失娇儿。（开门见旦，惊介）呀！我儿，你们良时吉日，正好成亲，要甚么东西，只该叫丫鬟来取，为甚么自己走出来？（旦）孩儿不要甚么东西，来与母亲同睡。（小旦大惊介）怎么不与女婿成亲，反来与我同睡？

【尹令】你缘何黛痕浅皱？缘何擅离佳偶？缘何把母阁重叩[18]？莫不是娇痴怕羞，因此上抱泣含愁把阿母投？

（旦）他不知为甚么缘故，进房之后，身也不动，口也不开，独自一个竟去睡了。孩儿独坐不过，故此来与母亲同睡。（小旦呆介）怎么有这等诧异的事？我看他一进门来，满脸都是怨气，后来拜堂饮酒，总是勉强支持。这等看来，毕竟有甚么不惬意处[19]？我儿，你且坐一坐，待我去问个明白，再来唤你。叫梅香掌灯。（旦下）（副净上，持灯行介）（小旦）只道欢娱嫌夜短，谁知寂寞恨更长。来此已是。梅香，请他起来。（副净向内介）韩老爷，请起来，夫人在这里看你。（生上）令爱不堪偕伉俪，老堂空自费调停[20]。夫人到此何干？（小旦）

贤婿请坐了,有话要求教。(坐介)贤婿,舍下虽则贫寒,小女纵然貌丑,既蒙贤婿不弃,结了朱陈之好[21],就该俯就姻盟。为甚的愁眉怨气,全没些燕尔之容[22]?独宿孤眠,成甚么新婚之体?贤婿自有缘故,毕竟为着何来?(生)下官不与令爱同床,自然有些缘故。明人不必细说,岳母请自参详。(小旦)莫非为寒家门户不对么?(生)都是仕宦人家,门户有甚么不对?(小旦)这等,为小女容貌不佳?(生)容貌还是小事,(小旦)哦,我知道了。是怪舍下妆奁不齐整?老身曾与戚年伯说过,家主不在家,无人料理,待老爷回来,从头办起未迟。难道这句话,贤婿不曾听见?(生微笑介)妆奁甚么大事,也拿来讲起?

【品令】便是荆钗布裙,只有德配也相投。况如今珠围翠绕,还堪度春秋。(小旦)这等为甚么?(生)只为伊家令爱有声扬中冓[23]。我笑你府上呵,妆奁都备,只少个扫茨除墙的佳帚。我只怕荆棘牵衣,因此上刻刻堤防不举头。

(小旦大惊介)照贤婿这等说起来,我像有甚么闺门不谨的事了?自古道:"眼见是实,耳闻是虚。"贤婿所闻的话,焉知不出于仇口?(生)别人的话,那里信得?是我亲眼见的。(小旦大惊介)我家闺阃的事[24],贤婿怎么看见?是何年、何月?那一桩事?快请讲来。(生)事到如今,我也不得不说了。去年清明,戚公子那个风筝,来央我画。我题一首诗在上面,不想他放断了线,落在贵府之中。(小旦)这是真的。老身与小女同拾到的。(生)后来着人来取去,令爱和一首诗在后面。(小旦)这也是真的,是老身叫他和的。(生)后来我自家也放风筝,不想也落在府上;及至着小价采取[25],谁知令爱叫个老妪,约我说起话来。(小旦惊介)这就是他瞒我做的事了。或者是他怜才的意思,也不可知。这等贤婿来了不曾?(生)我当晚进来,只说面订婚姻之约,待央媒说合过了,然后明婚正娶的。不想走进来的时节,我手还不曾动,口还不曾开,多蒙令爱的盛情,不待仰攀,竟来俯就[26]。如今在夫人面前,不便细述,只好言其大概而已。我心上思量,妇人家所重在德,所戒在淫;况且是个处子,怎么"廉耻"二字全然不顾?彼时被我洒脱袖子,跑了出去,方才保得自己的名节,不曾敢污令爱的尊躯。

【豆叶黄】亏得我把衣衫脱,才得干休。险些做了个轻薄儿郎,险些做了个轻薄儿郎,到如今,这个清规也难守。(小旦)既然如此,贤婿就该别选高门，另偕伉俪了，为甚么又来聘这个不肖的东西？（生）我在京中，哪里知道是戚老伯背后聘的。如今悔又悔不得，只得勉强应承，不敢瞒夫人说，这一世与令爱只好做个名色夫妻[27]，若要同床共枕，只怕不能够了。名为夫妇，实为寇仇，若要做实在夫妻，若要做实在夫妻，纵掘到黄泉，也相见还羞[28]。

（小旦）这等说起来，是我家的孽障不是了，怪不得贤婿见绝。贤婿请便，待老身去拷问他。（生）慈母尚难含忍，怎教夫婿相容？（下）（小旦）他方才说来的话，字字顶真，一毫也不假。后面那一段事，他瞒了我做，我哪里知道？千不是、万不是，是我自家的不是！当初教他做甚么诗，既做了诗，怎么该把外人拿去？我不但治家不严，又且诱人犯法了。日后老爷回来知道，怎么了得！（行到介）不争气的东西在哪里！（闷坐气介）（内打四更介）

【玉交枝】（旦上）呼声何骤？好教人惊疑费筹。（见小旦介）母亲为何这等恼？（小旦）你瞒了我做得好事！（旦惊介）孩儿不曾瞒母亲做甚么事。（小旦）去年风筝的事，你忘了？（旦背想介）是了，去年风筝上的诗，拿了出去，或者韩郎看见，说我与戚公子唱和，疑我有甚么私情，方才对母亲说了。（对小旦介）去年风筝上的诗，是母亲叫孩儿做的；后来戚家来取，又是母亲把还他的，干孩儿甚么事？（小旦）我把他拿去，难道教你约他来相会的？（旦大惊介）怎么，我几时把人约黄昏后[29]？向母亲求个分剖。（小旦）你还要赖！起先戚家风筝上的诗是韩郎做的；后来韩郎也放一个风筝进来，你教人约他相会，做出许多丑态，被他看破，他如今怎么肯要你！（旦大惊，呆视介）这些话是哪里来的？莫非是他见了鬼？（高声哭介）天哪！我和他有甚么冤仇，平空造这样的谤言来玷污我！今生与伊无甚仇，为甚的擅开含血喷人口！（小旦掩旦口介）你还要高声，不怕隔壁娘儿俩个听见？今日喜得那老东西不曾过来，若过来看见，我今晚就要吊死！我细思量，如何盖羞！细思量，如何盖羞！

（内打五更介）料想今晚做不成亲了，你且去睡，待明日再做道理。粪缸越搂越臭。（旦）奇冤不雪不明。（下）（小旦）这桩事好不明白，照女婿说来，千真万真；照他说来，一些影响也没有？就是真的，他自己怎么肯承认？我有道理，只拷问是哪个丫鬟约他进来的就是了。（对副净介）是你引进来的么？（副净）阿弥陀佛！我若引他进来，教我明日嫁个男子，也像这样不肯成亲。

（小旦）掌灯！我再去问，（行介）（副净请介）（生上）说明分散去，何事又来缠？（小旦）方才的事，据贤婿说，确然不假；据小女说，影响全无。这"莫须有"[30]三字也难定案。请问贤婿去年进来，可曾看见小女么？（生）怎么不曾见？（小旦）这等还记得小女的面貌么？（生）怎么不记得？世上那里还有第二个像令爱的尊容？（小旦）这等方才进房的时节，可曾看看小女不曾？（生）也不消看得，看了倒要难过起来。（小旦）这等待我教小女出来，请贤婿认一认，若果然是他，莫说贤婿不要他为妻，连老身也不要他为女了。恐怕事有差讹，也不见得。（生）这等就教出来认一认。（小旦）叫丫鬟，多点几支蜡烛，去照小姐出来。（丑应下）（生）只怕认也是这样，不认也是这样。（小旦背介）天哪！保佑他眼睛花一花，认不出也好。（老旦、副净持灯，照旦上）请将见鬼疑神眼，来认冰清玉洁人。（小旦）小女出来了，贤婿请认。（老旦、副净擎灯高照；生遥认，惊背介）呀！怎么竟变做一个绝世佳人？难道是我眼睛花了？（拭目介）

【六幺令】把双睛重揉。（近身细认，又惊，背介）逼真是一个绝世佳人！那里是幻影空花，眩我昏眸[31]。谁知今日醉温柔？真娇艳，果风流！不枉我铁鞋踏破寻佳偶，铁鞋踏破寻佳偶！

（小旦）贤婿，可是去年那一个么？（生摇手介）不是，不是，一些也不是！（小旦）这等看起来，与我小女无干，是贤婿认错了人了。（生）岂但认错了人，竟是活见了鬼！小婿该死一千年了！（小旦）这等老身且去，你们成了亲罢。（生）岳母快请回。小婿暂且告罪，明日还要负荆[32]。（小旦笑介）不是一番疑彻骨，怎得千喜上眉头？（老旦、副净随下）（生急闭门，向旦温存介）小姐，夜深了，请安置罢。（旦不理介）（生）是下官认错了人，冒犯小姐，告罪了。（长揖介）（旦背立，不理介）

【江儿水】（生）虽则是长揖难辞谴，须念我低头便识羞。我劝你层层展却眉间皱，盈盈拭却腮边溜，纤纤松却胸前扣。请听耳边更漏，已是丑末寅初[33]，休猜做半夜三更时候[34]。

（内作鸡鸣介）（生慌介）小姐，鸡都鸣了，还不快睡！下官没奈何只得下全礼了。（跪介）（旦扶起介）

【川拨棹】（生）蒙慈宥[35]，把前情一笔勾，霁红颜[36]，渐展眉头；霁红颜，渐展眉头。也亏我屈黄金^[37]，先陪膝头。请宽衣，莫怕羞，急吹灯，休逗留。

【尾声】良宵空把长更守，那晓得佳人非旧，被一个作孽的风筝误到头！

鸳鸯对面不相亲，好事从来磨杀人。

临到手时犹费口，最伤情处忽迷神。

——选自《风筝误》，清康熙翼圣堂本

❖
戏
曲

【作者简介】

李渔（1611—1680），初名仙侣，字谪凡，号笠翁、笠道人，别署随庵主人、新亭樵客、觉世稗官等，浙江兰溪人。自幼聪慧，但屡试不第。入清之后，无意于举子业，潜心于戏剧创作和演出。后迁居南京，建"芥子园"蓄养家姬，教习歌舞戏曲，巡回于各地为达官贵人演出，并开设书铺，印刷书籍，以为生计。后因家姬先后离世，演出事业受到重创，生活一落千丈，晚年生活颇为凄凉。康熙十六年（1677）再迁杭州，居西湖云亭山东麓之层园。李渔在杭州和南京生活期间，创作颇丰，最著名的为《笠翁十种曲》，包括《怜香伴》《风筝误》《意中缘》《蜃中楼》《奈何天》《玉搔头》《比目鱼》《凰求凤》《慎鸾交》《巧团圆》等十种传奇。另著有《合锦回文传》《十二楼》《无声戏》《笠翁诗韵》《资治新书》《古今史略》《古今尺牍大全》《介子园图章会纂》《闲情偶寄》等诗文、小说和杂著。其中《闲情偶寄》既是他一生艺术生活的结晶，亦是中国文学史上第一部系统的戏剧理论著作。其中"词曲部""演习部""声容部"细致总结了戏剧的结构、词彩、宾白等戏曲创作理论和选剧、变调、演唱等戏曲演出经验，提出了"立主脑""脱窠臼""密针线""贵自然"等戏曲主张。

【注释】

[1] 邻家娘儿：指詹烈侯第二房夫人，爱娟的母亲，梅氏。

[2] 白衣白丁：没有功名的人和不识字的人。

[3] 傧相：举行婚礼时陪伴新郎、新娘的人。

[4] 合卺（jǐn）杯：新郎、新娘喝交杯酒用的杯子。

[5] 相度：风度。

[6] 传漏：古代用以计时的漏壶发出的滴水声。

[7] 一捻：一点点，形容腰肢纤细。

[8] 天辐辏：天造地设的姻缘。

[9] 蓬莱小友：神仙眷属。

[10] 好逑：好伴侣。《诗经·周南·关雎》："关关雎鸠，在河之洲。窈窕淑女，君子好逑。"

[11] 发擂：起更打鼓。

[12] 善病的相如：即司马相如，因患有消渴疾，称病闲居。

[13] 酣眠花柳：指嫖妓。

[14] 休囚：萎靡无力。

[15] 不偢（chǒu）不保（cǎi）：不理不睬。"偢"同"瞅"，"保"同"睬"。

[16] 檀郎：即潘岳，小字檀奴，以美貌著称，妇人见之常往车里投掷果蔬表达对他的爱慕之情。见《世说新语·容止》。后世遂以"檀郎"作为夫婿或所爱慕的男子的美称。金钏：金镯子。

[17] 翠翘：形似翠鸟尾部羽毛的一种头饰。

[18] 阍（hūn）：门。

[19] 不慊（qiè）意：满意。

[20] 老堂：即老令堂，对对方母亲的尊称。

[21] 朱陈之好：指联姻。唐白居易《朱陈村》："徐州古丰县，有村曰朱陈。……一村唯两姓，世世为婚姻。"

[22] 燕尔：指新婚。《诗经·邶风·谷风》："燕尔新婚，如兄如弟。"

[23] 中篝（gòu）：指闺门秽乱。语出《诗经·鄘风·墙有茨》："墙有茨，不可扫也。中篝之言，不可道也。"郑玄笺："内篝之言，谓宫中所篝成，顽与夫人淫昏之语。"故后有"只少个扫茨除墙的佳帚"之言。茨：即蒺藜，一种带刺的植物，

亦谓秽乱。

[24] 闺阃（kǔn）：指闺房的隐私，即上文所说秽乱之事。

[25] 小价：亦作"小介"，对自己童仆的谦称。

[26] 俯就：迁就，将就。

[27] 名色夫妻：名义上的夫妻。

[28]"纵掘"二句：化用郑庄公与母决绝之句"不及黄泉，无相见也！"表示死生不复相见之意。见《左传·郑伯克段于鄢》。

[29] 人约黄昏后：借用欧阳修《生查子·元夕》："月上柳梢头，人约黄昏后。"表男女幽会。

[30] 莫须有：无中生有的罪名。《宋史·岳飞传》："狱之将上也，韩世忠不平，诣桧诘其实。桧曰：'飞子云与张宪书虽不明，其事体莫须有。'世忠曰：'莫须有三字何以服天下？'"

[31] 昏眸：昏花的眼睛。

[32] 负荆：即负荆请罪。见《史记·廉颇蔺相如列传》。

[33] 丑末寅初：指凌晨，相当于现在早 3 时左右。

[34] 半夜三更：指深夜，相当于现在的 23 时到次日 1 时之间。

[35] 慈宥：仁慈宽宥。

[36] 霁红颜：指脸上的怒气消散。

[37] 屈黄金：屈膝下跪。俗语有"男儿膝下有黄金""男儿两膝有黄金"之语，故将男子的双膝比喻为黄金。

【作品要解】

《风筝误》是一部爱情喜剧，全剧三十出，讲述的是戚补臣二子与詹烈侯二女因风筝而引起的一系列误会和爱情的故事。戚补臣的二子：一个是性情顽劣，不务正业的亲子戚友先；一个是英俊潇洒，才华横溢的养子韩世勋。詹烈侯二女：一个是东院的二夫人梅氏所生的长女爱娟，面相丑陋且无才学；一个是西院三夫人柳氏所生的次女淑娟，貌美如花且多才多艺。一日戚友先放风筝，偶断其线，风筝飘落到詹烈侯家西院，为淑娟母女所拾，二人见风筝上韩世勋的题诗甚佳，遂题诗相和。归还风筝后，韩世勋见和诗心生爱慕之情，遂别做风筝，追和一首，风筝却误落至詹烈侯家东院，为长女爱娟所拾。爱娟冒用淑娟的名义约邀韩世勋私会，韩世勋顶替戚友先赶往赴约，却被爱娟的容貌吓到惊慌逃走。后来，韩世勋高中状元，戚补臣为其与淑娟定下姻缘，入赘詹府。拜堂当日，韩世勋误以为淑娟是丑女爱娟，抛下新婚妻子独自安眠，万般无奈的淑娟只好到母亲房中。柳氏遂向韩世勋询问缘由，韩世勋将密会"惊丑"一事和盘托出。柳氏惊问淑娟，淑娟矢口否认，柳氏恐有差讹，便领女相认，韩世勋恍然醒悟是自己认错了人。

《风筝误》以风筝为线索，制造了一系列错综复杂的误会和巧合，最后汇集到第二十九出《诧美》。自以为知情的韩世勋被自己的自以为是蒙蔽了双眼，并引发了柳氏对女儿淑娟的误会；本不知情的淑娟更是一头雾水，没了奈何。最后所有的误会集中到一起，却被柳氏提出的相认之法轻松化解，不禁令人哑然失笑，遂将全剧推向了高潮。

《长生殿》

洪 昇

惊 变

（丑上）"玉楼天半起笙歌，风送宫嫔笑语和。月殿影开闻夜漏[1]，水晶帘卷近秋河。"咱家高力士，奉万岁爷之命，着咱在御花园中安排小宴。要与贵妃娘娘同来游赏，只得在此伺候。（生、旦乘辇，老旦、贴随后，二内侍引，行上）

【北中吕粉蝶儿】天淡云闲，列长空数行新雁。御园中秋色斓斑：柳添黄，苹减绿，红莲脱瓣。一抹雕阑，喷清香桂花初绽。

（到介）（丑）请万岁爷娘娘下辇。（生、旦下辇介）（丑同内侍暗下）（生）妃子，朕与你散步一回者。（旦）陛下请。（生携旦手介）（旦）

【南泣颜回】携手向花间，暂把幽怀同散。凉生亭下，风荷映水翩翻。爱桐阴静悄，碧沉沉并绕回廊看。恋香巢秋燕依人，睡银塘鸳鸯蘸眼[2]。

（生）高力士，将酒过来[3]，朕与娘娘小饮数杯。（丑）宴已排在亭上，请万岁爷娘娘上宴。（旦作把盏，生止住介）妃子坐了。

【北石榴花】不劳你玉纤纤高捧礼仪烦[4]，只待借小饮对眉山[5]。俺与你浅斟低唱互更番，三杯两盏，遣兴消闲。妃子，今日虽是小宴，倒也清雅。回避了御厨中，回避了御厨中烹龙炰凤堆盘案[6]，咿咿哑哑乐声催趱[7]。只几味脆生生，只几味脆生生蔬和果清肴馔，雅称你仙肌玉骨美人餐[8]。

妃子，朕与你清游小饮，那些梨园旧曲[9]，都不耐烦听他。记得那年在沉香亭上赏牡丹，召翰林李白草《清平调》三章[10]，令李龟年度成新谱，其词甚佳。不知妃子还记得么？（旦）妾还记得。（生）妃子可为朕歌之，朕当亲倚玉笛以和。（旦）领旨。（老旦进玉笛，生吹介）（旦按板介）

【南泣颜回】【换头】花繁，秾艳想容颜。云想衣裳光璨[11]，新妆谁似，可怜飞燕娇懒[12]。名花国色，笑微微常得君王看。向春风解释春愁，沉香亭同倚阑干[13]。

（生）妙哉，李白锦心，妃子绣口[14]，真双绝矣。宫娥，取巨觞来，朕与

155

妃子对饮。（老旦、贴送酒介）（生）

【北斗鹌鹑】畅好是喜孜孜驻拍停歌[15]，喜孜孜驻拍停歌，笑吟吟传杯送盏。妃子干一杯，（作照干介）不须他絮烦烦射覆藏钩[16]，闹纷纷弹丝弄板[17]。（又作照杯介）妃子，再干一杯。（旦）妾不能饮了。（生）宫娥每，跪劝。（老旦、贴）领旨。（跪旦介）娘娘，请上这一杯。（旦勉饮介）（老旦、贴作连劝介）（生）我这里无语持觞仔细看，早子见花一朵上腮间[18]。（旦作醉介）妾真醉矣。（生）一会价软咍咍柳颤花欹[19]，软咍咍柳颤花欹，困腾腾莺娇燕懒。

妃子醉了，宫娥每，扶娘娘上辇进宫去者。（老旦、贴）领旨。（作扶旦起介）（旦作醉态呼介）万岁！（老旦、贴扶旦行）（旦作醉态介）

【南扑灯蛾】态恹恹轻云软四肢[20]，影蒙蒙空花乱双眼，娇怯怯柳腰扶难起，困沉沉强抬娇腕，软设设金莲倒褪，乱松松香肩颤云鬟，美甘甘思寻凤枕，步迟迟情宫娥挽入绣帏间。（老旦、贴扶旦下）（丑同内侍暗上）（内击鼓介）（生惊介）何处鼓声骤发？（副净急上）"渔阳鼙鼓动地来，惊破霓裳羽衣曲[21]"。（问丑介）万岁爷在那里？（丑）在御花园内。（副净）军情紧急，不免径入。（进见介）陛下，不好了。安禄山起兵造反，杀过潼关，不日就到长安了。（生大惊介）守关将士何在？（副净）哥舒翰兵败[22]，已降贼了。（生）

【北上小楼】呀，你道失机的哥舒翰……称兵的安禄山，赤紧的离了渔阳[23]，陷了东京[24]，破了潼关。唬得人胆战心摇，唬得人胆战心摇，肠慌腹热，魂飞魄散，早惊破月明花粲。

卿有何策，可退贼兵？（副净）当日臣曾再三启奏，禄山必反，陛下不听，今日果应臣言。事起仓卒，怎生抵敌？不若权时幸蜀，以待天下勤王[25]。（生）依卿所奏。快传旨，诸王百官，即时随驾幸蜀便了。（副净）领旨。（急下）（生）高力士，快些整备军马。传旨令右龙武将军陈元礼，统领羽林军士三千扈驾前行[26]。（丑）领旨。（下）（内侍）请万岁爷回宫。（生转行叹介）唉，正尔欢娱，不想忽有此变，怎生是了也！

【南扑灯蛾】稳稳的宫庭宴安，扰扰的边廷造反。冬冬的鼙鼓喧，腾腾的烽火爊[27]。的溜扑碌臣民儿逃散[28]，黑漫漫乾坤覆翻，碜磕磕社稷摧残[29]，碜磕磕社稷摧残。当不得萧萧飒飒西风送晚，黯黯的，一轮落日冷长安。

（向内问介）宫娥每，杨娘娘可曾安寝？（老旦、贴内应介）已睡熟了。（生）不要惊他，且待明早五鼓同行。（泣介）天那，寡人不幸，遭此播迁[30]，累他玉貌花容，驱驰道路。好不痛心也！

【南尾声】在深宫兀自娇慵惯，怎样支吾蜀道难[31]！（哭介）我那妃子啊，愁杀你玉软花柔，要将途路趱[32]。

宫殿参差落照间，【卢纶】渔阳烽火照函关。【吴融】遏云声绝悲风起，【胡曾】何处黄云是陇山。【武元衡】

——选自徐朔方校注《长生殿》，人民文学出版社 1997 年版

【作者简介】

  洪昇（1645—1704），字昉思，号稗畦，又号稗村，别署南屏樵者，浙江钱塘（今杭州）人。出身于已趋中落的世宦之家。历经二十余年科举不第，康熙二十八年（1689），因在佟皇后丧期内观演《长生殿》而被劾下狱，革去学籍。此后往来于吴越山水之间，过着放浪潦倒的生活，晚年归乡，穷困潦倒。康熙四十三年（1704），江宁织造曹寅集南北名流排演全本《长生殿》，历三昼夜始毕，洪昇独尊上座。自江宁返乡途中夜醉登舟，落水而死。洪昇才情超脱，颇有诗名，存有《稗畦集》《稗畦续集》《啸月楼集》等。然他的一生最为称道的仍是戏曲的创作，今存有传奇《长生殿》和杂剧《四婵娟》，其中《长生殿》用力最勤且影响最大。唐明皇与杨贵妃的爱情故事自白居易《长恨歌》以来就广为传唱、改编，先后出现了陈鸿《长恨歌传》、白朴《梧桐雨》、吴世美《惊鸿记》等剧作。洪昇在前代史书、民间传说、文学作品的基础上，有意回避了杨贵妃曾嫁寿王、与安禄山私通等所谓"秽迹"，通过对杨、李爱情的反复渲染，表现了爱情超越生死的伟大力量。洪昇在展现爱情主题的同时，用相当大的篇幅描写了安史之乱及有关的社会政治情况，兼寓政治教训与历史伤感。《长生殿》结构宏丽，情节曲折，曲词优美，具有很强的感染力，至今演出不断。

戏曲

【注释】

[1] 夜漏：古代计时的工具。

[2] 蘸眼：耀眼，引人注目。

[3] 将：拿。

[4] 玉纤纤：指女性洁白纤细的手指。

[5] 只待借小饮对眉山：有举案齐眉之意。子待：只要、只待。眉山：眉毛。

[6] 烹龙炰（páo）凤：形容丰盛珍奇的菜肴。

[7] 催趱（zǎn）：催赶，督促，此处特指各种乐器争先演奏的盛况。

[8] 雅：很，甚。

[9] 梨园：唐玄宗时期设置的教练伶人的机构，在蓬莱宫旁边的宜春院内。

[10] "召翰林"句：指李白沉香亭醉赋《清平调》一事。

[11] "花繁"三句：化用李白《清平调词三首》其一："云想衣裳花想容。"

[12] "新妆谁似"二句：化用李白《清平调词三首》其二："借问汉宫谁得似，可怜飞燕倚新妆。"

[13] "名花"四句：化用李白《清平调词三首》其三："名花倾国两相欢，长得君王带笑看。解释春风无限恨，沉香亭北倚阑干。"

[14] 李白锦心，妃子绣口：形容李白才思横溢，杨贵妃妙语生花。

[15] 畅好是：正好是。

[16] 射覆藏钩：均为汉时流行的猜物游戏。《汉书·东方朔传》："上尝使诸数家射覆。"颜师古注："数家，术数之家也。于覆器之下而置诸物，令暗射之，故云射覆。"《风土记》："藏钩之戏，分为二曹，以较胜负。若人偶则敌对，人奇则奇人为游附，或属上曹，或属下曹，名为'飞鸟'，以齐二曹人数。一钩藏在数手中，曹人当射知所在，一藏为一筹，三藏为一都……藏在上曹即下曹射之，在下曹即上曹射之。"

[17] 弹丝弄板：指弹奏乐器。

[18] 早子见：却只见。

[19] 软咍咍（hāi）柳軃（duǒ）花敧（qī）：形容杨贵妃醉酒之态。软咍咍：

软绵绵。軃：下垂。欹：歪斜。

[20] 恹恹：软弱无力的样子。

[21] "渔阳"二句：借用白居易《长恨歌》原句。

[22] 哥舒翰：唐朝哥舒部落人，天宝年间被封为平西郡王、太子太保，兼御史大夫。安史之乱时，统军二十万阵守潼关，兵败被俘。

[23] 赤紧的：吃紧的，赶紧的。形容时间的紧迫。

[24] 东京：沿用汉时称谓，今河南洛阳。

[25] 勤王：指臣下起兵援救君主。

[26] 扈驾：随从皇帝车驾，意谓保卫皇帝。

[27] 黫（yān）：黑，黑色。

[28] 的溜扑碌：形容逃跑时的纷乱。

[29] 磣（chěn）磕磕：即磣可可，凄惨悲凉之意。

[30] 播迁：流移迁徙。

[31] 支吾：应对，支应。

[32] 趱（zǎn）：赶路，行走。

【作品要解】

　　《长生殿》是洪昇在陈鸿《长恨歌传》和白朴《梧桐雨》等剧的基础上，历时十余载创作而成。洪昇曾三易其稿：最初所作名《沉香亭》，后更名《舞霓裳》；最后以《长生殿》题名。全剧五十出，分上、下两部分。上半部分以写实为主，分两条线索展开：一条是杨贵妃与唐玄宗的爱情线索；一条是杨国忠于安禄山的政治线索。两条线索合二为一于马嵬坡赐死一节。下半部以虚构为主，着重描写了杨贵妃死后，唐玄宗的思念之情和杨贵妃的忏悔之情，最终他们对爱情的执着与忠贞感动上苍，双方得以在天宫相聚。《惊变》是第二十四出，属于上半部，为全剧由喜转悲的转折点。《惊变》在内容上包括"小宴"和"惊变"两部分："小宴"是杨、李爱情生活的高潮，亦是奢靡享乐生活的终结；"惊变"是"安史之乱"的引入，亦是冷落凄凉生活的开始。

"小宴"又分"闲游""夜宴""醉酒"，这三个部分层层叠进，逐渐达到繁花享乐的高潮。首先，洪昇将杨、李二人闲游御花园的时节放在了"天淡云闲，列长空数行新雁"的秋季，而自古文人皆有悲秋的情怀，巧妙运用以哀景衬乐景的手法，为"惊变"之后的凄凉埋下伏笔；其次，巧妙化用李白《清平调词三首》，描写唐玄宗放下帝王之尊亲自为杨贵妃抚琴的琴瑟和鸣之爱，和超越帝、妃关系不让杨贵妃斟酒的举案齐眉之情；最后，通过细致描写不耐酒力的杨贵妃酒后娇软困懒之态，反映了杨、李爱情已经摆脱帝、妃之间的依附关系，达到了纯粹的爱恋关系。然而乐极生悲，美好爱情生活背后却隐藏着巨大的政治危机，鼙鼓喧、烽火起，安禄山起兵造反而无力抵抗，无奈之下只得起驾幸蜀，仓皇出逃。但在此种窘迫的情况之下，唐玄宗仍恐扰了杨贵妃的清梦，并担心娇贵慵懒的杨贵妃怎能承受出逃路上的艰险。

由此，一折四目逐层描写了杨、李爱情的逐步深化及乐极悲来的逐步显现。热闹甜蜜的场景与清凉萧瑟的场景，相互映衬、承接，乐中见悲、悲中见乐，增强了戏剧冲突和情感冲突，烘托了后半部分的冷落凄凉，并为爱情故事的继续展开和悲喜交替的进一步转折埋下伏笔。

《桃花扇》

孔尚任

骂 筵

乙酉正月

【缕缕金】（副净扮阮大铖吉服上）[1] 风流代，又遭逢，六朝金粉样[2]，我偏通。管领烟花，衔名供奉[3]。簇新新帽乌衬袍红，皂皮靴绿缝，皂皮靴绿缝。

（笑介）我阮大铖，亏了贵阳相公破格提挈[4]，又取在内庭供奉；今日到任回来，好不荣耀。且喜今上性喜文墨，把王铎补了内阁大学士[5]，钱谦益补了礼部尚书[6]。区区不才，同在文学侍从之班；天颜日近，知无不言。前日进了四种传奇[7]，圣心大悦；立刻传旨，命礼部采选宫人，要将《燕子笺》被之声歌，为中兴一代之乐。我想这本传奇，精深奥妙，倘被俗手教坏，岂不损我文名。因而乘机启奏："生口不如熟口，清客强似教手。"圣上从谏如流，就命广搜旧院，大罗秦淮，拿了清客妓女数十余人[8]，交与礼部拣选。前日验他色艺，都只平常；还有几个有名的，都是杨龙友旧交，求情免选，下官只得勾去。昨见贵阳相公说道："教演新戏是圣上心事，难道不选好的，倒选坏的不成。"只得又去传他，尚未到来。今乃乙酉新年人日佳节[9]，下官约同龙友[10]，移樽赏心亭；邀俺贵阳师相，饮酒看雪。早已吩咐把新选的妓女，带到席前验看。正是：花柳笙歌隋事业，谈谐裙屐晋风流[11]。（下）

【黄莺儿】（老旦扮卞玉京道妆背包急上）[12] 家住蕊珠宫[13]，恨无端业海风[14]，把人轻向烟花送。喉尖唱肿，裙腰舞松，一生魂在巫山洞[15]。俺卞玉京，今日为何这般打扮，只因朝廷搜拿歌妓，逼俺断了尘心。昨夜别过姊妹，换上道妆，飘然出院，但不知那里好去投师。望城东云山满眼，仙界路无穷。

（飘飘下）（副净、外、净扮丁继之、沈公宪、张燕筑三清客上）[16]

【皂罗袍】（副净）正把秦淮箫弄，看名花好月，乱上帘栊。凤纸签名唤乐工[17]，南朝天子春心动。我丁继之年过六旬，歌板久抛；前日托过杨老爷，免我前往，怎的今日又传起来了。（外、净）俺两个也都是免过的，不知又传，有何话说。（副净拱介）两位老弟，大家商量，我们一班清客，感动皇爷，召去教歌，也不是容易的。（外、净）正是。（副净）二位青年上进，该去走走，我老汉多病年衰，也不望甚么际遇了。今日我要躲过，求二位遮盖一二。（外）这有何妨，太公钓鱼，愿者上钩。（净）是是！难道你犯了王法，定要拿去审问不成。（副净）既然如此，我老汉就回去了。（回行介）急忙回首，青青远峰；逍遥寻路，森森乱松。（顿足介）若不离了尘埃，怎能免得牵绊。（袖出道巾、黄绦换介）（转头呼介）二位看俺打扮罢，道人醒了扬州梦[18]。

（摇摆下）（外）咦！他竟出家去了，好狠心也。（净）我们且坐廊下晒暖，待他姊妹到来，同去礼部过堂[19]。（坐地介）（小旦扮寇白门，丑扮郑妥娘[20]，杂扮差役跟上）（小旦）桃片随风不结子[21]。（丑）柳绵浮水又成萍[22]。（望介）你看老沈老张不约俺一声儿，先到廊下向暖，我们走去，打他个耳刮子。（相见，诨介）（外问杂介）又传我们到那里去？（杂）传你们到礼部过堂，送入内庭教戏。（外）前日免过俺们了。（杂）内阁大老爷不依，定要借重你们几个老清客哩。（净）是那几个？（杂）待我瞧瞧票子。（取票看介）丁继之、沈公宪、张燕筑。（问介）那姓丁的如何不见？（外）他出家去了。（杂）既出了家，没处寻他，待我回官罢！（向净、外介）你们到了的，竟往礼部过堂去。（净）等他姊妹们到齐着。（杂）今日老爷们秦淮赏雪，吩咐带着女客，席上验看哩。（外、净）既是这等，我们先去了。正是：传歌留乐府，撅笛傍宫墙[23]。（下）（杂看票问小旦介）你是寇白门么？（小旦）是。（杂问丑介）你是卞玉京么？（丑）不是，我是老妥。（杂）是郑妥娘了。（问介）那卞玉京呢？（丑）他出家去了。（杂）咦！怎么出家的都配成对儿。（问介）后边还有一个脚小走不上来的，想是李贞丽了？（小旦）不是，李贞丽从良去了！（杂）我方才拉他下楼，他说是李贞丽，怎的又不是？（丑）想是他女儿顶名替来的。（杂）母子总是一般，只少不了数儿就好了。（望介）他早赶上来也。

【忒忒令】（旦）下红楼残腊雪浓，过紫陌早春泥冻[24]；不惯行走，脚儿十分痛。传凤诏，选蛾眉，把丝鞭，骑骄马；催花使乱拥[25]。

奴家香君，被捉下楼，叫去学歌，是俺烟花本等，只有这点志气，就死不磨。（杂喊介）快些走动！（旦到介）（小旦）你也下楼了，屈尊，屈尊。（丑）我们造化，就得服侍皇帝了。（旦）情愿奉让罢。（同行介）（杂）前面是赏心亭了，内阁马老爷，光禄阮老爷，兵部杨老爷，少刻即到。你们各人整理伺候。（杂同小旦、丑下）（旦私语介）难得他们凑来一处，正好吐俺胸中之气。

【前腔】赵文华陪着严嵩，抹粉脸席前趋奉；丑腔恶态，演出真鸣凤[26]。俺做个女祢衡，挝渔阳，声声骂[27]；看他懂不懂。

（净扮马士英，副净扮阮大铖，末扮杨文骢，外、小生扮从人喝道上）（旦避下）（副净）琼瑶楼阁朱微抹。（末）金碧峰峦粉细勾[28]。（净）好一派雪景也。（副净）这座赏心亭，原是看雪之所。（净）怎么原是看雪之所？（副净）宋真宗曾出周昉雪图，赐与丁谓[29]。说道："卿到金陵，可选一绝景处张之。"因建此亭。（净看壁介）这壁上单条，想是周昉雪图了。（末）非也。这是画友蓝瑛新来见赠的[30]。（净）妙妙！你看雪压钟山，正对图画，赏心胜地，无过此亭矣。（末吩咐介）就把炉、槛游具[31]，摆设起来。（外、小生设席坐介）（副净向净介）荒亭草具，恃爱高攀，着实得罪了。（净）说那里话。可笑一班小人，奉承权贵，费千金盛设，十分丑态，一无所取，徒传笑柄。（副净）晚生今日埽雪烹茶，清谈攀教，显得老师相高怀雅量，晚生辈也免了几笔粉抹。（净）呵呀！那戏场粉笔[32]，最是利害，一抹上脸，再洗不掉；虽有孝子慈孙，都不肯认做祖父的。（末）虽然利害，却也公道，原以儆戒无忌惮之小人，非为我辈而设。（净）据学生看来，都吃了奉承的亏。（末）为何？（净）你看前辈分宜相公严嵩，何尝不是一个文人，现今《鸣凤记》里抹了花脸，着实丑看。岂非赵文华辈奉承坏了。（副净打恭介）是是！老师相是不喜奉承的，晚生惟有心悦诚服而已。（末）请酒！（同举杯介）（副净问外介）选的妓女，可曾叫到了么？（外禀介）叫到了。（杂领众妓叩头介）（净细看介）（吩咐介）今日雅集，用不着他们，叫他礼部过堂去罢。（副净）特令到此伺候酒席的。（净）留下那个年小的罢。（众下）（净问介）他唤什么名字？（杂禀介）李贞丽。（净笑介）丽而未必贞也。（笑向副净介）我们扮过陶学士了，再扮一折党太尉何如[33]？（副净）妙妙！（唤介）贞丽过来斟酒唱曲。（旦摇头介）（净）为何摇头？（旦）不会。（净）呵呀！样样不会，怎称名妓。（旦）原非名妓。（掩泪介）（净）你有甚心事，容你说来。

【江儿水】（旦）妾的心中事，乱似蓬，几番要向君王控。拆散夫妻惊魂迸，割开母子鲜血涌，比那流贼还猛。做哑装聋，骂着不知惶恐。

（净）原来有这些心事。（副净）这个女子却也苦了。（末）今日老爷们在此行乐，不必只是诉冤了。（旦）杨老爷知道的，奴家冤苦，也值当不的一诉。

【五供养】堂堂列公，半边南朝，望你峥嵘 [34]。出身希贵宠，创业选声容，后庭花又添几种 [35]。把俺胡撮弄 [36]，对寒风雪海冰山，苦陪觞咏 [37]。

（净怒介）哇！这妮子胡言乱道，该打嘴了。（副净）闻得李贞丽，原是张天如、夏彝仲辈品题之妓 [38]，自然是放肆的。该打该打！（末）看他年纪甚小，未必是那个李贞丽。（旦恨介）便是他待怎的！

【玉交枝】东林伯仲 [39]，俺青楼皆知敬重。干儿义子从新用 [40]，绝不了魏家种。（副净）好大胆，骂的是那个，快快採去丢在雪中。（外採旦推倒介）（旦）冰肌雪肠原自同，铁心石腹何愁冻。（副净）这奴才，当着内阁大老爷，这般放肆，叫我们都开罪了。可恨可恨！（下席踢旦介）（末起拉介）（净）罢罢！这样奴才，何难处死，只怕妨了俺宰相之度。（末）是是！丞相之尊，娼女之贱，天地悬绝，何足介意。（副净）也罢！启过老师相，送入内庭，拣着极苦的脚色，叫他去当。（净）这也该的。（末）着人拉去罢！（杂拉旦介）（旦）奴家已拼一死。吐不尽鹃血满胸，吐不尽鹃血满胸。

（拉旦下）（净）好好一个雅集，被这奴才搅乱坏了。可笑，可笑！（副净、末连三揖介）得罪，得罪！望乞海涵，另日竭诚罢。（净）兴尽宜回春雪棹 [41]。（副净）客羞应斩美人头 [42]。（净、副净从人喝道下）（末吊场介）可笑香君才下楼来，偏撞两个冤对，这场是非免不了的；若无下官遮盖，香君性命也有些不妥哩。罢罢！选入内庭，倒也省了几日悬挂；只是媚香楼无人看守，如何是好？（想介）有了，画友蓝瑛托俺寻寓，就接他暂住楼上；待香君出来，再作商量。

　　赏心亭上雪初融，煮鹤烧琴宴钜公 [43]，

　　恼杀秦淮歌舞伴，不同西子入吴宫。

——选自王季思等注《桃花扇》，人民文学出版社 1982 年版

清代文学作品选

164

【作者简介】

孔尚任（1648—1718），字聘之，又字季重，号东塘、岸堂，别署云亭山人。山东曲阜人、孔子后裔。在康熙帝一次南巡返经曲阜时，孔尚任被荐在御前讲经，受到常识，由国子监生的身份破格被任为国子监博士。他为此作《出山异数记》，表达感激的心情。后迁至户部员外郎，因故罢官。他曾因参与疏浚黄河入海口的工程，在淮扬一带生活了三年，结识了冒襄、黄云、宗元鼎、杜濬等明末"遗老"及其他一些著名文人，还在扬州、南京诸地凭吊明朝的遗迹，广泛了解到南明政权兴亡的史料，这为他后来创作《桃花扇》提供了素材。孔尚任兴趣广泛，知识淹博，尤其爱好书画古玩，有《享金簿》一书，记载其收藏。他也擅长诗文，有《湖海集》《岸堂稿》等传世。

【注释】

[1] 阮大铖：字集之，号圆海、石巢、百子山樵。为人反复无常、奸险狡诈，为官之初依东林党，后转投魏忠贤，明亡后又在福王朱由崧的南明朝廷中官至兵部尚书、右副都御史、东阁大学士，南京城陷后降于清。屡次三番弃明投暗为人所不齿，又投身阉党之后做出很多迫害东林党人和复社文人之举，更为世人所厌。

[2] 六朝金粉：指向建都南京的吴、东晋、宋、齐、梁、陈的六朝士大夫一样，过着奢靡的生活。

[3] 衔名供奉：指以文学、技艺供奉内廷的官职。

[4] 贵阳相公：指马士英，因迎接福王而升任内阁大学士，因为贵州贵阳人，故有此称。

[5] 王铎：字觉斯，号嵩樵，河南孟津人，南明弘光元年礼部尚书、东阁大学士，后降清。

[6] 钱谦益：字受之，号牧斋，江苏常熟人，明崇祯时官至礼部侍郎，弘光元年补礼部尚书，后降清，官礼部尚书。降清后在柳如是的劝说下，参与反清复明，

为清廷所不齿，所著书籍皆遭禁毁。

[7] 四种传奇：指阮大铖所著《燕子笺》《春灯谜》《狮子赚》《双金榜》四种传奇，称为"石巢四种传奇"。

[8] 清客：指在富贵人家帮闲凑趣的文人和教授吹弹歌唱的艺人。

[9] 乙酉新年人日：指南明弘光二年（1645）阴历正月初七。

[10] 龙友：杨文骢，马士英同乡，抗清而亡。

[11] 花柳笙歌隋事业：隋末君臣皆以酒色为能事和魏晋士族以说理、谈玄、纵诞为风流。此处阮大铖自称自己过的就是纵情声色，不理朝政的荒靡生活。

[12] 卞玉京：名赛，字云装，自号玉京道人，"秦淮八艳"之一。

[13] 蕊珠宫：上清宫阙名。表达了卞玉京意欲出家的愿望。

[14] 业海：佛教语。指使人沉沦的诸种罪恶。

[15] 巫山洞：指妓院。

[16] 丁继之、沈公宪、张燕筑：均是明末清初著名的清客。事迹可见清余怀《板桥杂记》。

[17] 凤纸：皇帝的诏书。

[18] 扬州梦：语本唐杜牧《遣怀》诗："十年一觉扬州梦，赢得青楼薄幸名。"谓从歌舞繁华的生活中清醒过来。

[19] 过堂：原指旧时诉讼当事人到公堂上受审，此处指听候礼部官员审查。

[20] 寇白门、郑妥娘：均为秦淮名妓，与卞玉京齐名。

[21] 桃片随风不结子：指娼妓生活没有依靠。

[22] 柳绵浮水又成萍：指嫖客与娼妓的关系如柳絮入水，短暂而不可依靠。

[23] 撤（yè）笛傍宫墙：元稹《连昌宫词》："李謩撤笛傍宫墙，偷得新翻数般曲。"撤：按。

[24] 紫陌：京师的道路。

[25] 催花使：指传唤妓女的差役。

[26] "赵文华陪着严嵩"四句：以明传奇《鸣凤记》赵文华巴结奉承严嵩的故事，讽刺阮大铖诣媚马士英的丑态。

[27] "俺做个女祢衡"三句：指李香君想向祢衡击鼓骂曹一样，痛斥马士英、

阮大铖等奸臣。祢衡，字正平，东汉末年文人。因不理曹操的征任，而被曹操任命为鼓手以羞辱，他反裸身击唱《渔阳三挝》痛骂曹操。

[28]"琼瑶楼阁朱微抹"两句：赞赏雪后的楼阁、山景如图画一般美丽。

[29]宋真宗曾出周昉雪图：指宋真宗将周昉的《袁安卧雪图》赐给丁渭一事。见宋王辟之《渑水燕谈录》。

[30]蓝瑛：字田叔，号蝶叟，明末画家，长于山水、花鸟、梅竹，尤以山水为著。

[31]榼（kē）：盛酒的器皿。

[32]粉抹、戏场粉笔：皆指奸臣角色的白脸谱。

[33]"我们扮过陶学士"两句：用陶学士和党太尉代指雅、俗两种不同的生活情趣。陶学士，即陶谷，字秀实，北宋初年历任礼、刑、户三部尚书。曾得到太尉党进的家姬，一日命姬用雪水烹茶，并问："党家有此风味乎？"姬讥讽道："彼粗人，但知销金帐下，浅斟低唱，饮羊羔酒耳。"见《绿窗新话·党家妓不识雪景》。

[34]峥嵘：指才气、品格的出类拔萃。

[35]后庭花：即陈后主所作《玉树后庭花》，常用以代指亡国之音。

[36]胡撮弄：指任意摆布玩弄。

[37]觞咏：指饮酒赋诗。

[38]张天如、夏彝仲：即张溥和夏允彝，明代复社和几社的组织者。

[39]东林伯仲：指复社和几社为东林党的朋党。

[40]干儿义子：阮大铖曾认魏忠贤做干爹，故称"魏家种"。

[41]兴尽宜回春雪棹：指东晋王子猷雪夜乘船访问戴安道，"乘兴而来，兴尽而返"的故事。见《世说新语·任诞》。

[42]客羞应斩美人头：战国时平原君的美人在楼上看见一个跛子，不觉大笑。跛子告诉了平原君，平原君斩了美人，向跛子谢罪。见《史记·平原君列传》。

[43]煮鹤烧琴：比喻糟蹋美好事物因而大杀风景。

【作品要解】

孔尚任自述《桃花扇》的创作主旨是"借离合之情,写兴亡之感"(《桃花扇·先声》),同时要通过说明"三百年之基业,隳于何人、败于何事,消于何年,歇于何地""惩创人心,为末世之一救"(《桃花扇小引》)为后人提供历史借鉴。全剧共四十出,以复社名士侯方域与秦淮名妓李香君的爱情故事为主线,描绘了南明弘光王朝由建立到覆灭的动荡而短暂的历史,广阔地展现了明末动荡的社会现实,深刻地揭露了奸臣的祸国殃民,总结了明亡的历史教训,抒发了历史兴亡之感。孔尚任为突出"借离合之情,写兴亡之感"的创作主旨,有意避免对"情"作单独的描写,侯方域和李香君的悲欢离合,始终卷入在南明政治的漩涡中,并伴随着南明政权从初建到覆亡的过程而跌荡起伏。也正是因为个人爱情与政治情怀的紧密关系,所以"国破"自然"家亡",男女双方两人以各自出家为结局,表达了对南明"小朝廷"灭亡的祭奠。

明朝的灭亡,除却历任皇帝自身的荒淫无度,也离不开"朝堂与外镇不和,朝堂与朝堂不和,外镇与外镇不和;朋党势成,门户大起,虏寇之事,置之蔑闻"(夏完淳《续幸存录》)。南明小王朝不汲取明朝灭亡的历史教训,仍然在继续上演朋党之争,将绝大部分力量消耗在内部的争斗中。一方面东林党人在魏忠贤等阉党的压迫下难以主持朝政,随着明朝的灭亡逐步退离政治中心;紧承东林余绪的复社文人以清流自居,意气用事。另一方面,掌握朝政大权的马士英、阮大铖等人都是卖主求荣的无耻小人,纵享声色,慌于朝政,对东林、复社文人实施打压迫害,清兵压境之际抽调兵力镇压内乱,导致前线失守。孔尚任在对南明基本史实深入调查与考证的基础上,尽量客观真实再现了南明王朝覆亡的始末,揭示了南明"小朝廷"的混乱局面和激烈的内部矛盾。同时替明代遗民发声,表达了对马、阮祸乱误国的谴责,对复社文人清洁品格的赞美,对史可法等抗清义士的颂扬。

《骂筵》是剧作的第二十四出,亦是全剧的高潮。先通过新进的文学侍奉阮大铖踌躇满志的自白,交待了君臣沉湎一气,在国难之时"大罗秦淮"的选优之举,为矛盾冲突埋下伏笔;接着通过迫于淫威出场的卞玉京之口,表达了广大下层人民生活的水深火热及对马、阮等奸臣的痛恨，但又无力反抗只得遁世出家的无奈之举；李香君被捉，代替养母参加选优，意欲效祢衡痛骂马、阮，矛盾冲突初露；紧接着马士英、阮大铖等纷繁登场，刻画了马、阮相互勾结、攀附权贵、斜肩谄媚又自视清高的虚伪；最后李香君隆重登场，酣畅淋漓地痛骂了昏君贼臣的祸国殃民和宁死不屈的大义凛然，并借《鸣凤记》揭示马、阮二人认贼作父、祸国殃民终不得善终的结局。在此折中，通过妓女李香君与马士英、阮大铖的正面交锋，集中刻画了南明"小朝廷"危在旦夕之际，阮大铖、马士英奉承权贵、醉生梦死、骄横无理的丑态；众妓女、清客忧心国事，不愿点缀升平，意欲出家的心灰意冷，为侯方域、李香君出家埋下伏笔；李香君冒死痛骂马、阮的大义凛然、坚贞不屈。身份低微的妓女倡优尚且心系国家生死，而自诩高尚的权贵之臣沉沦于声色犬马，置国家生死于不顾，更加加深了作品的批判力度，引人深思。

《吟风阁杂剧》

杨潮观

穷阮籍醉骂财神

　　钱神庙，思狂狷之士也[1]。丰啬由天，狂者胸中无物；若狂而不狷，君子奚取焉。

　　（丑扮沙弥上[2]）油葫芦，醋葫芦，我做和尚觚不觚[3]。绫袈裟，缎袈裟，志公鞋上绣朵花[4]。自家钱神庙中一个小沙弥便是。这座殿廷，真乃物华天宝，有小僧在庙，就是人杰地灵[5]。我这一位神圣，法天象地[6]，火德金身[7]，还是当初夏禹王铸鼎开光，姜太公安炉显圣，福缘广大，法力无边。因此上，我们住庙的，凭仗威灵，也都摇摆得过。只是我的出家呵：荤酒充肠，五戒并无一戒[8]；笑容满面，三皈倒有四皈。你道添那一皈？皈依佛，皈依僧，皈依法，不如皈依这位钱菩萨，可不有了四皈。闲话少说，吾神灵感，每日烧香上供的，教我们应接不暇；且喜晌午清闲，到山门外散步一回，有何不可。你看，来的一个醉汉，可不是阮相公。他是从不到此的，看他来做怎么。

　　【北仙吕】【点绛唇】（生扮阮籍醉态披衣上）漉酒巾歪[9]，竹风摇摆。休惊骇，醉眼看差，踹入红尘界[10]。

　　人道我阮籍狂，我阮籍并不狂。人道我阮籍醉，我阮籍并不醉。今日在竹林之下，与嵇康论养生，共刘伶颂酒德，正在讲得有兴，不知怎么散场，来此山下。你看金碧辉煌，香烟缥缈，好个去处！（见丑问介）这里想是夫子庙？（丑）不是。（生）可是文昌宫[11]？（丑）不是。阮相公，你可不认识，这是生财发福的钱神庙。（生）呀！钱神，钱神，你自来与我无缘，今日倒要借这残步，进去看他一看。（丑）看仔细。（作到介）（生）财哥哥，久会久会！（丑）财神爷说："我从来不认得你这穷鬼，甚么久会久会！"（生）你须不要如此。我不是赖你做相与。我不见你也罢，我见了你，要大笑三声，大哭三声，还要骂你千声万声，骂之不尽。（丑）罪过罪过！且问你为甚要笑？（生）见了他，教我如何不要笑。

【混江龙】则为你和而不介，热烘烘，不分清浊，广招徕[12]。哄的人香添烛换，酒去牲来。你簿儿上算定了子母权衡谁聚散[13]，你手儿里把住了乾坤宝藏自关开。（丑）他的威权，好不大着哩！（生）且问你这个威权是谁付与你的？为甚缺了你，圣贤无乃[14]？仗着你，豪杰方才[15]？响当当开金口，一文得济[16]；笑吟吟看薄面，万事俱谐[17]。要担承，只去怀儿里将他揣；没关节，要缝儿里把他搋[18]。打透了天罗地网，买通得鬼使神差。（丑）你们读书君子，名义为重，不知甚么叫做名？（生）甚么名，腰缠万贯交游广。（丑）甚么叫做义？（生）什么义，裘马千金意气开。（丑）你看那从容的，（生）他活浏浏鱼游水面。（丑）又看那厮趁的，（生）都喜孜孜蜂上花腮。虽是我不贪夜识金银气[19]，却亏你有用深藏府库财[20]。休轻怠，躬身下拜，笑口相陪。

（生作拜介）（丑背介）我一向闻得这阮相公，是个骄傲不过的，谁知见了钱爷爷，也不觉低心下气起来。想他定是穷怕了也！（转介）难得相公如此信心，你一面拜，我一面替你上香。（生）使得。今日我阮籍，顿首拜你几拜，是拜你的有权。还要稽首拜你百拜，是拜你的有德。（丑）请问相公，钱有几德？（生）若数他的圣德，他却多着哩。他能助人施舍，是其仁也；能救人缓急，是其义也；能厚人交际，是其礼也；能解人纷难，是其智也；能践人然诺，是其信也。只此一物，五德俱全；怎不教我敬之奉之，亲之爱之，寿之祝之，求之拜之！（丑）既如此，你为何要哭？（生）见了他，教我又如何不哭。财神呵！

【油葫芦】你是怨府愁城实可哀，休喝采，腥膻招惹盗心来。若不是针头削铁将身备[21]，只怕你刀头恬蜜将人害[22]。想多藏他，是祸胎；拼乱挥他，如土块。又无奈空囊羞涩清高在[23]，逼死了多少豪杰隽贤才。

你舞弄得人好苦也！（哭介）（丑）罢了，哭也由你，笑也由你，只怕骂不得。你不得罪他，他还不照顾你哩。（生）你劝我不要骂，你怎知我的恨处嗄！是他一手掌握，教人两脚奔波。

【天下乐】说不尽市道纷争也那你为开，尽安排圈套来，则见你换人心都变成虎与豺：为刀锥[24]，把道义衰；竞锱铢[25]，将骨肉猜。更有甚恩仇深似海。

（丑）这都是人心不善，怎怨得神明！（生）他不但黑白不分，还重富欺贫，没一些公道。

【那吒令】为甚的贤似颜回，教他掺瓢似丐[26]？为甚的廉似原思，教他捉衿没带[27]？为甚的节似黔敖，叫他嗟来受馁[28]？你把普天下怯书生、穷措大[29]，一个个都卧雪空斋。

（丑）这是他们都烧香不到哩！

【鹊踏枝】（生）偏是那市儿胎，鄙夫才，一任将宝藏龙官，添得他锦上花开。更逼拶出贫人的卖儿钱债[30]，输与那权门内，去供他酒肉池台。

（丑）这敢是他烧香烧得着也。（生）提起来，不由人不怒发冲冠而起。只因普天下没有人敢骂你，只我大阮特来骂你，毕竟无求于你。

【寄生草】俺侧楞二扶瘦骨[31]，孤另另挺穷骸。有时节悲来泪向穷途洒[32]，有时节兴来啸向苏门外[33]，有时节醉来不觉乾坤隘[34]。尽着你桩乔做势弄神通，我名高不用你金钱买。

呀，数说了一回，你怎么一言不答。待我撞钟击鼓，再从头骂起。（丑扯介）使不得！使不得！

【六么序】（生）你休佯不睬，呆打孩[35]，听着我鸣鼓攻来。这不是金粟莲台[36]，法供清斋[37]。聚宝门开[38]，挤挤挨挨，都不过鼻尖头嗅着铜臭而来。你故意儿半空中筑住了金银赛，反教人费纸陌钱财。乱攘攘强吞弱肉无拘碍，翻道颜渊没福，盗跖多财[39]。

我要扯下来问他。（跌倒作介）扶我起来。（丑）悔气悔气！被他缠个不清。但这酸丁，是个大户人家，不好得罪他。（作扶起介）（生）我骂得气上来了，可扶我凭栏一望，散散闷儿。那山门外，是甚么桥？（丑）是点金桥。（生）你看桥上桥下，人山人海，有这许多人。（丑）不多。只有两个。（生）你道我醉眼迷离。怎说只有两个？（丑）一个为名的，一个为利的。（生）如此说，我看只有一个，并无两个。（丑）怎说只有一个？（生）只有一个图利的。如今为名，也无非为利。

【么篇】你看贸贸前来，并无几样人材。（丑）怎的没有几样？也有经商的，（生）经商的，营运当该。（丑）匠作的，（生）筋骨磨揩。（丑）耕田的，（生）少米无柴。（丑）秀才们，（生）润笔书斋。（丑）官员们，（生）馈送盈阶。（丑）

公人们，（生）他更巧文法卖。（丑）兵壮们，（生）摸金无赖[40]。（丑）军将们，（生）威名债帅。（丑）道士们，（生）神仙黄白[41]。（丑）如我等和尚们，（生）逢人喜舍，还酒肉之债。（丑）连我也骂在内了。更有妇女之辈，（生）那个活观音离得了善财！你把蠢金钱休乱筛，上至公台[42]，下至舆侩[43]，普人间一语兼该，七盗八娼，并九儒十丐[44]，都总来热赶生涯。只为你财神呵，弄虚头聚散无常态。咳，我要把铜山踢倒[45]，金穴填埋[46]。

啊呀，我酒涌上来了。（作吐介）（丑）相公，这不是佛头浇粪？（生）我只见鬼脸装金。（丑）咳，无端的枉口恶舌。（生）抵多少梵呗钟音。吾今去也。请、请了（下）（丑）阿弥陀佛！这是那里说起。（下）

（名缰利锁二魔头跳舞下）（净扮钱神侍从随上）万壑云烟宝藏深，无星称上见天心。自从九府为圜法[47]，多少人间跃冶金[48]。吾乃钱神司令，大宝法王。庙祀于招宝山上，血食千年，万人瞻仰。今日忽有个穷鬼，自称大阮，无端闯入殿延，乘醉发狂，嫚骂吾神，已差鬼卒们，勾取他生魂前来拷问，想就到来也。值日功曹何在？（末扮功曹上）启上大王，这个穷鬼，甚是难拿。（净）怎么说？（末）自来奉上帝之命，勾摄生人只有两件法器，一条是名缰，一把是利锁，那名缰发下文昌宫里收存，这利锁发在吾神部下听用。今番鬼卒们前去，谁知那大阮是不爱钱的，利锁锁他不住。（净）怎么处？（末）已经向文昌殿下，借取名缰，包管一牵就到。（杂扮鬼卒牵阮籍上）穷鬼大阮拿到。（生）只道文昌遣人来请我，谁知是你守钱卤[49]。（净）你无端狂醉渎吾神，把你套上名缰加利锁。（末）穷鬼尚敢昂然不跪庭！（生）男儿膝下有黄金。（净）你也知道黄金贵重哩。（生）人把黄金托掌心，我撤黄金地上寻。（净）这厮尚然倔强，看来倒有些气骨。也罢，我想是神是佛，个个清高，偏我掌着几贯钱财，受人吐骂，呕气不过，没奈何施舍去些罢。穷鬼过来，念你生来寒素，吾神职掌，薄有微权。（生）你薄有微权，就要弄权。（净）莫乱道。我有天干十大库金银，地支十二库财宝，这是物各有主，擅动不得：另有闰余库，无碍库，我权将二库开来，任你搬取受用，可不快活哩！

【般涉】【耍孩儿】救贫我亦无奇计，拼两库黄花枭蹄[50]。为怜君无命数儿奇，商量颇费权宜。从今后，你床边阿堵层层绕[51]，你头上青蚨片片飞[52]。

休忘记，送穷文巧[53]，致富书奇。

（生大笑介）我为天下人民抱不平，你却将这话儿来哄我，敢是你还骂不够哩！我命中所有，不怕你不替我守着，少我一分不得；要用时，不怕你不送来，迟我片时不能。我若得了你这横财呵！你好把水火盗贼、口舌官符、灾殃疾病，暗暗提来与我，那时节，弄得倾刻烟销，我依然一个穷鬼，还落得不干不净。你只好愚弄别人，休得来哄我。

【三煞】问阴阳理不齐，论公私义不欺，布金那有闲田地[54]？不是我天生富贵难消受，反着你鬼瞰高明惹是非[55]。休相戏，金珠粪土，轩冕尘泥。

（缰锁作自脱介）（末）大王，看这厮有甚符水法儿，一摇身，缰锁都自脱落了。（净）阮生阮生，你就甚般洒脱，你莫非就是竹林七贤之数？（生）不敢。（净起立拱手介）如此，失敬失敬！果然不愧为贤。看坐！（生）我并不贤，原是穷鬼。穷鬼告坐了。（净）只是你骂我不值，凡人穷通得丧，种种由天，强取强求，灾祸立至，我不过奉命而行，那一些自主得的。

【二煞】值奇穷命不移，守清贫道在兹，乍相逢，休怪前言戏。你既是明知得马非为福，我不过聊试挥锄可拾遗[56]。阮先生，你竟撒手空行也。从今起，翻嫌我簿书猥琐，带水拖泥。

（生）大王既如此说，我也岂不知道：

【一煞】冷清清草生金谷蹊，热腾腾火燃郿坞脐，看盈虚消息旁州例[57]。我这里早知自命无承望，你那里空守他财不自肥。今日个我非无礼，只为问天不语，借你为题。

（净）理会得。适才唐突高贤，幸勿见罪。（生）大王，你看破书生狂态，定荷海涵。（净）就此定交。鬼卒们，送先生回阳去罢。（生）正是不打不相识。（净）惺惺还惜惺惺。（下）（杂）拿了来，还要我送了去。（生）你大王原拿错了。（杂）官差吏差，来人不差。钱来！（生）甚么钱？（杂）公门荡荡开，有理无钱莫进来。（生）我那有钱，还不知我是穷鬼。（杂）那怕你穷，快拿钱来！（生）我就见阎王，也只一双空手。（杂）如此我不送你前行。（生）我要你行。（杂）我不动。非钱不行[58]。（生）你大王太岁头上动土，你还想石人头上出汗。（杂）我把你这石人推倒，看有汗没汗。（推倒生介下）（生作醒介）原来南柯一梦。

【煞尾】梦耶非，醉耶非，我白眼圆睁青眼儿迷^[59]。却看污了衫和履，悔在那摇钱树边倚。

——选自胡士莹校注《吟风阁杂剧》，上海古籍出版社 1983 年版

【作者简介】

杨潮观（1712—1791），字宏度，号笠湖，江苏无锡人。清代著名戏曲家，乾隆元年（1736）举人，曾先后出任山西、河南、云南、四川等地县令，为政清廉，七十岁时在泸州任上告老还乡。他懂声律，善度曲，任四川邛州知州时，修复卓文君妆楼旧址，建造"吟风阁"，召集艺人表演戏曲，并将平生创作的戏曲辑为《吟风阁杂剧》。另著有《左鉴》《周礼指掌》《易象举隅》《家语贯珠》《金刚宝筏》《笠湖诗稿》《吟风阁诗钞》《吟风阁词钞》等。

【注释】

[1] 狂狷：指洁身自好，蔑俗轻规，不肯同流合污。《论语·子路》："子曰：'不得中行而与之，必也狂狷乎。狂者进取，狷者有所不为也。'"

[2] 沙弥：和尚。

[3] 觚不觚：语出《论语·雍也》："子曰：'觚不觚，觚哉！觚哉！'"朱熹《集注》："觚，棱也；或曰酒器，或曰木简，皆器之有棱者也。不觚者，盖当时失其制而不为棱也。"觚为酒器。觚不觚，意谓觚不像觚，比喻名不符实。此处指沙弥没有沙弥的样子。

[4] 志公：原指梁时高僧宝志禅师，此处泛指僧人。

[5] 物华天宝，人杰地灵：语出唐王勃《滕王阁序》，意谓物产华美是天然的珍宝，人才杰出是地域的灵秀。

[6] 法天象地：指神通广大，可取法乎天，审象于地。

[7] 火德金身：指有帝王之象。火德是五德之一，五德即五行之德。古代以五行生克对应帝王嬗变，如炎帝和唐尧均被誉为火德王。

[8] 五戒：佛家五戒：一不杀生，二不偷盗，三不邪淫，四不妄语，五不饮酒。

[9] 漉酒巾：头上戴的葛巾。南朝梁萧统《陶渊明传》："郡将尝候之，值其酿熟，取头上葛巾漉酒，漉毕，还复著之。"

[10] 红尘界：佛道之人对世俗社会的代称。

[11] 文昌宫：供奉文昌帝君的道观。文昌帝君，亦称文曲星，主文运。

[12] 招徕：招揽香客。

[13] 子母权衡：母谓本金，子谓利息。此处指沙弥牟利。

[14] 圣贤无乃：圣贤不再是圣贤。

[15] 豪杰方才：豪杰才是豪杰。

[16] 一文得济：用卢乔游阿兰节会饥饿之时，拾得一文钱买芝麻饼充饥的故事，喻指施舍之恩。

[17] 看薄面，万事俱谐：用张延赏见钱十万贯停止断案的故事，谓钱可通神。

[18] 撳：通"塞"。

[19] 不贪夜识金银气：出自杜甫《题张氏隐居》，谓隐居不贪财可夜观气象之。阮籍引此诗表清高不贪财之意。

[20] 用深藏府库财：出自《史记·平准书》，指财政盈余。

[21] 针头削铁：形容刮削搜刮之极。

[22] 刀头恬蜜：用石头在刀口舔取蜂蜜，形容利微而险大。《佛说四十二章经》："佛言财色之于人，譬如小儿贪刀刃之蜜，甜不足一食之美，然有截舌之患也。"

[23] 空囊羞涩：指手头拮据，身边无钱。

[24] 刀锥：喻微末之利。

[25] 锱铢：锱和铢都是古代相对很小的计量单位，常用以指微小的数量。

[26] "贤似颜回"两句：颜回，字子渊，亦称颜渊，孔子弟子，贫而好学，"孔门七十二贤"之一。《论语·雍也》："一箪食，一瓢饮，在陋巷，人不堪其忧，回也不改其乐。"

[27]"廉似原思"两句：原宪，字子思，孔子弟子，清贫守节，"孔门七十二贤"之一。辞九百斛的俸禄而隐居卫国草泽中，子贡往见之，正冠则缨绝，振襟则肘见。见《韩诗外传》。

[28]"节似黔敖"两句：黔敖，春秋时期齐国人。齐国大饥，黔敖准备饭食以赈济饥民。有一个饥民蒙袂而来。黔敖说："嗟！来食！"饥民扬目而视之说："予唯不食嗟来之食，以至于斯也。"遂不食而死。见《礼记·檀弓下》。此处误认守节者为黔敖。

[29]措大：亦作醋大，指贫寒失意的读书人。

[30]逼拶（zā）：亦作"逼匝"，谓逼迫之意。

[31]侧楞二：即侧棱。

[32]泪向穷途洒：阮籍常独自驾车至无人之所，恸哭而返。见《晋书·阮籍传》。

[33]啸向苏门外：阮籍在苏门山遇孙登，与其商略栖神道气之术，孙登不应，乃长啸而返。行至半山，孙登以长啸应和。见《晋书·阮籍传》。

[34]醉来不觉乾坤隘：阮籍常饮酒以躲避世间俗务。《晋书·阮籍传》："籍闻步兵厨营人善酿，有贮酒三百斛，乃求为步兵校尉。遗落世事，虽去佐职，恒游府内，朝宴必与焉。"

[35]呆打孩：呆呆的样子，意谓装傻充愣。

[36]金粟莲台：指如来佛的宝座。

[37]法供清斋：佛家的供养和修行的净室。

[38]聚宝门：相传明朱元璋建造中华门时，因城墙屡次倒塌，借传富商沈万三的聚宝盆埋于其下，故称中华门为聚宝门。

[39]盗跖：姓姬名跖，又名柳下跖、柳展雄，柳下惠之帝。《庄子·杂篇·盗跖》："从卒九千人，横行天下，侵暴诸侯，穴室枢户，驱人牛马，取人妇女，贪得忘亲，不顾父母兄弟，不祭先祖。"此处，用颜渊代指贤良之人；用盗跖代指无德之人。

[40]摸金：即盗墓。

[41]黄白：指道士炼丹化成金银的法术。

[42] 公台：指三公与三台。三公为大司马、大司徒、大司空；三台为中台、宪台、外台。此处泛指高官。

[43] 舆伭：泛是贱役、奴仆。《左传·昭公七年》："天有十日，人有十等，下所以事上，上所以共神也。故王臣公，公臣大夫，大夫臣士，士臣皂，皂臣舆，舆臣隶，隶臣僚，僚臣仆，仆臣台。马有圉，牛有牧，以待百事。"前四等属于高官贵族；后六等属奴隶贱役。

[44] 七盗八娼、九儒十丐：古时将人分十等，然具体分法不一。宋郑思肖《心史》："一官、二吏、三僧、四道、五医、六工、七猎、八娼、九儒、十丐。"宋谢枋得《叠山集》："我大元典制，人有十等：一官、二吏；先之者，贵之也，谓其有益于国也；七匠、八娼、九儒、十丐，后之者，贱之也，谓其无益于国也。"清赵翼《陔余丛考》："郑所南又谓元制：一官、二吏、三僧、四道、五医、六工、七猎、八民、九儒、十丐。"此处泛指各行各业，各个阶层的人。

[45] 铜山：人皆言邓通当贫饿死，汉文帝欲富之，赐铜山得自铸钱，邓通因此大富。见《汉书·邓通传》。

[46] 金穴：汉郭皇后的弟弟郭况得刘秀赏赐，累金数亿，以黄金为器。时人谓郭家为"琼厨金穴"。见《后汉书·郭皇后传》。

[47] 九府为圜法：西周初实行的货币流通制度。《汉书·食货志》："太公为周定九府圜法。"九府为"六府三职"的统称，分为大府、玉府、内府、外府、泉府、天府、职内、职金、职币，后常用以代指国库。

[48] 跃冶金：语出《庄子·大宗师》："今大冶铸金，金踊跃曰：'我且必为镆铘。'"意谓喜欢夸耀。此处指自从货币产生之后，金钱的作用越来越重要。

[49] 守钱卤：即守财奴。

[50] 黄花衮蹄：指马蹄金。黄花乃为比喻马蹄金的颜色。

[51] 床边阿堵层层绕：语出南朝宋刘义庆《世说新语·规箴第十》："王夷甫雅尚玄远，常嫉其妇贪浊，口未尝言钱字。妇欲试之，令婢以钱遶牀不得行。夷甫晨起，见钱阁行，呼婢曰：'举却阿堵物。'"阿堵即为金钱的代称。

[52] 青蚨片片飞：传说青蚨生子，母与子分离后必会聚回一处。于是人们用青蚨母子血各涂在钱上，涂血的钱用出后必会飞回，遂有"青蚨还钱"之说，青蚨

亦成为钱的代称。

[53] 送穷文：韩愈之作。送穷是中国古代民间在正月初五时的一种岁时习俗。

[54] 布金：铺满黄金之意。给孤独长者欲购祇陀太子园林建造精舍，祇陀戏言布金满地，厚数五寸即卖之，给孤独竟如其言，于是二人共建精舍，称为"祇树给孤独园"。见《贤愚因缘经·须达起精舍缘品第四十三》。

[55] 鬼瞰高明：借《解嘲》："高明之家，鬼瞰其室。"讥讽财神的收买之举。

[56] 挥锄可拾遗：《世说新语·德行》："管宁、华歆共园中锄菜，见地有片金，管挥锄与瓦石不异，华捉而掷去之。"

[57] "冷清清"三句：言富贵无常。金谷：晋石崇所建，极其侈丽，后衰败。杜牧诗曾观金谷废墟，作《金谷园》诗，感叹世事无常。郿（méi）坞：汉末董卓所建，囤积谷物、金玉、彩帛、珍珠不计其数，兵败之时被烧毁。旁州例：榜样，例子。

[58] 非钱不行：意思是没有钱不成。唐张鷟《朝野佥载》："郑惜为吏部侍郎，掌选，贪赃不法。引铨日，有选人引铨日，有选人以百钱系靴带，行步有声。惜见，问之，对曰：'当今之选，非钱不行。'"

[59] 白眼圆睁青眼儿迷：用阮籍"青白眼"的典故。《晋书·阮籍传》："籍又能为青白眼。见礼俗之士，以白眼对之。常言'礼岂为我设耶？'时有丧母，嵇喜来吊，阮作白眼，喜不怿而去；喜弟康闻之，乃备酒挟琴造焉，阮大悦，遂见青眼。"

【作品要解】

《吟风阁杂剧》全书四卷，收录短剧三十二种，每剧一折，敷演一个故事。作品大多取材于历史传说和神话故事，借以针砭社会的时弊，表达对社会的不满，颇具有警策的意义。陈侠君曰："先生谱《吟风阁杂剧》三十二回，将朝野隔阂，国富民贫，重重积弊，生生道破；心摹神追，寄托遥深，别具一副手眼。文情艳丽，科白滑稽，光怪陆离，独标新义，扫尽浮词，不落前人窠臼，似非寻常随腔按谱填曲编白可比也。"诚如所言，这些短剧讽刺深远，情节简练，宾白平易流畅，曲文韵味悠长，具有很强的感染力。其中《寇莱公思亲罢宴》《汲长孺矫诏发仓》《杨震暮夜却金》等有着广泛的影响力，现今仍表演不辍。《吟风阁杂剧》每折前有小序，简略介绍剧作的主旨。本文所选《穷阮籍醉骂财神》，即首先交待了"钱神庙，思狂狷之士也。丰啬由天，狂者胸中无物；若狂而不狷，君子奚取焉"的创作主旨。在情节安排和人物塑造上亦以简练为主，主要描写了喝醉酒的阮籍误入财神殿对着财神爷又哭又笑又骂，恼羞成怒的财神爷遂命鬼差持利锁和名缰缉拿。岂知阮籍仍痛斥金钱的可恶，无奈之下财神爷利诱阮籍，阮籍视钱财如粪土，并摆脱名缰的束缚。财神爷大为折服，遂命鬼差将他返送人间。返回途中鬼差向他索要钱财不成，将他踹下人间，惊醒之后方知为南柯一梦。剧作在情节的塑造上，依本阮籍的人物特质加以大胆的夸张和想象，极尽描写了阮籍不为名利所困、不为礼法所束的"白眼圆睁青眼儿迷"的狂诞形象，并通过阮籍的嬉笑怒骂来拆穿金钱的本质，嘲讽了世人对金钱的崇拜和追捧，具有深刻的警示性。

小说

清代文学作品选

《聊斋志异》

蒲松龄

婴 宁

王子服，莒之罗店人[1]。早孤。绝慧，十四入泮[2]。母最爱之，寻常不令游郊野。聘萧氏，未嫁而夭，故求凰未就也[3]。会上元[4]，有舅氏子吴生，邀同眺瞩[5]。方至村外，舅家有仆来，招吴去。生见游女如云，乘兴独游。有女郎携婢，拈梅花一枝，容华绝代，笑容可掬。生注目不移，竟忘顾忌。女过去数武，顾婢子笑曰："个儿郎目灼灼似贼！"遗花地上，笑语自去。生拾花怅然，神魂丧失，怏怏遂返。至家，藏花枕底，垂头而睡，不语亦不食。母忧之。醮禳益剧[6]，肌革锐减[7]。医师诊视，投剂发表[8]，忽忽若迷。母抚问所由，默然不答。适吴生来，嘱密诘之。吴至榻前，生见之泪下。吴就榻慰解，渐致研诘[9]。生具吐其实，且求谋画。吴笑曰："君意亦痴，此愿有何难遂？当代访之。徒步于野，必非世家。如其未字，事固谐矣；不然，拚以重赂[10]，计必允遂。但得痊瘳[11]，成事在我。"生闻之，不觉解颐[12]。吴出告母，物色女子居里[13]。而探访既穷，并无踪迹。母大忧，无所为计。然自吴去后，颜顿开，食亦略进。数日，吴复来。生问所谋。吴绐之曰[14]："已得之矣。我以为谁何人，乃我姑之女，即君姨妹，今尚待聘。虽内戚有婚姻之嫌[15]，实告之，无不谐者。"生喜溢眉宇，问："居何里？"吴诡曰[16]："西南山中，去此可三十余里。"生又付嘱再四，吴锐身自任而去[17]。生由是饮食渐加，日就平复。探视枕底，花虽枯，未便雕落。凝思把玩，如见其人。怪吴不至，折柬招之[18]。吴支托不肯赴召[19]。生恚怒[20]，悒悒不欢。母虑其复病，急为议姻；略与商榷，辄摇首不愿，惟日盼吴。吴迄无耗[21]，益怨恨之。转思三十里非遥，何必仰息他人？怀梅袖中，负气自往，而家人不知也。伶仃独步，无可问程，但望南山行去。约三十余里，乱山合沓[22]，空翠爽肌，寂无人行，止有鸟道[23]。遥望谷底，丛花乱树中，隐隐有小里落。下山入村，见舍宇无多，皆茅屋，而意甚修雅。北向一家，门前皆绿柳，墙内桃杏尤繁，间以修竹；野鸟格礌^[24]其中。意是园亭，不敢遽入。回顾对户，有巨石滑洁，因据坐少憩。俄闻墙内有女子，长呼"小荣"，其声娇细。方伫听间，一女郎由东而西，执杏花一朵，俯首自簪。举头见生，遂不复簪，含笑拈花而入。审视之，即上元途中所遇也。心骤喜。但念无以阶进；欲呼姨氏，而顾从无还往，惧有讹误。门内无人可问。坐卧徘徊，自朝至于日昃^[25]，盈盈望断^[26]，并忘饥渴。时见女子露半面来窥，似讶其不去者。忽一老媪扶杖出，顾生曰："何处郎君，闻自辰刻来^[27]，以至于今，意将何为？得勿饥耶？"生急起揖之，答云："将以盼亲。"媪聋聩不闻。又大言之。乃问："贵戚何姓？"生不能答。媪笑曰："奇哉！姓名尚自不知，何亲可探？我视郎君，亦书痴耳。不如从我来，啖以粗粝^[28]，家有短榻可卧。待明朝归，询知姓氏，再来探访。"生方腹馁思啖，又从此渐近丽人，大喜。从媪入，见门内白石砌路，夹道红花，片片坠阶上；曲折而西，又启一关，豆棚花架满庭中。肃客入舍^[29]，粉壁光如明镜，窗外海棠枝朵，探入室内；裀藉几榻^[30]，罔不洁泽。甫坐，即有人自窗外隐约相窥。媪唤："小荣，可速作黍。"外有婢子嘤声而应^[31]。坐次，具展宗阀^[32]。媪曰："郎君外祖，莫姓吴否？"曰："然。"媪惊曰："是吾甥也！尊堂，我妹子。年来以家窭贫，又无三尺之男^[33]，遂至音问梗塞。甥长成如许，尚不相识。"生曰："此来即为姨也，匆遽遂忘姓氏。"媪曰："老身秦姓，并无诞育；弱息亦为庶产^[34]。渠母改醮^[35]，遗我鞠养^[36]。颇亦不钝，但少教训，嬉不知愁。少顷，使来拜识。"未几，婢子具饭，雏尾盈握^[37]。媪劝餐已，婢来敛具。媪曰："唤宁姑来。"婢应去。良久，闻户外隐有笑声。媪又唤曰："婴宁，汝姨兄在此。"户外嗤嗤笑不已。婢推之以入，犹掩其口，笑不可遏。媪瞋目曰："有客在，咤咤叱叱^[38]，景象何堪？"女忍笑而立，生揖之。媪曰："此王郎，汝姨子。一家尚不相识，可笑人也。"生问："妹子年几何矣？"媪未能解。生又言之。女复笑，不可仰视。媪谓生曰："我言少教诲，此可见矣。年已十六，呆痴如婴儿。"生曰："小甥一岁。"曰："阿甥已十七矣，得非庚午属马者耶？"生首应之。又问："甥妇阿谁？"答云："无之。"曰："如甥才貌，何十七岁犹未聘？婴宁亦无姑家^[39]，极相匹敌，惜有内亲之嫌。"生无语，目注婴宁，不遑他瞬^[40]。婢向女小语云："目灼灼，贼腔未改。"女又大笑，顾婢曰："视碧桃开未？"遽起，以袖掩口，细碎连步而出。至门外，笑声始纵。媪亦起，唤婢襆被[41]，为生安置。曰："阿甥来不易，宜留三五日，迟迟送汝归。如嫌幽闷，舍后有小园，可供消遣；有书可读。"次日，至舍后，果有园半亩，细草铺毡，杨花糁径[42]；有草舍三楹，花木四合其所。穿花小步，闻树头苏苏有声，仰视，则婴宁在上。见生，狂笑欲堕。生曰："勿尔，堕矣。"女且下且笑，不能自止。方将及地，失手而堕，笑乃止。生扶之，阴㧑其腕[43]。女笑又作，倚树不能行，良久乃罢。生俟其笑歇，乃出袖中花示之。女接之，曰："枯矣。何留之？"曰："此上元妹子所遗，故存之。"问："存之何益？"曰："以示相爱不忘。自上元相遇，凝思成病，自分化为异物；不图得见颜色，幸垂怜悯。"女曰："此大细事，至戚何所靳惜？待郎行时，园中花，当唤老奴来，折一巨捆负送之。"生曰："妹子痴耶？"女曰："何便是痴？"生曰："我非爱花，爱拈花之人耳。"女曰："葭莩之情[44]，爱何待言。"生曰："我所为爱，非瓜葛之爱[45]，乃夫妻之爱。"女曰："有以异乎？"曰："夜共枕席耳。"女俯首思良久，曰："我不惯与生人睡。"语未已，婢潜至，生惶恐遁去。少时，会母所。母问："何往？"女答以园中共话。媪曰："饭熟已久，有何长言，周遮乃尔[46]。"女曰："大哥欲我共寝。"言未已，生大窘，急目瞪之，女微笑而止。幸媪不闻，犹絮絮究诘。生急以他词掩之，因小语责女。女曰："适此语不应说耶？"生曰："此背人语。"女曰："背他人，岂得背老母。且寝处亦常事，何讳之？"生恨其痴，无术可悟之。食方竟，家中人捉双卫来寻生[47]。先是，母待生久不归，始疑；村中搜觅已遍，竟无踪兆[48]。因往寻吴。吴忆曩言[49]，因教于西南山村行觅。凡历数村，始至于此。生出门，适相值，便入告媪，且请偕女同归。媪喜曰："我有志，匪伊朝夕。但残躯不能远涉，得甥携妹子去，识认阿姨，大好！"呼婴宁。宁笑至。媪曰："大哥欲同汝去，可装束。"又饷家人酒食，始送之出曰："姨家田产丰裕，能养冗人[50]。到彼且勿归，小学诗礼，亦好事翁姑。即烦阿姨，为汝择一良匹与汝[51]。"二人遂发。至山坳，回顾，犹依稀见媪倚门北望也。抵家，母睹姝丽，惊问为谁。生以姨妹对。母曰："前吴郎与儿言者，诈也。我未有姊，何以得甥。"问女，女曰："我非母出。父为秦氏，没时，儿在襁中，不能记忆。"母曰："我一姊适秦氏，良确；然殂谢已久[52]，那得复存？"因审诘面庞、痣赘[53]，一一符合。又疑曰："是矣。然亡已多年。"疑虑间，吴生至，女避入室。吴询得故，惘然久之。忽曰："此女名婴宁耶？"生然之。吴极称怪事。问所自知，吴曰："秦家姑去后，姑丈鳏居，祟于狐，病瘵死。狐生女名婴宁，绷卧床上[54]，家人皆见之。姑丈没，狐犹时来；后求天师符粘壁上，狐遂携女去。将勿此耶？"彼此疑参，但闻室中嗤嗤皆婴宁笑声。母曰："此女亦太憨[55]。"吴生请面之。母入室，女犹浓笑不顾。母促令出，始极力忍笑，又面壁移时，方出。才一展拜，翻然遽入，放声大笑。满室妇女，为之粲然。吴请往觇其异[56]，就便执柯[57]。寻至村所，庐舍全无，山花零落而已。吴忆葬处，仿佛不远；然坟垅湮没，莫可辨识，诧叹而返。母疑其为鬼。入告吴言，女略无骇意；又吊其无家，亦殊无悲意，孜孜憨笑而已。众莫之测。母令与少女同寝止。昧爽即来省问[58]，操女红精巧绝伦。但善笑，禁之亦不可止；然笑处嫣然，狂而不损其媚，人皆乐之。邻女少妇，争承迎之。母择吉为之合卺，而终恐为鬼物。窃于日中窥之，形影殊无少异。至日，使华装行新妇礼；女笑极不能俯仰，遂罢。生以憨痴，恐漏泄房中隐事；而女殊密秘，不肯道一语。每值母忧怒，女至，一笑即解。奴婢小过，恐遭鞭楚，辄求诣母共话；罪婢投见，恒得免。而爱花成癖，物色遍戚党；窃典金钗，购佳种，数月，阶砌藩溷[59]，无非花者。庭后有木香一架，故邻西家，女每攀登其上，摘供簪玩。母时遇见，辄诃之。女卒不改。一日，西人子见之，凝注倾倒。女不避而笑。西人子谓女意属己，心益荡。女指墙底笑而下，西人子谓示约处，大悦。及昏而往，女果在焉。就而淫之，则阴如锥刺，痛彻于心，大号而踣[60]。细视非女，则一枯木卧墙边，所接乃水淋窍也。邻父闻声，急奔研问，呻而不言。妻来，始以实告。爇火烛窍，见中有巨蝎，如小蟹然。翁碎木捉杀之。负子至家，半夜寻卒。邻人讼生，讦发婴宁妖异。邑宰素仰生才，稔知其笃行士[61]，谓邻翁讼诬，将杖责之。生为乞免，逐释而归。母谓女曰："憨狂尔尔，早知过喜而伏忧也。邑令神明，幸不牵累；设鹘突官宰[62]，必逮妇女质公堂，我儿何颜见戚里？"女正色，矢不复笑。母曰："人罔不笑，但须有时。"而女由是竟不复笑，虽故逗之，亦终不笑，然竟日未尝有戚容。一夕，对生零涕。异之。女哽咽曰："曩以相从日浅，言之恐致骇怪。今日察姑及郎，皆过爱无有异心，直告或无妨乎？妾本狐产。母临去，以妾托鬼母，相依十余年，始有今日。妾又无兄弟，所恃者惟君。老母岑寂山阿，无人怜而合厝之[63]，九泉辄为悼恨。君倘不惜烦费，使地下人消此怨恫，庶养女者不忍溺弃。"生诺之，然虑坟冢迷于荒草。女言无虑。刻日，夫妻舆榇而往[64]。女于荒烟错楚中[65]，指示墓处，果得媪尸，肤革犹存。女抚哭哀痛。舁归[66]，寻秦氏墓合葬焉。是夜，生梦媪来称谢，寤而述之。女曰："妾夜见之，嘱勿惊郎君耳。"生恨不邀留。女曰："彼鬼也。生人多，阳气胜，何能久居？"生问小荣。曰："是亦狐，最黠，狐母留以视妾，每摄饵相哺，故德之常不去心。昨问母，云已嫁之。"由是岁值寒食[67]，夫妻登秦墓，拜扫无缺。女逾年，生一子。在怀抱中，不畏生人，见人辄笑，亦大有母风云。

异史氏曰[68]："观其孜孜憨笑，似全无心肝者；而墙下恶作剧，其黠孰甚焉。至凄恋鬼母，反笑为哭，我婴宁何尝憨耶。窃闻山中有草，名'笑矣乎'。嗅之。则笑不可止。房中植此一种，则合欢忘忧，并无颜色矣。若解语花，正嫌其作态耳。"

——选自铸雪斋抄本《聊斋志异》，上海古籍出版社 1979 年版

【作者简介】

蒲松龄（1640—1715），字留仙，一字剑臣，别号柳泉居士，山东淄川（今山东淄博）人。蒲松龄是蒙古族的后裔，祖父和父亲都是读书人，可是祖辈科名不显，蒲松龄的父亲屡试不中，只得弃儒经商。蒲松龄少年聪慧，十九岁时通过县、府、州三级考试，并且每次都是第一名，闻名遐迩。此后却屡试不第，到七十一岁，才援例得到岁贡生的名义。蒲松龄的一生为科举所消耗，做过短期的幕宾后，便以私塾为生，生活十分窘迫。蒲松龄虽一生穷困潦倒，但创作颇丰，创作了《寒森曲》《姑妇曲》《磨难曲》《墙头记》等十四种演唱文学剧本，作了一千五百多首诗词和四百多篇散文，还写了《农桑经》《药祟书》《历字文》等农业、天为、医学

方面的著述。短篇小说集《聊斋志异》更是倾注了他毕生的心血，深刻揭示了科举考试的弊端和社会的黑暗，展示了他困滞场屋的苦闷之情和渴望慰藉的殷切之情；刻画了一系列色彩斑斓的鬼狐形象，表达了对美好生活的向往。

【注释】

[1] 莒（jǔ）：春秋时期国名，在今山东莒县一带。

[2] 入泮（pàn）：指考取秀才，进入县学学习。泮，本为学馆前的水池，常用来借指学馆，故入学又称入泮。

[3] 求凰：求偶。相传司马相如作《凤求凰》向卓文君示爱，故后世常以"凤求凰""求凰"代指求偶之意。

[4] 上元：即上元节，农历正月十五。

[5] 眺瞩：登高远望，意指郊游。

[6] 醮禳（jiào ráng）：请和尚、道士求神、驱邪、治病的迷信行为。

[7] 肌革锐减：指身体迅速消瘦。肌革：指肌肤，皮肉，代指身体之躯。

[8] 投剂发表：中医治疗方法，指通过吃药将疾病从体内发散出来。

[9] 研诘：仔细询问。

[10] 拚（pàn）以重赂：重金聘娶。拚：舍弃。

[11] 痊瘳（chōu）：即痊愈。

[12] 解颐：面露笑容。

[13] 物色：寻找。

[14] 绐（dài）：欺哄，欺骗。

[15] 内戚：母亲方的亲属关系，如姨兄妹。

[16] 诡：欺骗。

[17] 锐身自任：挺身而出主动承担责任。

[18] 折柬：犹"折简"，指书札，信笺。

[19] 支托：支吾推托。

[20] 恚（huì）：恼怒、气愤。

[21] 迄无耗：一直没有消息。迄：始终，一直。耗：音讯，消息。

[22] 合杳（tà）：指山峦重叠聚积。

[23] 鸟道：只有鸟能飞过的道路，此喻山路狭窄而险峻。

[24] 格磔（zhé）：鸟鸣声。

[25] 日昃（zè）：太阳过午偏西，下午二时、三时左右。

[26] 盈盈望断：望穿秋水之意，形容盼望之切。

[27] 辰刻：辰时，上午七时至九时。

[28] 啖（dàn）以粗粝（lì）：吃些粗茶淡饭。啖：吃。粗粝：糙米饭。

[29] 肃客：迎进客人。

[30] 裀（yīn）藉：垫席，坐席。

[31] 嘄（jiào）：同"叫"，呼喊，鸣叫之意。此处指大声应答。

[32] 具展宗阀：详细介绍家族关系。

[33] 窭（jù）贫：贫穷。三尺之男：喻指男人。

[34] 弱息：对自己女儿的谦称。庶产：庶出，即妾生下的孩子。

[35] 渠母改醮：她的母亲改嫁。渠：代词，她。改醮：改嫁。

[36] 鞠养：抚养。

[37] 雏尾盈握：形容雏鸡的肥嫩。

[38] 咤（zhà）咤叱叱：嘻嘻哈哈，大笑不止的样子。

[39] 姑家：婆家。

[40] 不遑他瞬：意谓目不转睛，眼珠子一动不动地盯着看。遑：空间，空暇。
瞬：眨眼。

[41] 襆（fú）被：铺被褥。

[42] 糁（sǎn）：碎屑，此处作动词，指如碎屑一样散落在小路上。

[43] 捘（zùn）：按捏。

[44] 葭莩（jiā fú）：亲戚。

[45] 瓜葛：亲戚。

[46] 周遮乃尔：竟然如此唠叨。周遮：啰嗦，唠叨。乃尔：竟如此、竟这样。

[47] 捉双卫：牵着两头驴。卫：驴的别称。《尔雅翼·释兽》："驴，一名卫。或曰晋卫玠好乘之，故以为名。"

[48] 踪兆：踪迹。

[49] 曩（nǎng）：以往，从前，过去的。

[50] 冗人：闲人，吃闲饭的人。

[51] 良匹：佳偶。

[52] 徂（cú）谢：死亡，去世。

[53] 痣赘：皮肤上的痣和瘊子。

[54] 绷卧：裹着襁褓躺在床上。

[55] 憨：娇痴，痴傻。

[56] 觇（chān）：窥视，偷偷地看。

[57] 执柯：为人做媒。

[58] 昧爽：拂晓，黎明。省问：问安。

[59] 阶砌藩溷（hùn）：台阶、篱笆、厕所等处。藩：篱笆。溷：厕所。

[60] 踣（bó）：跌倒。

[61] 稔（rěn）：熟悉。

[62] 鹘（hú）突：即糊涂。

[63] 合厝（cuò）：指合葬。

[64] 舆梓（chèn）：用车子装载棺木。

[65] 错楚：犹"错薪"，指杂乱丛生的柴草。

[66] 舁（yú）：共同举着，共同抬着。

[67] 寒食：即寒食节，清明的前一两日。期间有禁烟火、吃冷食、祭扫、踏青等习俗。

[68] 异史氏：蒲松龄的自称。

蒲松龄深于人物塑造，其中最成功的就是众多花妖狐怪形象，千姿百态，少有雷同。"婴宁"为其中典型。婴宁是狐与人的后代，父亲病逝后，为鬼母所养，兼具狐与人的双重性格。从狐的性格而言，她从小就缺乏管教，一副嗤笑不已，天真烂漫的模样；同时她又非常的狡黠多智，邻居之子对她心怀不善，她变略施薄技惩罚轻薄郎。从人的性格而言，她踏入人类社会后虽亦善笑，但知晓诗书礼仪，亦擅做女红等家事；惩罚邻家子后遭诉讼，听从婆婆的建议，立改嗤笑，虽逗亦不复笑；感念鬼母的养育之恩，帮鬼母实现合葬的愿望，使鬼母不再孤单。

同时蒲松龄在塑造婴宁这一形象时，将花与笑凝聚为她的人物符号，赋予了极大的美好和欣赏之情。即如清代但明伦所评："有花乃有人，有人乃有笑；见其花如见其人，欲见其人，必袖其花。"婴宁出场即拈花微笑，花与笑几乎同时映入眼帘，在王子服心底留下了深深的烙印，以致于相思成疾。王子服寻找婴宁于山间，未见其人先见山坳之花、庭宇之花，恰似婴宁早已拈花站在眼前；而后未见其人先闻其声，人随声至，花随人至。王子服随鬼母入室，又是未见其人，先见夹道红花、豆棚花架、海棠枝花，恍然如婴宁如影随形，如影在心；婢女请婴宁出场，又是未见其人先闻其声，远远传来隐隐的笑声，然后来至窗外嗤笑不已，推而入门笑不可遏，谈话期间大笑不止，离开之时亦伴随着笑声而去。不仅重现初见之时的拈花微笑，亦以离开探看碧桃是否开花为由，照应花到、人到、笑到，人去、笑去、花去。而后王子服观赏庭园，亦是先见杨花糁径、花木四舍，穿花小步乃见狂笑欲堕的婴宁。由花及笑，由笑及人。然后又通过叙写欲堕之笑、堕时之笑、堕后之笑、倚树之笑，牵出袖中之花，照应初见时的拈花微笑。婴宁随王子服回家之后，亦是簪花不止，大笑不止，时时花不离人，人不离花。受诉讼案影响，婴宁不复笑，即生一子，笑靥如母，总收全篇。经过蒲松龄的妙笔生花，不仅将婴宁的人物形象结花与笑这两个人间美好的事物于一体，同时与花和笑推动故事情节的发展，首尾照应，章法井然。

司文郎

平阳王平子，赴试北闱[1]，赁居报国寺。寺中有余杭生先在，王以比屋居[2]，投刺焉[3]。生不之答。朝夕遇之，多无状[4]。王怒其狂悖[5]，交往遂绝。一日，有少年游寺中，白服裙帽，望之傀然[6]。近与接谈，言语谐妙，心爱敬之。展问邦族[7]，云："登州宋姓。"因命苍头设座[8]，相对嚈谈。余杭生适过，共起逊坐[9]。生居然上座，更不揖抱卒然问宋[10]："尔亦入闱者耶？"答曰："非也。驽骀之才[11]，无志腾骧久矣[12]。"又问："何省？"宋告之。生曰："竟不进取，足知高明。山左、右并无一字通者[13]。"宋曰："北人固少通者，而不通者未必是小生；南人固多通者，然通者亦未必是足下。"言已，鼓掌。王和之，因而哄堂。生惭忿，轩眉攘腕而大言曰[14]："敢当前命题，一校文艺乎[15]？"宋他顾而哂曰："有何不敢！"便趋寓所，出经授王。王随手一翻，指曰："阙党童子将命[16]。"生起，求笔札。宋曳之曰："口占可也。我破已成[17]：'于宾客往来之地，而见一无所知之人焉。'"王捧腹大笑。生怒曰："全不能文，徒事嫚骂，何以为人！"王力为排难[18]，请另命佳题。又翻曰："殷有三仁焉[19]。"宋立应曰："三子者不同道，其趋一也。夫一者何也？曰，仁也。君子亦仁而已矣，何必同？"生遂不作，起曰："其为人也小有才。"遂去。

王以此益重宋。邀入寓室，款言移晷[20]，尽出所作质宋。宋流览绝疾，逾刻已尽百首，曰："君亦沉深于此道者？然命笔时，无求必得之念，而尚有冀幸得之心，即此已落下乘[21]。"遂取阅过者一一诠说[22]。王大悦，师事之。使庖人以蔗糖作水角[23]。宋啖而甘之，曰："生平未解此味，烦异日更一作也。"从此相得甚欢。宋三五日辄一至，王必为之设水角焉。余杭生时一遇之，虽不甚倾谈，而傲睨之气顿减[24]。一日，以窗艺示宋[25]。宋见诸友圈赞已浓[26]，目一过，推置案头，不作一语。生疑其未阅，复请之，答已览竟。生又疑其不解。宋曰："有何难解？但不佳耳！"生曰，"一览丹黄[27]，何知不佳？"宋便诵其文，如夙读者。且诵且訾[28]。生踧踖汗流[29]，不言而去。移时，宋去，生入，坚请王作。王拒之。生强搜得，见文多圈点，笑曰："此大似水角子！"王故朴讷[30]，觍然而已[31]。次日，宋至，王具以告。宋怒曰："我谓'南人不

小说

191

复反矣 [32]'，伧楚何敢乃尔 [33]！必当有以报之！"王力陈轻薄之戒以劝之，宋深感佩。

既而场后以文示宋，宋颇相许。偶与涉历殿阁，见一瞽僧坐廊下 [34]，设药卖医。宋讶曰："此奇人也！最能知文，不可不一请教。"因命归寓取文。遇余杭生，遂与俱来。王呼师而参之。僧疑其问医者，便诘症候。王具白请教之意。僧笑曰："是谁多口？无目何以论文？"王请以耳代目。僧曰："三作两千余言，谁耐久听！不如焚之，我视以鼻可也。"王从之，每焚一作，僧嗅而颔之曰："君初法大家，虽未逼真，亦近似矣。我适受之以脾。"问："可中否？"曰："亦中得。"余杭生未深信，先以古大家文烧试之。僧再嗅曰："妙哉！此文我心受之矣，非归、胡何解办此 [35]！"生大骇，始焚己作。僧曰："适领一艺，未窥全豹 [36]，何忽另易一人来也？"生托言："朋友之作，止此一首；此乃小生作也。"僧嗅其余灰，咳逆数声，曰："勿再投矣！格格而不能下，强受之以膈；再焚，则作恶矣。"生惭而退。数日榜放，生竟领荐 [37]；王下第 [38]。宋与王走告僧。僧叹曰："仆虽盲于目，而不盲于鼻；帘中人并鼻盲矣 [39]。"俄余杭生至，意气发舒，曰："盲和尚，汝亦啖人水角耶？今竟何如？"僧曰："我所论者文耳，不谋与君论命。君试寻诸试官之文，各取一首焚之，我便知孰为尔师。"生与王并搜之，止得八九人。生曰："如有舛错，以何为罚？"僧愤曰："剜我盲瞳去！"生焚之，每一首，都言非是；至第六篇，忽向壁大呕，下气如雷 [40]。众皆粲然。僧拭目向生曰："此真汝师也！初不知而骤嗅之，刺于鼻，棘于腹，俯眈膀胱所不能容，直自下部出矣！"生大怒，去，曰："明日自见，勿悔，勿悔！"越二三日，竟不至；视之，已移去矣。乃知即某门生也。

宋慰王曰："凡吾辈读书人，不当尤人，但当克己：不尤人则德益弘，能克己则学益进。当前踧落 [41]，固是数之不偶 [42]；平心而论，文亦未便登峰，其由此砥砺，天下自有不盲之人。"王肃然起敬。又闻次年再行乡试，遂不归，止而受教。宋曰："都中薪桂米珠 [43]，勿忧资斧。舍后有窖镪 [44]，可以发用。"即示之处。王谢曰："昔窦、范贫而能廉 [45]，今某幸能自给，敢自污乎？"王一日醉眠，仆及庑人窃发之。王忽觉，闻舍后有声；窃出，则金堆地上。情见事露，并相慑伏。方呵责间，见有金爵，类多镌款[46]，审视，皆大父字讳[47]。盖王祖曾为南部郎[48]，入都寓此，暴病而卒，金其所遗也。王乃喜，秤得金八百余两。明日告宋，且示之爵，欲与瓜分，固辞乃已。以百金往赠瞽僧，僧已去。积数月，敦习益苦[49]。及试，宋曰："此战不捷，始真是命矣！"

俄以犯规被黜。王尚无言，宋大哭，不能止。王反慰解之。宋曰："仆为造物所忌，困顿至于终身，今又累及良友。其命也夫！其命也夫！"王曰："万事固有数在，如先生乃无志进取，非命也。"宋拭泪曰："久欲有言，恐相惊怪。某非生人，乃飘泊之游魂也。少负才名，不得志于场屋[50]。佯狂至都，冀得知我者，传诸著作。甲申之年，竟罹于难，岁岁飘蓬[51]。幸相知爱，故极力为'他山'之攻[52]，生平未酬之愿，实欲借良朋一快之耳。今文字之厄若此，谁复能漠然哉！"王亦感泣，问："何淹滞？"曰："去年上帝有命，委宣圣及阎罗王核查劫鬼[53]，上者备诸曹任用[54]，余者即俾转轮[55]。贱名已录，所未投到者，欲一见飞黄之快耳[56]。今请别矣！"王问："所考何职？"曰："梓潼府中缺一司文郎[57]，暂令聋僮署篆[58]，文运所以颠倒。万一幸得此秩，当使圣教昌明。"

明日，忻忻而至，曰："愿遂矣！宣圣命作《性道论》，视之色喜，谓可司文。阎罗稽簿，欲以'口孽'见弃[59]，宣圣争之，乃得就。某伏谢已，又呼近案下，嘱云：'今以怜才，拔充清要[60]；宜洗心供职，勿蹈前愆。'此可知冥中重德行更甚于文学也。君必修行未至，但积善勿懈可耳。"王曰："果尔，余杭其德行何在？"曰："不知。要冥司赏罚，皆无少爽。即前日瞽僧，亦一鬼也，是前朝名家。以生前抛弃字纸过多，罚作瞽。彼自欲医人疾苦，以赎前愆，故托游廛肆耳[61]。"王命置酒。宋曰："无须。终岁之扰，尽此一刻，再为我设水角足矣。"王悲怆不食，坐令自啖。顷刻，已过三盛，捧腹曰："此餐可饱三日，吾以志君德耳。向所食，都在舍后，已成菌矣。藏作药饵，可益儿慧。"王问后会，曰："既有官责，当引嫌也[62]。"又问："梓潼祠中，一相酹祝，可能达否？"曰："此都无益。九天甚远，但洁身力行，自有地司牒报，则某必与知之。"言已，作别而没。

王视舍后，果生紫菌，采而藏之。旁有新土坟起，则水角宛然在焉。王归，弥自刻厉[63]。一夜，梦宋与盖而至，曰："君向以小忿，误杀一婢，削去禄籍[64]；今笃行已折除矣。然命薄，不足任仕进也。"是年，捷于乡；明年，春闱又捷[65]。遂不复仕。生二子，其一绝钝，啖以菌，遂大慧。后以故诣金陵，遇余杭生于旅次，极道契阔[66]，深自降抑[67]，然鬓毛斑矣。

异史氏曰："余杭生公然自诩，意其为文，未必尽无可观；而骄诈之意态颜色，遂使人顷刻不可复忍。天人之厌弃已久，故鬼神皆玩弄之。脱能增修厥德，则帘内之'刺鼻棘心'者，遇之正易，何所遭之仅也。"

——选自铸雪斋抄本《聊斋志异》，上海古籍出版社 1979 年版

【作者简介】

蒲松龄，生平简介见前文。

【注释】

[1] 北闱：明清时期对在北京顺天府乡试的通称。

[2] 比屋居：屋舍相邻，即邻居。

[3] 投刺：投递名帖请求拜见。

[4] 无状：没有礼貌。

[5] 狂悖（bèi）：狂妄悖逆。

[6] 傀（guī）然：高大魁梧。

[7] 邦族：籍贯姓氏。

[8] 苍头：即奴仆，因古时奴仆多以青巾裹头，故有此谓。

[9] 逊坐：让坐。

[10] 撝挹（huī yì）：谦逊，谦让。卒（cù）然：突然；出乎意料。此处含冒失无礼之意。

[11] 驽骀（nú tái）：驽、骀都是劣马，用以比喻才能低下或平庸。

[12] 腾骧：飞奔、奔腾，引申为地位上升，仕途得意。

[13] 山左、右：指太行上的左右。宋生是山东人，山东在太行山的左边；王子平是山西人，山西在太行山的右边，故称山右。

[14] 轩眉攘腕：扬眉捋袖，形容怒忿的样子。

[15] 校：通"较"，比较，较量。文艺：指八股文。

[16] 阙党童子将命：王子平指定的比试题目，出自《论语·宪问》："阙党童子将命。或问之曰，'益者与？'子曰：'吾见其居于位也，见其与先生并行也。非求益者也，欲速成者也。'"暗含讥讽余杭生不懂礼仪，急于求成之意。明清八股考试，常从四书五经中摘取一句命题。

[17] 破：即破题，指八股文前两句点破题目要义。

[18] 排难：调解纠纷。

[19] 殷有三仁焉：出自《论语·微子篇》："微子去之，箕子为之奴，比干谏而死。孔子曰：'殷有三仁焉。'"微子、箕子、比干皆是商朝的贤臣。微子名启，纣王的兄弟；箕子名胥余与比干同为纣王的叔父。商纣暴虐无道，不听劝诫，微子离朝隐居，箕子佯装为奴，比干冒死直谏遭剖心。

[20] 款言移晷（guǐ）：攀谈了很长时间。款言：恳切的言辞，形容二人言语投机，相谈甚欢。移晷：借日影移动，指经过了很长时间。

[21] 下乘：本佛教用语，意同"小乘"，指艺术境界的平庸、下等。

[22] 诠说：解说。

[23] 水角：水饺。

[24] 傲睨：傲慢斜视。

[25] 窗艺：同"窗稿"，指平时在私塾习作的八股文。

[26] 圈赞：古人读文章，遇见佳句，往往在行间画圈，表赞许或提醒之意。

[27] 丹黄：古人校点书籍时使用的丹砂和雌黄，代指评点。

[28] 訾（zǐ）：诋毁，批评。

[29] 踽踽（jú jí）：局促不安。

[30] 朴讷：朴实而不善言词。

[31] 觍（tiǎn）然：惭愧，羞愧。

[32] 南人不复反矣：诸葛亮南征，七擒七纵孟获，孟获心悦诚服，曰："公天威也，南人不复反矣！"见《三国志·蜀书·诸葛亮传》裴松之注引《汉晋春秋》。此处"南人"代指余杭生，表达对复见余杭生文章的不满之情。

[33] 伧楚：吴国对楚国的鄙视讽刺之词，后北方人常用以蔑称南方人。此处亦是对余杭生的蔑视。

[34] 瞽僧：盲僧，瞎眼的僧人。

[35] 归、胡：指明代精于八股文的归有光和胡友信。

[36] 未窥全豹：没有看到全部。窥：从小孔或缝隙里看。

[37] 领荐：即"领乡荐"，指乡试中举。

[38] 下第：落榜，落第。

[39] 帘中人：即考官。乡试时，贡院分内帘外帘，考官只能在内帘活动，故称。

[40] 下气如雷：放屁如打雷。

[41] 蹴（cù）落：落魄失意。

[42] 数之不偶：指命运坎坷失意。不偶：不遇，指命运不佳，不顺利。

[43] 薪桂米珠：柴价贵得如桂木，米价贵得如珍珠。比喻物价太高。

[44] 窖镪（qiǎng）：埋于地下的钱财。镪：穿钱用的绳子，代指钱财。

[45] 窦、范：指宋代窦仪和范仲淹。

[46] 镌（juān）款：镌刻的题款。

[47] 大父字讳：祖父的名字。

[48] 南部郎：即在南京任职的郎中、员外郎等类的官职。明成祖朱棣迁都北京，在南京仍保留的六部官制，故南京的六部称"南部"。

[49] 敦习：勤勉学习。

[50] 场屋：科场。

[51] 飘蓬：如蓬草一样随风飘荡，比喻漂泊无定。

[52] 他山之攻：语出《诗经·小雅·鹤鸣》："他山之石，可以攻玉。"比喻帮

助王生研习八股文，考取功名。

[53] 宣圣：指孔子汉平帝元年谥孔子为褒成宣尼公，此后历代君王皆尊孔子为圣人，故有此称。劫鬼：遭遇劫难而死的鬼魂。

[54] 诸曹：阴间各部门。

[55] 转轮：投胎转世。

[56] 飞黄：传说中的神马，此处指飞黄腾达之意。

[57] 梓潼府：掌文昌府和人间禄籍的梓潼帝君之府。司文郎：掌管文教的神职。

[58] 聋僮署篆：指让梓潼帝君底下的随从"天聋"代掌官印。

[59] 口孽：同"口业"，佛教恶业的一种。

[60] 清要：指位置显要而工作清闲的官职。

[61] 廛（chán）肆：街市，街头。

[62] 引嫌：避免嫌疑。

[63] 弥自刻厉：自己更加刻苦努力。

[64] 禄籍：记录人福、禄、寿的簿册。

[65] 春闱：明清京城的会试，因在春季举行，故谓。

[66] 契阔：久别重逢的情怀。

[67] 降抑：谦逊退让。

【作品要解】

蒲松龄连中三试之后，便困厄于场屋，故他对科举考试有着满腔的孤愤，遂借助《司文郎》《王子安》《贾奉雉》等一篇篇荒诞离奇的故事得以抒发出来，揭露科举制度的黑暗，表达对科举制度的愤慨。《司文郎》是其中很有代表性的篇目。故事主要塑造了王子平、宋生、余杭生和瞽僧四个人物形象：宋生和瞽僧是游走于人间的鬼魂；王子平和余杭生是应试科举的考生。王子平为人憨厚老实，虚心好学，初见才貌俊爽的宋生心生敬爱，常常邀请宋生到家中设座喋谈。居于王子平隔壁的余杭生倨傲自负，行事傲慢无礼，遇宋生与王子平谈笑，擅自居于上座，且言语无状，遭宋生讥讽愤慨离席，但文章才情均有亏的余杭生居然出乎诸人意料考中举人。宋生自恃才高八斗，却失志于科考，死后心有不甘，意欲将毕生之学传授给他人，替自己实现科举之梦。王子平名落孙山，他虽感意外，但却善加劝说王子平"凡吾辈读书人，不当尤人，但当克己：不尤人则德益弘，能克己则学益进"。四人当中最有意味的是目虽盲而鼻不盲的瞽僧，单凭气味就能评判文章优劣，焚闻余杭生老师的文章时下气如雷，不禁让人哑然失笑。

蒲松龄在这篇故事中通过对余杭生与王子平的对比描写，既揭露了不以文章优劣评定成绩的科举考试现状，表达了对科举制度选劣黜优的愤慨，又寄寓了人品高于文品的儒生期许。蒲松龄一生沉沦于科场，终其一生也未能如愿高中，但他在清冷困苦的书生生涯中，始终并未失去生活的勇气，并不断勉励自己修炼自身的品德修养，期望通过积德行善达到人生志愿。书中通过修行德行来抵消前世罪孽才得以改变文运的王子平，恰是蒲松龄自身的写照和期望。即如傲慢无礼的余杭生虽偶因盲童掌管文运得以考中举人，但随着人生的历练，品行也在慢慢转变，多年之后巧遇王子平的他变得谦逊很多。

《红楼梦》

曹雪芹

西厢记妙词通戏语　牡丹亭艳曲警芳心

话说贾元春自那日幸大观园回宫去后，便命将那日所有的题咏，命探春依次抄录妥协 [1]，自己编次，叙其优劣，又命在大观园勒石 [2]，为千古风流雅事。因此，贾政命人各处选拔精工名匠，在大观园磨石镌字，贾珍率领蓉、萍等监工。因贾蔷又管理着文官等十二个女戏并行头等事，不大得便，因此贾珍又将贾菖、贾菱唤来监工。一日，汤蜡钉朱 [3]，动起手来。这也不在话下。

且说那个玉皇庙并达摩庵两处，一班的十二个小沙弥并十二个小道士，如今挪出大观园来，贾政正想发到各庙去分住。不想后街上住的贾芹之母周氏，正盘算着也要到贾政这边谋一个大小事务与儿子管管，也好弄些银钱使用，可巧听见有这件事出来，便坐轿子来求凤姐。凤姐因见他素日不大拿班作势的，便依允了，想了几句话便回王夫人说："这些小和尚道士万不可打发到别处去，一时娘娘出来就要承应。倘或散了，若再用时，可是又费事。依我的主意，不如将他们竟送到咱们家庙里铁槛寺去，月间不过派一个人拿几两银子去买柴米就完了。说声用，走去叫来，一点儿不费事呢。"王夫人听了，便商之于贾政。贾政听了笑道："倒是提醒了我，就是这样。"即时唤贾琏来。

当下贾琏正同凤姐吃饭，一闻呼唤，不知何事，放下饭便走。凤姐一把拉住，笑道："你且站住，听我说话。若是别的事我不管，若是为小和尚们的事，好歹依我这么着。"如此这般教了一套话。贾琏笑道："我不知道，你有本事你说去。"凤姐听了，把头一梗，把筷子一放，腮上似笑不笑的睃着贾琏道："你当真的，是玩话？"贾琏笑道："西廊下五嫂子的儿子芸儿来求了我两三遭，要个事情管管。我依了，叫他等着。好容易出来这件事，你又夺了去。"凤姐儿笑道："你放心。园子东北角上，娘娘说了，还叫多多的种松柏树，楼底下还叫种些花草。等这件事出来，我管保叫芸儿管这件工程。"贾琏道："果这样也罢了。只是昨儿晚上，我不过是要改个样儿，你就扭手扭脚的。"凤姐儿听了，嗤的一声笑了，向贾琏啐了一口，低下头便吃饭。

贾琏已经笑着去了，到了前面见了贾政，果然是小和尚一事。贾琏便依了凤姐主意，说道："如今看来，芹儿倒大大的出息了，这件事竟交与他去管办。横竖照在里头的规例，每月叫芹儿支领就是了。"贾政原不大理论这些事，听贾琏如此说，便如此依了。贾琏回到房中告诉凤姐儿，凤姐即命人去告诉了周氏。贾芹便来见贾琏夫妻两个，感谢不尽。凤姐又作情央贾琏先支三个月的，叫他写了领字，贾琏批票画了押，登时发了对牌出去。银库上按数发出三个月的供给来，白花花二三百两。贾芹随手拈一块，撂与掌平的人，叫他们吃茶罢。于是命小厮拿回家，与母亲商议。登时雇了大脚驴，自己骑上；又雇了几辆车，至荣国府角门，唤出二十四个人来，坐上车，一径往城外铁槛寺去了。当下无话。

如今且说贾元春，因在宫中自编大观园题咏之后，忽想起那大观园中景致，自己幸过之后，贾政必定敬谨封锁，不敢使人进去搔扰，岂不寥落。况家中现有几个能诗会赋的姊妹，何不命他们进去居住，也不使佳人落魄，花柳无颜。却又想到宝玉自幼在姊妹丛中长大，不比别的兄弟，若不命他进去，只怕他冷清了，一时不大畅快，未免贾母王夫人愁虑，须得也命他进园居住方妙。想毕，遂命太监夏忠到荣国府来下一道谕，命宝钗等只管在园中居住，不可禁约封锢[4]，命宝玉仍随进去读书。

贾政、王夫人接了这谕，待夏守忠去后，便来回明贾母，遣人进去各处收拾打扫，安设帷幔床帐。别人听了还自犹可，惟宝玉听了这谕，喜的无可不可。正和贾母盘算，要这个，弄那个，忽见丫鬟来说："老爷叫宝玉。"宝玉听了，好似打了个焦雷，登时扫去兴头，脸上转了颜色，便拉着贾母扭的好似扭股儿糖[5]，杀死不敢去。贾母只得安慰他道："好宝贝，你只管去，有我呢，他不敢委曲了你。况且你又作了那篇好文章。想是娘娘叫你进去住，他吩咐你几句，不过不教你在里头淘气。他说什么，只好生答应着就是了。"一面安慰，一面唤了两个老嬷嬷来，吩咐"好生带了宝玉去，别叫他老子唬着他。"老嬷嬷答应了。

宝玉只得前去，一步挪不了三寸，蹭到这边来。可巧贾政在王夫人房中商议事情，金钏儿、彩云、彩霞、绣鸾、绣凤等众丫鬟都在廊檐底下站着呢。一见宝玉来，都抿着嘴笑。金钏一把拉住宝玉，悄悄的笑道："我这嘴上是才擦的香浸胭脂，你这会子可吃不吃了？"彩云连忙一把推开金钏，笑道："人家正心里不自在，你还奚落他。趁这会子喜欢，快进去罢。"宝玉只得挨进门去。原来贾政和王夫人都在里间呢。赵姨娘打起帘子，宝玉躬身进去。只见贾政和王夫人对面坐在炕上说话，地下一溜椅子，迎春、探春、惜春、贾环四个人都坐在那里。一见他进来，惟有探春、惜春和贾环站了起来。

贾政一举目，见宝玉站在跟前，神彩飘逸，秀色夺人；看看贾环人物委琐，举止荒疏；忽又想起贾珠来；再看看王夫人只有这一个亲生的儿子，素爱如珍，自己的胡须将已苍白：因这几件上，把素日嫌恶处分宝玉之心不觉减了八九。半晌说道："娘娘吩咐说，你日日外头嬉游，渐次疏懒，如今叫禁管[6]，同你姊妹在园里读书写字。你可好生用心习学，再如不守分安常[7]，你可仔细！"宝玉连连的答应了几个"是"。王夫人便拉他在身旁坐下。他姊弟三人依旧坐下。

王夫人摸挲着宝玉的脖项说道："前儿的丸药都吃完了？"宝玉答道："还有一丸。"王夫人道："明儿再取十丸来，天天临睡的时候，叫袭人伏侍你吃了再睡。"宝玉道："只从太太吩咐了，袭人天天晚上想着，打发我吃。"贾政问道："袭人是何人？"王夫人道："是个丫头。"贾政道："丫头不管叫个什么罢了，是谁这样刁钻，起这样的名字？"王夫人见贾政不自在了，便替宝玉掩饰道："是老太太起的。"贾政道："老太太如何知道这话，一定是宝玉。"宝玉见瞒不过，只得起身回道："因素日读诗，曾记古人有一句诗云：'花气袭人知昼暖。'因这个丫头姓花，便随口起了这个名字。"王夫人忙又道："宝玉，你回去改了罢。老爷也不用为这小事动气。"贾政道："究竟也无碍，又何用改。只是可见宝玉不务正，专在这些浓词艳赋上作工夫。"说毕，断喝一声："作业的畜生[8]，还不出去！"王夫人也忙道："去罢，只怕老太太等你吃饭呢。"宝玉答应了，慢慢的退出去，向金钏儿笑着伸伸舌头，带着两个老嬷嬷一溜烟去了。

刚至穿堂门前，只见袭人倚门立在那里，一见宝玉平安回来，堆下笑来问道："叫你作什么？"宝玉告诉他："没有什么，不过怕我进园去淘气，吩咐吩咐。"一面说，一面回至贾母跟前，回明原委。只见林黛玉正在那里，宝玉便问他："你住那一处好？"林黛玉正心里盘算这事，忽见宝玉问他，便笑道："我心里想着潇湘馆好，爱那几竿竹子隐着一道曲栏，比别处更觉幽静。"宝玉听了拍手笑道："正和我的主意一样，我也要叫你住这里呢。我就住怡红院，咱们两个又近，又都清幽。"

二人正计较，就有贾政遣人来回贾母说："二月二十二日子好，哥儿姐儿们好搬进去的。这几日内遣人进去分派收拾。"薛宝钗住了蘅芜苑，林黛玉住了潇湘馆，贾迎春住了缀锦楼，探春住了秋爽斋，惜春住了蓼风轩，李氏住了稻香村，宝玉住了怡红院。每一处添两个老嬷嬷，四个丫头，除各人奶娘亲随丫鬟不算外，另有专管收拾打扫的。至二十二日，一齐进去，登时园内花招绣带，柳拂香风，不似前番那等寂寞了。

闲言少叙。且说宝玉自进花园以来，心满意足，再无别项可生贪求之心。每日只和姊妹丫头们一处，或读书，或写字，或弹琴下棋，作画吟诗，以至描鸾刺凤，斗草簪花[9]，低吟悄唱，拆字猜枚[10]，无所不至，倒也十分快乐。他曾有几首即事诗[11]，虽不算好，却是真情真景，略记几首云：

春夜即事

霞绡云幄任铺陈，隔巷蟆更听未真。

枕上轻寒窗外雨，眼前春色梦中人。

盈盈烛泪因谁泣，点点花愁为我嗔。

自是小鬟娇懒惯，拥衾不耐笑言频。

夏夜即事

倦绣佳人幽梦长，金笼鹦鹉唤茶汤。

窗明麝月开宫镜，室霭檀云品御香。

琥珀杯倾荷露滑，玻璃槛纳柳风凉[12]。

水亭处处齐纨动[13]，帘卷朱楼罢晚妆。

秋夜即事

绛芸轩里绝喧哗 [14]，桂魄流光浸茜纱。

苔锁石纹容睡鹤，井飘桐露湿栖鸦。

抱衾婢至舒金凤 [15]，倚槛人归落翠花。

静夜不眠因酒渴，沉烟重拨索烹茶。

冬夜即事

梅魂竹梦已三更，锦罽鹴衾睡未成 [16]。

松影一庭惟见鹤，梨花满地不闻莺 [17]。

女儿翠袖诗怀冷，公子金貂酒力轻。

却喜侍儿知试茗，扫将新雪及时烹。

因这几首诗，当时有一等势利人，见是荣国府十二三岁的公子作的，抄录出来各处称颂；再有一等轻浮子弟，爱上那风骚妖艳之句，也写在扇头壁上，不时吟哦赏赞。因此竟有人来寻诗觅字，倩画求题的。宝玉亦发得了意，镇日家作这些外务。

谁想静中生烦恼，忽一日不自在起来，这也不好，那也不好，出来进去只是闷闷的。园中那些人多半是女孩儿，正在混沌世界，天真烂熳之时，坐卧不避，嬉笑无心，那里知宝玉此时的心事。那宝玉心内不自在，便懒在园内，只在外头鬼混，却又痴痴的。茗烟见他这样，因想与他开心，左思右想，皆是宝玉顽烦了的，不能开心，惟有这件，宝玉不曾看见过。想毕，便走去到书坊内，把那古今小说并那飞燕、合德、武则天、杨贵妃的外传与那传奇角本买了许多来 [18]，引宝玉看。宝玉何曾见过这些书，一看见了便如得了珍宝。茗烟又嘱咐他不可拿进园去，"若叫人知道了，我就吃不了兜着走呢。"宝玉那里舍的不拿进去，踌蹰再三，单把那文理细密的拣了几套进去，放在床顶上，无人时自己密看。那粗俗过露的，都藏在外面书房里。

那一日正当三月中浣 [19]，早饭后，宝玉携了一套《会真记》[20]，走到沁芳闸桥边桃花底下一块石上坐着。展开《会真记》，从头细顽。正看到"落红成阵"，只见一阵风过，把树头上桃花吹下一大半来，落的满身满书满地皆是。宝玉要抖将下来，恐怕脚步践踏了，只得兜了那花瓣，来至池边，抖在池内。那花瓣浮在水面，飘飘荡荡，竟流出沁芳闸去了。

回来只见地下还有许多，宝玉正踟蹰间，只听背后有人说道："你在这里作什么？"宝玉一回头，却是林黛玉来了，肩上担着花锄，锄上挂着花囊，手内拿着花帚。宝玉笑道："好，好，来把这个花扫起来，撂在那水里。我才撂了些在那里呢。"林黛玉道："撂在水里不好。你看这里的水干净，只一流出去，有人家的地方脏的臭的混倒，仍旧把花糟塌了。那畸角上我有一个花冢，如今把他扫了，装在这绢袋里，拿土埋上，日久不过随土化了，岂不干净。"

宝玉听了喜不自禁，笑道："待我放下书，帮你来收拾。"黛玉道："什么书？"宝玉见问，慌的藏之不迭，便说道："不过是《中庸》《大学》。"黛玉笑道："你又在我跟前弄鬼。趁早儿给我瞧，好多着呢。"宝玉道："好妹妹，若论你，我是不怕的。你看了，好歹别告诉别人去。真真这是好书！你要看了，连饭也不想吃呢。"一面说，一面递了过去。林黛玉把花具且都放下，接书来瞧。从头看去，越看越爱，不到一顿饭工夫，将十六出俱已看完，自觉词藻警人，余香满口。虽看完了书，却只管出神，心内还默默记诵。

宝玉笑道："妹妹，你说好不好？"林黛玉笑道："果然有趣。"宝玉笑道："我就是个'多愁多病身'，你就是那'倾国倾城貌'。"[21] 林黛玉听了，不觉带腮连耳通红，登时直竖起两道似蹙非蹙的眉，瞪了两只似睁非睁的眼，微腮带怒，薄面含嗔，指宝玉道："你这该死的胡说！好好的把这淫词艳曲弄了来，还学了这些混话来欺负我。我告诉舅舅舅母去。"说到"欺负"两个字上，早又把眼圈儿红了，转身就走。宝玉着了急，向前拦住说道："好妹妹，千万饶我这一遭，原是我说错了。若有心欺负你，明儿我掉在池子里，教个癞头鼋吞了去，变个大忘八，等你明儿做了'一品夫人'病老归西的时候，我往你坟上替你驮一辈子的碑去。"说的林黛玉嗤的一声笑了，揉着眼睛，一面笑道："一般也唬的这个调儿，还只管胡说。'呸，原来苗而不秀，是个银样镴枪头[22]'。"宝玉听了，笑道："你这个呢？我也告诉去。"林黛玉笑道："你说你会过目成诵，难道我就不能一目十行么？"

　　宝玉一面收书，一面笑道："正经快把花埋了罢，别提那个了。"二人便收拾落花，正才掩埋妥协，只见袭人走来，说道："那里没找到，摸在这里来。那边大老爷身上不好，姑娘们都过去请安，老太太叫打发你去呢。快回去换衣裳去罢。"宝玉听了，忙拿了书，别了黛玉，同袭人回房换衣不提。

　　这里林黛玉见宝玉去了，又听见众姊妹也不在房，自己闷闷的。正欲回房，刚走到梨香院墙角上，只听见墙内笛韵悠扬，歌声婉转。林黛玉便知是那十二个孩子演习戏文呢。只是林黛玉素习不大喜看戏文，便不留心，只管往前走。偶然两句只吹到耳内，明明白白，一字不落，唱道是："原来姹紫嫣红开遍，似这般都付与断井颓垣。"林黛玉听了，倒也十分感慨缠绵，便止住步侧耳细听，又听唱道是："良辰美景奈何天，赏心乐事谁家院。"[23] 听了这两句，不觉点头自叹，心下自思道："原来戏上也有好文章。可惜世人只知看戏，未必能领略这其中的趣味。"想毕，又后悔不该胡想，耽误了听曲子。再侧耳时，只听唱道："则为你如花美眷，似水流年……"[24] 林黛玉听了这两句，不觉心动神摇。又听道："你在幽闺自怜"等句，亦发如醉如痴，站立不住，便一蹲身坐在一块山子石上，细嚼"如花美眷，似水流年"八个字的滋味。忽又想起前日见古人诗中有"水流花谢两无情"之句[25]，再又词中有"流水落花春去也，天上人间"之句[26]，又兼方才所见《西厢记》中"花落水流红，闲愁万种"之句[27]，都一时想起来，凑聚在一处。仔细忖度，不觉心痛神痴，眼中落泪。正没个开交处，忽觉背上击了一下，及回头看时，原来是……且听下回分解。正是：

　　妆晨绣夜心无矣，对月临风恨有之。

——选自中国艺术研究院红楼梦研究所校注《红楼梦》，人民文学出版社 1982 年版

【作者简介】

　　曹雪芹（约 1715—约 1763），名霑，字梦阮，"雪芹"是他的别号，又号芹

圃、芹溪。曹家的祖上本是汉人，约于明永乐年间迁到辽东，后被掳多尔衮家奴，编入满洲正白旗，俗称"包衣人"。清初时，高祖曹振彦因追随多尔衮东征西讨，战功显赫，入关之后一跃成为"从龙勋旧"。他的曾祖曹玺的妻子为康熙的乳母，祖父曹寅也做过康熙的伴读。由于这种特殊的关系，曹家深受康熙宠信，五次南巡，四次住在曹家，祖孙三代世袭"江宁织造"。然而随着康熙的去世，雍正五年（1727）曹雪芹的父亲曹頫被撤职，江宁织造府被查抄，于是钟鸣鼎食之家瞬间倒塌，全家迁回北京。曹雪芹从童年起，就受到极好的教育。祖父曹寅能诗擅文，曾主持刊印《全唐诗》，对他影响很大。曹雪芹诗、文、画皆精妙绝伦，为人称道。饱经沧桑的曹雪芹"披阅十载，增删五次"，将他对人生对社会对世情的真切感受与旷世才华倾注于《红楼梦》的创作中，留下了八十回目的巨著和一些残稿。曹雪芹曾数易其名，如《石头记》《情僧录》《风月宝鉴》《金陵十二钗》等。乾隆四十九年（1784）甲辰，梦觉主人序本正式题为《红楼梦》，成为通行的书名。现存《红楼梦》的版本有两大系统。一为"脂本"系统，这是流行于约乾隆十九年（1754）到五十六年（1791）间的八十回抄本，附有"脂砚斋"等的评语。另一为"程本"系统，全书一百二十回，由程伟元于乾隆五十六年（1791）初次以活字排印（简称"程甲本"），又于次年重经修订再次以活字排印（简称"程乙本"），以后的各种一百二十回本大抵以以上二本为底本。

【注释】

[1] 妥协：停当，完毕之意。

[2] 勒石：立石碑。

[3] 汤蜡钉朱：刻碑的两道工序。先将熔化的白蜡涂在已用朱色写好文字的碑面上，防止朱书被擦掉，叫"汤蜡"，也叫"烫蜡"；烫蜡后由石匠按朱书镌刻文字，叫"钉朱"。

[4] 封锢：严密封锁。

[5] 扭股儿糖：两股或三股相互交拧的麦芽糖，形容宝玉缠在贾母身上的撒娇

模样。

[6] 禁管：管束。

[7] 守分安常：循规蹈矩，安守本分。

[8] 作业：作孽，造孽。

[9] 斗草簪花：古时一种竞采花草、插花的休闲游戏。

[10] 拆字猜枚：古时的文字游戏。拆字又称"拆白道字"，即把一个字拆开，使之成为一句话，广泛用于酒令、作诗、填词之中。猜枚为手中握瓜子、骰子等小物件，让对方猜数量、单双、颜色等的小游戏。

[11] 即事诗：吟咏眼前事物的诗。

[12] "窗明"四句：嵌入麝月、檀云、琥珀、玻璃四位丫鬟名，描写怡红院众女儿的生活情致。

[13] 齐纨：指齐地出产的白细绢，此处代指大观园女儿们身着的衣衫裙裾。

[14] 绛芸轩：贾宝玉的住所名。

[15] "抱衾"句：用《西厢记》红娘抱衾而至的典故。

[16] 锦罽（jì）鹴（shuāng）衾：有文彩的毡毯和鹔鹴裘，皆是名贵的日用品。

[17] 梨花：喻雪。

[18] 角本：剧本。

[19] 中浣：指每月中旬的休浣日，代指每月的中旬。按唐制，官员每月十天休息沐浴，分上浣、中浣、下浣，后借作上旬、中旬、下旬的别称。

[20]《会真记》：即唐代元稹传奇《莺莺传》，因文中有会真诗三十韵而得名，此处代指王实甫《西厢记》。

[21] 多愁多病身，倾国倾城貌：《西厢记》中用以描写张生和崔莺莺的唱词。此处宝玉借以表明情事。

[22] "苗而不秀"句：借用《西厢记》之语，比喻徒有其表。

[23] "原来姹紫嫣红开遍"等唱词：引自汤显祖《牡丹亭·惊梦》中杜丽娘所唱【皂罗袍】曲。

[24] "则为你如花美眷"等唱词：引自汤显祖《牡丹亭·惊梦》中柳梦梅所唱【山桃红】曲。

[25] "水流花谢两无情"句：引自唐代崔涂《春夕》诗。

[26] "流水落花春去也"句：引自南唐后主李煜《浪淘沙》词。

[27] "花落水流红"句：引自王实甫《西厢记·楔子》中崔莺莺的唱词。

【作品要解】

本文选自《红楼梦》第二十三回。自元春省亲始，贾府正式踏上盛极必衰的衰败之路。自本回始，贾宝玉和林黛玉经过屡次试探，通过共读《西厢记》表明情志合一的价值取向，感情线愈发明朗；也是自本回始，金陵十二钗移居大观园，正式上演女儿国的悲欢离合。

曹雪芹在叙写本回故事时，巧妙运用了草蛇灰线等伏衬之笔，交待故事情节的走向，照应全书的主题。回目之初以题咏勒石开场，呼应元春省亲，照应贾府衰败的政治主线；又以贾琏夫妇的斗法徇私为继，揭露贾家夫妻关系的真谛，暗示贾府的苟且经营；继之以贾政的训导作引，牵出宝玉的儿女情事，讽刺之意不言自明。元春欲让宝玉进大观园读书，贾政亦训以规矩本分，可偏偏宝玉持捧阅读的是为家长们所讳忌的俗艳之文，充分表明了两代人价值取向的冲突，同时表明贾宝玉和林黛玉的爱情始终无法脱离家长们的管制，终将曲终人散的悲伤结局。而元春在众多子女之中，特意点出宝钗与宝玉之名，似已表露家长们为宝玉择取的婚姻对象，宝黛之恋必将受到家长们的阻挠。文中又以《西厢记》的"落红成阵"，叙写宝玉的桃花满身和黛玉的葬花之举，暗含大观园"千红一哭，万艳同悲"的命运。而在众丫鬟中，对金钏询问宝玉吃胭脂和宝玉出门后向金钏吐舌头两个细节的描写，既照应宝玉吃胭脂已为常事，又为后面金钏投井埋下伏笔。

本文还巧妙运用《西厢记》《牡丹亭》两个故事模本，叙写了"共读《西厢记》"和"黛玉听曲"两个故事情节。前半部分通过贾宝玉和林黛玉共同阅读《西厢记》的感受和对话，揭示了贾宝玉和林黛玉真情至上的感情基础。在之前的回目中，二人总是小心翼翼地试探对方的心思，而通过阅读《西厢记》，二人找到了心灵的契合点，心思日益清晰。宝玉以《西厢记》中描绘张生和崔莺莺的唱词分指二人，直接表明男女之情；黛玉以娇嗔和羞红回应了宝玉的痴情。后半部分又以黛玉听曲为由，叙写了情窦初开的黛玉的春困幽情和悲怨神伤的人生体味。《西厢记》也成为《红楼梦》的重要线索，贯穿于贾宝玉与林黛玉的爱情纠葛中，推动情节的发展：二十六回黛玉春宁发幽情，宝玉引《西厢》曲文，戏犯黛玉；三十五回黛玉见潇湘馆竹影笞痕，想起《西厢》诗句，感叹自己命薄；四十回黛玉行令时，不慎引用《西厢》词曲；四十二回宝钗因黛玉引《西厢记》《牡丹亭》之事，劝导黛玉；四十九回宝玉借用《西厢记》曲词，询问黛玉与宝钗亲如姐妹的原委。《西厢记》不仅是宝玉与黛玉爱情关系的助推器，亦是黛玉与宝钗关系的调和剂。然而宝黛共读《西厢记》因见解的趋同，故达到了心灵的契合；宝钗虽亦读过《西厢记》，但她的志趣却与宝玉、黛玉不同，故虽可与黛玉交好如亲，却终不能与黛玉、宝玉心志相通，而为宝玉所弃。

手足耽耽小动唇舌　不肖种种大承苔挞

却说王夫人唤他母亲上来，拿几件簪环当面赏与，又吩咐请几众僧人念经超度。他母亲磕头谢了出去。

原来宝玉会过雨村回来听见了，便知金钏儿含羞赌气自尽，心中早又五内摧伤 [1]，进来被王夫人数落教训，也无可回说。见宝钗进来，方得便出来，茫然不知何往，背着手，低头一面感叹，一面慢慢的走着，信步来至厅上。刚转过屏门，不想对面来了一人正往里走，可巧儿撞了个满怀。只听那人喝了一声"站住！"宝玉唬了一跳，抬头一看，不是别人，却是他父亲，不觉的倒抽了一口气，只得垂手一旁站了。贾政道："好端端的，你垂头丧气嗐些什么 [2]？方才雨村来了要见你，叫你那半天你才出来；既出来了，全无一点慷慨挥洒谈吐，仍是葳葳蕤蕤 [3]。我看你脸上一团思欲愁闷气色，这会子又咳声叹气。你那些还不足，还不自在？无故这样，却是为何？"宝玉素日虽是口角伶俐，只是此时一心总为金钏儿感伤，恨不得此时也身亡命殒，跟了金钏儿去。如今见了他父亲说这些话，究竟不曾听见，只是怔呵呵的站着。

贾政见他惶悚 [4]，应对不似往日，原本无气的，这一来倒生了三分气。方欲说话，忽有回事人来回："忠顺亲王府里有人来，要见老爷。"贾政听了，心下疑惑，暗暗思忖道："素日并不和忠顺府来往，为什么今日打发人来？"一面想，一面令"快请"，急走出来看时，却是忠顺府长史官，忙接进厅上坐了献茶。未及叙谈，那长史官先就说道："下官此来，并非擅造潭府 [5]，皆因奉王命而来，有一件事相求。看王爷面上，敢烦老大人作主，不但王爷知情，且连下官辈亦感谢不尽。"贾政听了这话，抓不住头脑，忙陪笑起身问道："大人既奉王命而来，不知有何见谕，望大人宣明，学生好遵谕承办。"那长史官便冷笑道："也不必承办，只用大人一句话就完了。我们府里有一个做小旦的琪官 [6]，一向好好在府里，如今竟三五日不见回去，各处去找，又摸不着他的道路，而此各处访察。这一城内，十停人倒有八停人都说 [7]，他近日和衔玉的那位令郎相与甚厚。下官辈等听了，尊府不比别家，可以擅入索取，因此启明王爷。王爷亦云：'若是别的戏子呢，一百个也罢了；只是这琪官随机应答，谨慎老诚，甚合我老人家的心，竟断断少不得此人。'故此求老大人转谕令郎，请将琪官放回，一则可慰王爷谆谆奉恳，二则下官辈也可免操劳求觅之苦。"说毕，忙打一躬。

贾政听了这话，又惊又气，即命唤宝玉来。宝玉也不知是何原故，忙赶来时，贾政便问："该死的奴才！你在家不读书也罢了，怎么又做出这些无法无天的事来！那琪官现是忠顺王爷驾前承奉的人，你是何等草芥，无故引逗他出来，如今祸及于我。"宝玉听了唬了一跳，忙回道："实在不知此事。究竟连'琪官'两个字不知为何物，岂更又加'引逗'二字！"说着便哭了。贾政未及开言，只见那长史官冷笑道："公子也不必掩饰。或隐藏在家，或知其下落，早说了出来，我们也少受些辛苦，岂不念公子之德？"宝玉连说不知，"恐是讹传，也未见得。"那长史官冷笑道："现有据证，何必还赖？必定当着老大人说了出来，公子岂不吃亏？既云不知此人，那红汗巾子怎么到了公子腰里？"宝玉听了这话，不觉轰去魂魄，目瞪口呆，心下自思："这话他如何得知！他既连这样机密事都知道了，大约别的瞒他不过，不如打发他去了，免的再说出别的事来。"因说道："大人既知他的底细，如何连他置买房舍这样大事倒不晓得了？听得说他如今在东郊离城二十里有个什么紫檀堡，他在那里置了几亩田地几间房舍。想是在那里也未可知。"那长史官听了，笑道："这样说，一定是在那里。我且去找一回，若有了便罢，若没有，还要来请教。"说着，便忙忙的走了。

贾政此时气的目瞪口歪，一面送那长史官，一面回头命宝玉"不许动！回来有话问你！"一直送那官员去了。才回身，忽见贾环带着几个小厮一阵乱跑。贾政喝令小厮"快打，快打！"贾环见了他父亲，唬的骨软筋酥，忙低头站住。贾政便问："你跑什么？带着你的那些人都不管你，不知往那里逛去，由你野马一般！"喝令叫跟上学的人来。贾环见他父亲盛怒，便乘机说道："方才原不曾跑，只因从那井边一过，那井里淹死了一个丫头，我看见人头这样大，身子这样粗，泡的实在可怕，所以才赶着跑了过来。"贾政听了惊疑，问道："好端端的，谁去跳井？我家从无这样事情，自祖宗以来，皆是宽柔以待下人。——大约我近年于家务疏懒，自然执事人操克夺之权[8]，致使生出这暴殄轻生的祸患[9]。若外人知道，祖宗颜面何在！”喝令快叫贾琏、赖大、来兴。小厮们答应了一声，方欲叫去，贾环忙上前拉住贾政的袍襟，贴膝跪下道：“父亲不用生气。此事除太太房里的人，别人一点也不知道。我听见我母亲说……”说到这里，便回头四顾一看。贾政知意，将眼一看众小厮，小厮们明白，都往两边后面退去。贾环便悄悄说道：“我母亲告诉我说，宝玉哥哥前日在太太屋里，拉着太太的丫头金钏儿强奸不遂，打了一顿。那金钏儿便赌气投井死了。”话未说完，把个贾政气的面如金纸，大喝“快拿宝玉来！”一面说，一面便往里边书房里去，喝令“今日再有人劝我，我把这冠带家私[10]一应交与他与宝玉过去！我免不得做个罪人，把这几根烦恼鬓毛剃去，寻个干净去处自了，也免得上辱先人下生逆子之罪[11]。”众门客仆从见贾政这个形景[12]，便知又是为宝玉了，一个个都是咬指咬舌[13]，连忙退出。那贾政喘吁吁直挺挺坐在椅子上，满面泪痕，一叠声“拿宝玉！拿大棍！拿索子捆上！把各门都关上！有人传信往里头去，立刻打死！”众小厮们只得齐声答应，有几个来找宝玉。

那宝玉听见贾政吩咐他“不许动”，早知多凶少吉，那里承望贾环又添了许多的话。正在厅上干转，怎得个人来往里头去捎信，偏生没个人，连茗烟也不知在那里。正盼望时，只见一个老姆姆出来。宝玉如得了珍宝，便赶上来拉他，说道：“快进去告诉：老爷要打我呢！快去，快去！要紧，要紧！”宝玉一则急了，说话不明白；二则老婆子偏生又聋，竟不曾听见是什么话，把“要紧”二字只听作“跳井”二字，便笑道：“跳井让他跳去，二爷怕什么？”宝玉见是个聋子，便着急道：“你出去叫我的小厮来罢。”那婆子道：“有什么不了的事？老早的完了。太太又赏了衣服，又赏了银子，怎么不了事的！”

宝玉急的跺脚，正没抓寻处，只见贾政的小厮走来，逼着他出去了。贾政一见，眼都红紫了，也不暇问他在外流荡优伶，表赠私物，在家荒疏学业，淫辱母婢等语，只喝令“堵起嘴来，着实打死！”小厮们不敢违拗，只得将宝玉按在凳上，举起大板打了十来下。贾政犹嫌打轻了，一脚踢开掌板的，自己夺过来，咬着牙狠命盖了三四十下。众门客见打的不祥了，忙上前夺劝。贾政那里肯听，说道：“你们问问他干的勾当可饶不可饶！素日皆是你们这些人把他酿坏了，到这步田地还来解劝。明日酿到他弑君杀父，你们才不劝不成！"

众人听这话不好听，知道气急了，忙又退出，只得觅人进去给信。王夫人不敢先回贾母，只得忙穿衣出来，也不顾有人没人，忙忙赶往书房中来，慌的众门客小厮等避之不及。王夫人一进房来，贾政更如火上浇油一般，那板子越发下去的又狠又快。按宝玉的两个小厮忙松了手走开，宝玉早已动弹不得了。贾政还欲打时，早被王夫人抱住板子。贾政道："罢了，罢了！今日必定要气死我才罢！"王夫人哭道："宝玉虽然该打，老爷也要自重。况且炎天暑日的，老太太身上也不大好，打死宝玉事小，倘或老太太一时不自在了，岂不事大！"贾政冷笑道："倒休提这话。我养了这不肖的孽障，已不孝；教训他一番，又有众人护持；不如趁今日一发勒死了，以绝将来之患！"说着，便要绳索来勒死。王夫人连忙抱住哭道："老爷虽然应当管教儿子，也要看夫妻分上。我如今已将五十岁的人，只有这个孽障，必定苦苦的以他为法，我也不敢深劝。今日越发要他死，岂不是有意绝我。既要勒死他，快拿绳子来先勒死我，再勒死他。我们娘儿们不敢含怨，到底在阴司里得个依靠。"说毕，爬在宝玉身上大哭起来。贾政听了此话，不觉长叹一声，向椅上坐了，泪如雨下。王夫人抱着宝玉，只见他面白气弱，底下穿着一条绿纱小衣皆是血渍。禁不住解下汗巾看，由臀至胫，或青或紫，或整或破，竟无一点好处，不觉失声大哭起来，"苦命的儿吓！"因哭出"苦命儿"来，忽又想起贾珠来，便叫着贾珠哭道："若有你活着，便死一百个我也不管了。"此时里面的人闻得王夫人出来，那李宫裁王熙凤与迎春姊妹早已出来了。王夫人哭着贾珠的名字，别人还可，惟有宫裁禁不住也放声哭了。贾政听了，那泪珠更似滚瓜一般滚了下来。

正没开交处，忽听丫鬟来说："老太太来了。"一句话未了，只听窗外颤巍巍的声气说道："先打死我，再打死他，岂不干净了！"贾政见他母亲来了，又急又痛，连忙迎接出来，只见贾母扶着丫头，喘吁吁的走来。贾政上前躬身陪笑道："大暑热天，母亲有何生气亲自走来？有话只该叫了儿子进去吩咐。"贾母听说，便止住步喘息一回，厉声说道："你原来是和我说话！我倒有话吩咐，只是可怜我一生没养个好儿子，却教我和谁说去！"贾政听这话不象，忙跪下含泪说道："为儿的教训儿子，也为的是光宗耀祖。母亲这话，我做儿的如何禁得起？"贾母听说，便啐了一口，说道："我说一句话，你就禁不起，你那样下死手的板子，难道宝玉就禁得起了？你说教训儿子是光宗耀祖，当初你父亲怎么教训你来！"说着，不觉就滚下泪来。贾政又陪笑道："母亲也不必伤感，皆是作儿的一时性起，从此以后再不打他了。"贾母便冷笑道："你也不必和我使性子赌气的。你的儿子，我也不该管你打不打。我猜着你也厌烦我们娘儿们。不如我们赶早儿离了你，大家干净！"说着便令人去看轿马，"我和你太太宝玉立刻回南京去！"家下人只得干答应着。贾母又叫王夫人道："你也不必哭了。如今宝玉年纪小，你疼他，他将来长大成人，为官作宰的，也未必想着你是他母亲了。你如今倒不要疼他，只怕将来还少生一口气呢。"贾政听说，忙叩头哭道："母亲如此说，贾政无立足之地。"贾母冷笑道："你分明使我无立足之地，你反说起你来！只是我们回去了，你心里干净，看有谁来许你打。"一面说，一面只令快打点行李车轿回去。贾政苦苦叩求认罪。

贾母一面说话，一面又记挂宝玉，忙进来看时，只见今日这顿打不比往日，又是心疼，又是生气，也抱着哭个不了。王夫人与凤姐等解劝了一会，方渐渐的止住。早有丫鬟媳妇等上来，要搀宝玉，凤姐便骂道："糊涂东西，也不睁开眼瞧瞧！打的这么个样儿，还要搀着走！还不快进去把那藤屉子春凳抬出来呢[14]。"众人听说连忙进去，果然抬出春凳来，将宝玉抬放凳上，随着贾母王夫人等进去，送至贾母房中。

彼时贾政见贾母气未全消，不敢自便，也跟了进去。看看宝玉，果然打重了。再看看王夫人，"儿"一声，"肉"一声，"你替珠儿早死了，留着珠儿，免你父亲生气，我也不白操这半世的心了。这会子你倘或有个好歹，丢下我，叫我靠那一个！"数落一场，又哭"不争气的儿"。贾政听了，也就灰心，自悔不该下毒手打到如此地步。先劝贾母，贾母含泪说道："你不出去，还在这里做什么！难道于心不足，还要眼看着他死了才去不成！"贾政听说，方退了出来。

此时薛姨妈同宝钗、香菱、袭人、史湘云也都在这里。袭人满心委屈，只不好十分使出来，见众人围着，灌水的灌水，打扇的打扇，自己插不下手去，便越性走出来到二门前，令小厮们找了焙茗来细问："方才好端端的，为什么打起来？你也不早来透个信儿！"焙茗急的说："偏生我没在跟前，打到半中间我才听见了。忙打听原故，却是为琪官金钏姐姐的事。"袭人道："老爷怎么得知道的？"焙茗道："那琪官的事，多半是薛大爷素日吃醋，没法儿出气，不知在外头唆挑了谁来，在老爷跟前下的火[15]。那金钏儿的事是三爷说的，我也是听见老爷的人说的。"袭人听了这两件事都对景[16]，心中也就信了八九分。然后回来，只见众人都替宝玉疗治。调停完备，贾母令"好生抬到他房内去"。众人答应，七手八脚，忙把宝玉送入怡红院内自己床上卧好。又乱了半日，众人渐渐散去，袭人方进前来经心服侍，问他端的[17]。且听下回分解。

　　——选自中国艺术研究院红楼梦研究所校注《红楼梦》，人民文学出版社 1982 年版

【作者简介】

　　曹雪芹，生平简介见前文。

【注释】

　　[1] 五内：五脏，内心。

　　[2] 嗐（hài）：表伤感、悔恨的叹词。

　　[3] 葳葳蕤蕤（wēi wēi ruí ruí）：无精打采、萎靡不振的样子。

　　[4] 惶悚：惶恐害怕的样子。

　　[5] 潭府：对对方住宅的尊称。

　　[6] 琪官：即蒋玉函，忠顺王府小旦的优伶，与宝玉交善，宝玉挨打后被忠顺王府寻回，后娶花袭人为妻。

　　[7] 十停人倒有八停人：十成人倒有八成人，谓众所周知之意。

　　[8] 克夺之权：定夺、决断之权。

小 说

[9] 暴殄轻生：肆意践踏不爱惜生命，此处指金钏儿投井自杀之事。

[10] 冠带家私：官职和财产。

[11]“把这几根烦恼鬓毛”句：指剃了头发，出家当和尚。

[12] 门客：寄食于富贵之家的帮闲之人。

[13] 啖指咬舌：恐惧而不敢多言的样子。

[14] 藤屉子春凳：用藤皮编成的一种较宽，可坐可卧的长凳。

[15] 下的火：使坏进谗言。

[16] 对景：情景相合。

[17] 端的：事情的原委。

【作品要解】

本文为《红楼梦》的第三十三回，是全剧的高潮，围绕“宝玉挨打”这一典型事件，呈现了贾府内外复杂的人际社会关系。贾政与宝玉的矛盾由来已久，但促成贾政痛打宝玉的短期原因则有三：一，宝玉对待贾雨村的态度和言行，失了贾政的颜面，也伤害了贾政让他结交官吏的苦心；二，忠顺亲王府派人索要出走的伶人蒋玉涵，让贾政失了颜面，又恐得罪忠顺亲王府；三，贾环进谗言，诬告宝玉欲强奸丫环金钏，并导致金钏跳井身亡。贾雨村一事反映出贾家与朝廷相互依存，相互勾结的关系。贾府的地位一方面因为祖宗荫德，一方面也离不开朝廷官员笼络与支撑，因此贾政希望宝玉能放更多的心思用于结交朝廷的官员，以保贾家的长盛不衰。忠顺亲王府索要伶人一事，反映出贾府与世袭贵族之间互为掣肘的关系。忠顺亲王府非与贾府交善之方，且地位高于贾府，故可派人向贾家索要地位低下的戏子。在清代社会，贵族之家养戏子本是十分普遍的事情，宝玉与戏子关系亲密亦非为人诟病的罪责，但贾政唯恐落把柄于忠顺王府，故急斥宝玉，恐其闯下大祸。至于贾环诬告宝玉强奸金钏一事则反映出贾府内部嫡庶之间的矛盾。贾宝玉为王夫人嫡出之子，享受阖府上下的宠爱骄纵；贾环为赵姨娘的庶出之子，从小便生长于宝玉的光环之下，难得阖府上下的尊敬，饱受轻视之苦，母子二人便伺机报复。王夫人心急护子并屡次提及已故的贾珠以提醒贾政，宝玉是他的全部倚仗，如有损伤必导致大权旁落。同时王夫人虽为宝玉之母，但在夫权的社会，即便对贾政痛打宝玉心生不满，但也只能苦苦哀求，不敢乱了分寸。而贾母作为贾府的大家长，在贾家具有绝对的权威，故其出面袒护宝玉之时，盛气凌人的贾政也没了主意，只得随声应承，后悔下手重了。左右逢迎的王熙凤不敢责怪贾政，又要表现对宝玉的关心，对贾母的迎承，适时斥责下人失了分寸，并命人将宝玉放置春凳上抬出。满心委屈的花袭人在一众人等的关心爱护中，插不进手，只得向小厮打听事情的原委，从中调停，待众人散去才能于床前服侍。

故事在叙述上井然有序，先叙写挨打的起因，再叙写打的过程，后写打的完结。在叙写打的过程中，先让小厮打，继而自己夺过板子打，见王夫人出现打得越发狠、快，直打得屁股及大腿根处或青或紫，无一处好的地方，后贾母出现才及时收手。在这个过程中贾政的情绪变化，贾府内部人物关系及权重皆一一呈现于读者面前，既显示了结构的层次性，又体现了人物刻画的合理性。尤为讽刺的是，导致宝玉挨打的直接原因则为"在外流荡优伶，表赠私物，在家荒疏学业，淫辱母婢"，贾政声声念的也只是仕途经济、光宗耀祖，至于金钏之死，则被贾政及众人忽略了，唯有宝玉为金钏之死五内俱伤，怅然失魂，表现了人情的冷漠。

俏丫鬟抱屈夭风流　美优伶斩情归水月

　　话说王夫人见中秋已过，凤姐病也比先减了，虽未大愈，可以出入行走得了，仍命大夫每日诊脉服药，又开了丸药方来配调经养荣丸。因用上等人参二两，王夫人取时，翻寻了半日，只向小匣内寻了几枝簪挺粗细的。王夫人看了嫌不好，命再找去，又找了一大包须沫出来。王夫人焦躁道："用不着偏有，但用着了，再找不着。成日家我叫你们查一查，都归拢在一处，你们白不听，就随手混撂[1]。你们不知他的好处，用起来得多少换买来还不中使呢[2]。"彩云道："想是没了，就只有这个。上次那边的太太来寻了些去，太太都给过去了。"王夫人道："没有的话。你再细找找。"彩云只得又去找，拿了几包药材来说："我们不认得这个，请太太自看。除了这个再没有了。"王夫人打开看时，也都忘了，不知都是什么药，并没有一枝人参。因一面遣人去问凤姐有无，凤姐来说："也只有些参膏芦须。虽有几枝，也不是上好的，每日还要煎药里用呢。"王夫人听了，只得向邢夫人那里问去。邢夫人说："因上次没了，才往这里来寻，早已用完了。"王夫人没法，只得亲身过来请问贾母。贾母忙命鸳鸯取出当日所余的来，竟还有一大包，皆有手指头粗细的，遂秤二两与王夫人。王夫人出来交与周瑞家的拿去令小厮送与医生家去，又命将那几包不能辨得的药也带了去，命医生认了，各包记号了来。

　　一时，周瑞家的又拿进来说："这几包都各包好记上名字了。但这一包人参固然是上好的，如今就连三十换也不能得这样的了，但年代太陈了。这东西比别的却不同，凭是怎样好的，只过一百年后，就自己就成了灰了。如今这个虽未成灰，然已成了糟朽烂木，也无性力的了。请太太收了这个，倒不拘粗细[3]，好歹再换些新的倒好。"王夫人听了，低头不语，半日才说："这可没法了，只好去买二两来罢。"也无心看那些，只命："都收了罢。"因向周瑞家的说："你就去说给外头人们，拣好的换二两来。倘一时老太太问，你们只说用的是老太太的，不必多说。"周瑞家的方才要去时，宝钗因在坐，乃笑道："姨娘且住。如今外头卖的人参都没好的。虽有一枝全的，他们也必截做两三段，镶嵌上芦泡须枝，掺匀了好卖，看不得粗细。我们铺子里常和参行交易，如今我去和妈说了，叫哥哥去托个伙计过去和参行商议说明，叫他把未作的原枝好参兑二两来。不妨咱们多使几两银子，也得了好的。"王夫人笑道："倒是你明白。就难为你亲自走一趟更好。"于是宝钗去了，半日回来说："已遣人去，赶晚就有回信的。明日一早去配也不迟。"王夫人自是喜悦，因说道："'卖油的娘子水梳头[4]'，自来家里有好的，不知给了人多少。这会子轮到自己用，反倒各处求人去了。"说毕长叹。宝钗笑道："这东西虽然值钱，究竟不过是药，原该济众散人才是[5]。咱们比不得那没见世面的人家，得了这个，就珍藏密敛的。"王夫人点头道："这话极是。"

一时宝钗去后，因见无别人在室，遂唤周瑞家的来问前日园中搜检的事情可得个下落。周瑞家的是已和凤姐等人商议停妥，一字不隐，遂回明王夫人。王夫人听了，虽惊且怒，却又作难，因思司棋系迎春之人，皆系那边的人，只得令人去回邢夫人。周瑞家的回道："前日那边太太嗔着王善保家的多事[6]，打了几个嘴巴子，如今他也装病在家，不肯出头了。况且又是他外孙女儿，自己打了嘴，他只好装个忘了，日久平服了再说。如今我们过去回时，恐怕又多心，倒像似咱们多事似的。不如直把司棋带过去，一并连赃证与那边太太瞧了，不过打一顿配了人，再指个丫头来，岂不省事。如今白告诉去，那边太太再推三阻四的，又说'既这样，你太太就该料理，又来说什么。'岂不反耽搁了。倘那丫头瞅空寻了死，反不好了。如今看了两三天，人都有个偷懒的时候，倘一时不到，岂不倒弄出事来。"王夫人想了一想，说："这也倒是。快办了这一件，再办咱们家的那些妖精。"

周瑞家的听说，会齐了那几个媳妇，先到迎春房里，回迎春道："太太们说了，司棋大了，连日他娘求了太太，太太已赏了他娘配人，今日叫他出去，另挑好的与姑娘使。"说着，便命司棋打点走路。迎春听了，含泪似有不舍之意，因前夜已闻得别的丫鬟悄悄的说了原故，虽数年之情难舍，但事关风化[7]，亦无可如何了。那司棋也曾求了迎春，实指望迎春能死保赦下的，只是迎春语言迟慢，耳软心活，是不能作主的。司棋见了这般，知不能免，因哭道："姑娘好狠心！哄了我这两日，如今怎么连一句话也没有？"周瑞家的等说道："你还要姑娘留你不成？便留下，你也难见园里的人了。依我们的好话，快快收了这样子，倒是人不知鬼不觉的去罢，大家体面些。"迎春含泪道："我知道你干了什么大不是，我还十分说情留下，岂不连我也完了。你瞧入画也是几年的人，怎么说去就去了。自然不止你两个，想这园里凡大的都要去呢。依我说，将来终有一散，不如你各人去罢。"周瑞家的道："所以到底是姑娘明白。明儿还有打发的人呢，你放心罢。"司棋无法，只得含泪与迎春磕头，和众姊妹告别，又向迎春耳根说："好歹打听我要受罪，替我说个情儿，就是主仆一场！"迎春亦含泪答应："放心。"

于是周瑞家的人等带了司棋出了院门，又命两个婆子将司棋所有的东西都与他拿着。走了没几步，后头只见绣桔赶来，一面也擦着泪，一面递与司棋一个绢包说："这是姑娘给你的。主仆一场，如今一旦分离，这个与你作个想念罢。"司棋接了，不觉更哭起来了，又和绣桔哭了一回。周瑞家的不耐烦，只管催促，二人只得散了。司棋因又哭告道："婶子大娘们，好歹略徇个情儿，如今且歇一歇，让我到相好的姊妹跟前辞一辞，也是我们这几年好了一场。"周瑞家的等人皆各有事务，作这些事便是不得已了，况且又深恨他们素日大样[8]，如今那里有工夫听他的话，因冷笑道："我劝你走罢，别拉拉扯扯的了。我们还有正经事呢。谁是你一个衣包里爬出来的，辞他们作什么，他们看你的笑声还看不了呢。你不过是挨一会是一会罢了，难道就算了不成！依我说快走罢。"一面说，一面总不住脚，直带着往后角门出去了。司棋无奈，又不敢再说，只得跟了出来。

可巧正值宝玉从外而入，一见带了司棋出去，又见后面抱着些东西，料着此去再不能来了。因闻得上夜之事，又兼晴雯之病亦因那日加重，细问晴雯，又不说是为何。上日又见入画已去，今又见司棋亦走，不觉如丧魂魄一般，因忙拦住问道："那里去？"周瑞家的等皆知宝玉素日行为，又恐劳叨误事，因笑道："不干你事，快念书去罢。"宝玉笑道："好姐姐们，且站一站，我有道理。"周瑞家的便道："太太不许少捱一刻，又有什么道理。我们只知遵太太的话，管不得许多。"司棋见了宝玉，因拉住哭道："他们做不得主，你好歹求求太太去。"宝玉不禁也伤心，含泪说道："我不知你作了什么大事，晴雯也病了，如今你又去。都要去了，这却怎么的好。"周瑞家的发躁向司棋道："你如今不是副小姐了，若不听话，我就打得你。别想着往日姑娘护着，任你们作耗[9]。越说着，还不好走。如今和小爷们拉拉扯扯，成个什么体统！"那几个媳妇不由分说，拉着司棋便出去了。

宝玉又恐他们去告舌[10]，恨的只瞪着他们，看已去远，方指着恨道："奇怪，奇怪，怎么这些人只一嫁了汉子，染了男人的气味，就这样混帐起来，比男人更可杀了！"守园门的婆子听了，也不禁好笑起来，因问道："这样说，凡女儿个个是好的了，女人个个是坏的了？"宝玉点头道："不错，不错！"婆子们笑道："还有一句话我们糊涂不解，倒要请问请问。"方欲说时，只见几个老婆子走来，忙说道："你们小心，传齐了伺候着。此刻太太亲自来园里，在那里查人呢。只怕还查到这里来呢。又吩咐快叫怡红院的晴雯姑娘的哥嫂来，在这里等着领出他妹妹去。"因笑道："阿弥陀佛！今日天睁了眼，把这一个祸害妖精退送了，大家清净些。"宝玉一闻得王夫人进来清查，便料定晴雯也保不住了，早飞也似的赶了去，所以这后来趁愿之语竟未得听见[11]。

宝玉及到了怡红院，只见一群人在那里，王夫人在屋里坐着，一脸怒色，见宝玉也不理。晴雯四五日水米不曾沾牙，恹恹弱息，如今现从炕上拉了下来，蓬头垢面，两个女人才架起来去了。王夫人吩咐，只许把他贴身衣服撂出去，余者好衣服留下给好丫头们穿。又命把这里所有的丫头们都叫来一一过目。原来王夫人自那日着恼之后，王善保家的去趁势告倒了晴雯，本处有人和园中不睦的，也就随机趁便下了些话[12]。王夫人皆记在心中。因节间有事，故忍了两日，今日特来亲自阅人。一则为晴雯犹可，二则因竟有人指宝玉为由，说他大了，已解人事，都由屋里的丫头们不长进教习坏了。因这事更比晴雯一人较甚，乃从袭人起以至于极小作粗活的小丫头们，个个亲自看了一遍。因问："谁是和宝玉一日的生日？"本人不敢答应，老嬷嬷指道："这一个蕙香，又叫作四儿的，是同宝玉一日生日的。"王夫人细看了一看，虽比不上晴雯一半，却有几分水秀。视其行止，聪明皆露在外面，且也打扮的不同。王夫人冷笑道："这也是个不怕臊的。他背地里说的，同日生日就是夫妻。这可是你说的？打谅我隔的远，都不知道呢。可知道我身子虽不大来，我的心耳神意时时都在这里。难道我通共一个宝玉，就白放心凭你们勾引坏了不成！"这个四儿见王夫人说着他素日和宝玉的私语，不禁红了脸，低头垂泪。王夫人即命也快把他家的人叫来，领出去配人。又问，"谁是耶律雄奴？"老嬷嬷们便将芳官指出。王夫人道："唱戏的女孩子，自然是狐狸精了！上次放你们，你们又懒待出去，可就该安分守己才是。你就成精鼓捣起来，调唆着宝玉无所不为。"芳官笑辩道："并不敢调唆什么。"王夫人笑道："你还强嘴。我且问你，前年我们往皇陵上去，是谁调唆宝玉要柳家的丫头五儿了？幸而那丫头短命死了，不然进来了，你们又连伙聚党遭害这园子呢。你连你干娘都欺倒了，岂止别人！"因喝命："唤他干娘来领去，就赏他外头自寻个女婿去吧。把他的东西一概给他。"又吩咐上年凡有姑娘们分的唱戏的女孩子们，一概不许留在园里，都令其各人干娘带出，自行聘嫁。一语传出，这些干娘皆感恩趁愿不尽，都约齐与王夫人磕头领去。王夫人又满屋里搜检宝玉之物。凡略有眼生之物，一并命收的收，卷的卷，着人拿到自己房内去了。因说："这才干净，省得旁人口舌。"因又吩咐袭人麝月等人："你们小心！往后再有一点分外之事，我一概不饶。因叫人查看了，今年不宜迁挪，暂且挨过今年，明年一并给我仍旧搬出去心净。"说毕，茶也不吃，遂带领众人又往别处去阅人。暂且说不到后文。

　　如今且说宝玉只当王夫人不过来搜检搜检，无甚大事，谁知竟这样雷嗔电怒的来了[13]。所责之事皆系平日之语，一字不爽，料必不能挽回的。虽心下恨不能一死，但王夫人盛怒之际，自不敢多言一句，多动一步，一直跟送王夫人到沁芳亭。王夫人命："回去好生念念那书，仔细明儿问你。才已发下恨了。"宝玉听如此说，方回来，一路打算："谁这样犯舌？况这里事也无人知道，如何就都说着了。"一面想，一面进来，只见袭人在那里垂泪。且去了第一等的人，岂不伤心，便倒在床上也哭起来。袭人知他心内别的还犹可，独有晴雯是第一件大事，乃推他劝道："哭也不中用了。你起来我告诉你，晴雯已经好了，他这一家去，倒心净养几天。你果然舍不得他，等太太气消了，你再求老太太，慢慢的叫进来也不难。不过太太偶然信了人的诽言，一时气头上如此罢了。"宝玉哭道："我究竟不知晴雯犯了何等滔天大罪！"袭人道："太太只嫌他生的太好了，未免轻佻些。在太太是深知这样美人似的人必不安静，所以恨嫌他，象我们这粗粗笨笨的倒好。"宝玉道："这也罢了。咱们私自顽话怎么也知道了？又没外人走风的，这可奇怪。"袭人道："你有甚忌讳的，一时高兴了，你就不管有人无人了。我也曾使过眼色，也曾递过暗号，倒被那别人已知道了，你反不觉。"宝玉道："怎么人人的不是太太都知道，单不挑出你和麝月秋纹来？"袭人听了这话，心内一动，低头半日，无可回答，因便笑道："正是呢。若论我们也有顽笑不留心的孟浪去处，怎么太太竟忘了？想是还有别的事，等完了再发放我们，也未可知。"宝玉笑道："你是头一个出了名的至善至贤之人，他两个又是你陶冶教育的，焉得还有孟浪该罚之处[14]！只是芳官尚小，过于伶俐些，未免倚强压倒了人，惹人厌。四儿是我误了他，还是那年我和你拌嘴的那日起，叫上来作些细活，未免夺占了地位，故有今日。只是晴雯也是和你一样，从小儿在老太太屋里过来的，虽然他生得比人强，也没甚妨碍去处。就是他的性情爽利，口角锋芒些，究竟也不曾得罪你们。想是他过于生得好了，反被这好所误。"说毕，复又哭起来。袭人细揣此话，好似宝玉有疑他之意，竟不好再劝，因叹道："天知道罢了。此时也查不出人来了，白哭一会子也无益。倒是养着精神，等老太太喜欢时，回明白了再要他是正理。"宝玉冷笑道："你不必虚宽我的心。等到太太平服了再瞧势头去要时，知他的病等得等不得。他自幼上来娇生惯养，何尝受过一日委屈。连我知道他的性格，还时常冲撞了他。他这一下去，就如同一盆才抽出嫩箭来的兰花送到猪窝里去一般。况又是一身重病，里头一肚子的闷气。他又没有亲爷热娘，只有一个醉泥鳅姑舅哥哥。他这一去，一时也不惯的，那里还等得几日。知道还能见他一面两面不能了！"说着又越发伤心起来。袭人笑道："可是你'只许州官放火，不许百姓点灯'。我们偶然说一句略妨碍些的话，就说是不利之谈，你如今好好的咒他，是该的了！他便比别人娇些，也不至这样起来。"宝玉道："不是我妄口咒他[15]，今年春天已有兆头的。"袭人忙问何兆。宝玉道："这阶下好好的一株海棠花，竟无故死了半边，我就知有异事，果然应在他身上。"袭人听了，又笑起来，因说道："我待不说，又撑不住，你太也婆婆妈妈的了。这样的话，岂是你读书的男人说的。草木怎又关系起人来？若不婆婆妈妈的，真也成了个呆子了。"宝玉叹道："你们那里知道，不但草木，凡天下之物，皆是有情有理的，也和人一样，得了知己，便极有灵验的。若用大题目比，就有孔子庙前之桧，坟前之蓍，诸葛祠前之柏，岳武穆坟前之松。这都是堂堂正大随人之正气，千古不磨之物。世乱则萎，世治则荣，几千百年了，枯而复生者几次。这岂不是兆应？小题目比，就有杨太真沉香亭之木芍药，端正楼之相思树，王昭君冢上之草，岂不也有灵验。所以这海棠亦应其人欲亡，故先就死了半边。"袭人听了这篇痴话，又可笑，又可叹，因笑道："真真的这话越发说上我的气来了。那晴雯是个什么东西，就费这样心思，比出这些正经人来！还有一说，他纵好，也灭不过我的次序去。便是这海棠，也该先来比我，也还轮不到他。想是我要死了。"宝玉听说，忙握他的嘴，劝道："这是何苦！一个未清，你又这样起来。罢了，再别提这事，别弄的去了三个，又饶上一个。"袭人听说，心下暗喜道："若不如此，你也不能了局。"宝玉乃道："从此休提起，全当他们三个死了，不过如此。况且死了的也曾有过，也没有见我怎么样，此一理也。如今且说现在的，倒是把他的东西，作瞒上不瞒下，悄悄的打发人送出去与了他。再或有咱们常时积攒下的钱，拿几吊出去给他养病，也是你姊妹好了一场。"袭人听了，笑道："你太把我们看的又小器又没人心了。这话还等你说，我才已将他素日所有的衣裳以至各什各物总打点下了，都放在那里。如今白日里人多眼杂，又恐生事，且等到晚上，悄悄的叫宋妈给他拿出去。我还有攒下的几吊钱也给他罢。"宝玉听了，感谢不尽。袭人笑道："我原是久已出了名的贤人，连这一点子好名儿还不会买来不成！"宝玉听他方才的话，忙陪笑抚慰一时。晚间果密遣宋妈送去。

宝玉将一切人稳住，便独自得便出了后角门，央一个老婆子带他到晴雯家去瞧瞧。先是这婆子百般不肯，只说怕人知道，"回了太太，我还吃饭不吃饭！"无奈宝玉死活央告，又许他些钱，那婆子方带了他来。这晴雯当日系赖大家用银子买的，那时晴雯才得十岁，尚未留头。因常跟赖嬷嬷进来，贾母见他生得伶俐标致，十分喜爱。故此赖嬷嬷就孝敬了贾母使唤，后来所以到了宝玉房里。这晴雯进来时，也不记得家乡父母，只知有个姑舅哥哥，专能庖宰[16]，也沦落在外，故又求了赖家的收买进来吃工食。赖家的见晴雯虽到贾母跟前，千伶百俐，嘴尖性大，却倒还不忘旧，故又将他姑舅哥哥收买进来，把家里一个女孩子配了他。成了房后，谁知他姑舅哥哥一朝身安泰，就忘却当年流落时，任意吃死酒，家小也不顾。偏又娶了个多情美色之妻，见他不顾身命，不知风月，一味死吃酒，便不免有兼葭倚玉之叹[17]，红颜寂寞之悲。又见他器量宽宏，并无嫉衾妒枕之意[18]，这媳妇遂恣情纵欲，满宅内便延揽英雄，收纳材俊，上上下下竟有一半是他考试过的。若问他夫妻姓甚名谁，便是上回贾琏所接见的多浑虫灯姑娘儿的便是了。目今晴雯只有这一门亲戚，所以出来就在他家。

此时多浑虫外头去了，那灯姑娘吃了饭去串门子，只剩下晴雯一人，在外间房内爬着。宝玉命那婆子在院门瞭哨，他独自掀起草帘进来，一眼就看见晴雯睡在芦席土炕上，幸而衾褥还是旧日铺的。心内不知自己怎么才好，因上来含泪伸手轻轻拉他，悄唤两声。当下晴雯又因着了风，又受了他哥嫂的歹话，病上加病，嗽了一日，才朦胧睡了。忽闻有人唤他，强展星眸，一见是宝玉，又惊又喜，又悲又痛，忙一把死攥住他的手。哽咽了半日，方说出半句话来："我只当不得见你了。"接着便嗽个不住。宝玉也只有哽咽之分。晴雯道："阿弥陀佛，你来的好，且把那茶倒半碗我喝。渴了这半日，叫半个人也叫不着。"宝玉听说，忙拭泪问："茶在那里？"晴雯道："那炉台上就是。"宝玉看时，虽有个黑沙吊子，却不象个茶壶。只得桌上去拿了一个碗，也甚大甚粗，不象个茶碗，未到手内，先就闻得油膻之气。宝玉只得拿了来，先拿些水洗了两次，复又用水汕过，方提起沙壶斟了半碗。看时，绛红的，也太不成茶。晴雯扶枕道："快给我喝一口罢！这就是茶了。那里比得咱们的茶！"宝玉听说，先自己尝了一尝，并无清香，且无茶味，只一味苦涩，略有茶意而已。尝毕，方递与晴雯。只见晴雯如得了甘露一般，一气都灌下去了。宝玉心下暗道："往常那样好茶，他尚有不如意之处；今日这样。看来，可知古人说的'饱饫烹宰，饥餍糟糠[19]'，又道是'饭饱弄粥'，可见都不错了。"一面想，一面流泪问道："你有什么说的，趁着没人告诉我。"晴雯呜咽道："有什么可说的！不过挨一刻是一刻，挨一日是一日。我已知横竖不过三五日的光景，就好回去了。只是一件，我死也不甘心的：我虽生的比别人略好些，并没有私情密意勾引你怎样，如何一口死咬定了我是个狐狸精！我太不服。今日既已担了虚名，而且临死，不是我说一句后悔的话，早知如此，我当日也另有个道理。不料痴心傻意，只说大家横竖是在一处。不想平空里生出这一节话来，有冤无处诉。"

说毕又哭。宝玉拉着他的手，只觉瘦如枯柴，腕上犹戴着四个银镯，因泣道："且卸下这个来，等好了再戴上罢。"因与他卸下来，塞在枕下。又说："可惜这两个指甲，好容易长了二寸长，这一病好了，又损好些。"晴雯拭泪，就伸手取了剪刀，将左手上两根葱管一般的指甲齐根铰下；又伸手向被内将贴身穿着的一件旧红绫袄脱下，并指甲都与宝玉道："这个你收了，以后就如见我一般。快把你的袄儿脱下来我穿。我将来在棺材内独自躺着，也就象还在怡红院的一样了。论理不该如此，只是担了虚名，我可也是无可如何了。"宝玉听说，忙宽衣换上，藏了指甲。晴雯又哭道："回去他们看见了要问，不必撒谎，就说是我的。既担了虚名，越性如此，也不过这样了。"

一语未了，只见他嫂子笑嘻嘻掀帘进来，道："好呀，你两个的话，我已都听见了。"又向宝玉道："你一个作主子的，跑到下人房里作什么？看我年轻又俊，敢是来调戏我么？"宝玉听说，吓的忙陪笑央道："好姐姐，快别大声。他伏侍我一场，我私自来瞧瞧他。"灯姑娘便一手拉了宝玉进里间来，笑道："你不叫嚷也容易，只是依我一件事。"说着，便坐在炕沿上，却紧紧的将宝玉搂入怀中。宝玉如何见过这个，心内早突突的跳起来了，急的满面红涨，又羞又怕，只说："好姐姐，别闹。"灯姑娘乜斜醉眼，笑道："呸！成日家听见你风月场中惯作工夫的，怎么今日就反讪起来。"宝玉红了脸，笑道："姐姐放手，有话咱们好说。外头有老妈妈，听见什么意思。"灯姑娘笑道："我早进来了，却叫婆子去园门等着呢。我等什么似的，今儿等着了你。虽然闻名，不如见面，空长了一个好模样儿，竟是没药性的炮仗，只好装幌子罢了，倒比我还发讪怕羞。可知人的嘴一概听不得的。就比如方才我们姑娘下来，我也料定你们素日偷鸡盗狗的。我进来一会在窗下细听，屋内只你二人，若有偷鸡盗狗的事，岂有不谈及于此，谁知你两个竟还是各不相扰。可知天下委屈事也不少。如今我反后悔错怪了你们。既然如此，你但放心。以后你只管来，我也不罗唣你[20]。"宝玉听说，才放下心来，方起身整衣央道："好姐姐，你千万照看他两天。我如今去了。"说毕出来，又告诉晴雯。二人自是依依不舍，也少不得一别。晴雯知宝玉难行，遂用被蒙头，总不理他，宝玉方出来。意欲到芳官四儿处去，无奈天黑，出来了半日，恐里面人找他不见，又恐生事，遂且进园来了，明日再作计较。因乃至后角门，小厮正抱铺盖，里边嬷嬷们正查人，若再迟一步也就关了。

宝玉进入园中，且喜无人知道。到了自己房内，告诉袭人只说在薛姨妈家去的，也就罢了。一时铺床，袭人不得不问今日怎么睡。宝玉道："不管怎么睡罢了。"原来这一二年间袭人因王夫人看重了他了，越发自要尊重。凡背人之处，或夜晚之间，总不与宝玉狎昵[21]，较先幼时反倒疏远了。况虽无大事办理，然一应针线并宝玉及诸小丫头们凡出入银钱衣履什物等事，也甚烦琐；且有吐血旧症虽愈，然每因劳碌风寒所感，即嗽中带血，故迩来夜间总不与宝玉同房。宝玉夜间常醒，又极胆小，每醒必唤人。因晴雯睡卧警醒，且举动轻便，故夜晚一应茶水起坐呼唤之任皆悉委他一人，所以宝玉外床只是他睡。今他去了，袭人只得要问，因思此任比日间紧要之意。宝玉既答不管怎样，袭人只得还依旧年之例，遂仍将自己铺盖搬来设于床外。

宝玉发了一晚上呆。及催他睡下，袭人等也都睡后，听着宝玉在枕上长吁短叹，复去翻来，直至三更以后，方渐渐的安顿了，略有鼾声[22]。袭人方放心，也就朦胧睡着。没半盏茶时，只听宝玉叫"晴雯"。袭人忙睁开眼连声答应，问作什么。宝玉因要吃茶。袭人忙下去向盆内蘸过手，从暖壶内倒了半盏茶来吃过。宝玉乃笑道："我近来叫惯了他，却忘了是你。"袭人笑道："他一乍来时你也曾睡梦中直叫我，半年后才改了。我知道这晴雯人虽去了，这两个字只怕是不能去的。"说着，大家又卧下。宝玉又翻转了一个更次，至五更方睡去时，只见晴雯从外头走来，仍是往日形景，进来笑向宝玉道："你们好生过罢，我从此就别过了。"说毕，翻身便走。宝玉忙叫时，又将袭人叫醒。袭人还只当他惯了口乱叫，却见宝玉哭了，说道："晴雯死了。"袭人笑道："这是那里的话！你就知道胡闹，被人听着什么意思。"宝玉那里肯听，恨不得一时亮了就遣人去问信。

及至天亮时，就有王夫人房里小丫头立等叫开前角门传王夫人的话："'即时叫起宝玉，快洗脸，换了衣裳快来，因今儿有人请老爷寻秋赏桂花，老爷因喜欢他前儿作得诗好，故此要带他们去。'这都是太太的话，一句别错了。你们快飞跑告诉他去，立刻叫他快来，老爷在上屋里还等他吃面茶呢。环哥儿已来了。快跑，快跑。再着一个人去叫兰哥儿，也要这等说。"里面的婆子听一句，应一句，一面扣扭子，一面开门。一面早有两三个人一行扣衣，一行分头去了。袭人听得叩院门，便知有事，忙一面命人问时，自己已起来了。听得这话，促人来舀了面汤，催宝玉起来盥漱。他自去取衣。因思跟贾政出门，便不肯拿出十分出色的新鲜衣履来，只拿那二等成色的来。宝玉此时亦无法，只得忙忙的前来。果然贾政在那里吃茶，十分喜悦。宝玉忙行了省晨之礼。贾环贾兰二人也都见过宝玉。贾政命坐吃茶，向环兰二人道："宝玉读书不如你两个，论题联和诗这种聪明，你们皆不及他。今日此去，未免强你们做诗，宝玉须听便助他们两个。"王夫人等自来不曾听见这等考语，真是意外之喜。

一时候他父子二人等去了，方欲过贾母这边来时，就有芳官等三个的干娘走来，回说："芳官自前日蒙太太的恩典赏了出去，他就疯了似的，茶也不吃，饭也不用，勾引上藕官蕊官，三个人寻死觅活，只要剪了头发做尼姑去。我只当是小孩子家一时出去不惯也是有的，不过隔两日就好了。谁知越闹越凶，打骂着也不怕。实在没法，所以来求太太，或者就依他们做尼姑去，或教导他们一顿，赏给别人作女儿去罢，我们也没这福。"王夫人听了道："胡说！那里由得他们起来，佛门也是轻易人进去的！每人打一顿给他们，看还闹不闹了！"当下因八月十五日各庙内上供去，皆有各庙内的尼姑来送供尖之例，王夫人曾于十五日就留下水月庵的智通与地藏庵的圆心住两日，至今日未回，听得此信，巴不得又拐两个女孩子去作活使唤，因都向王夫人道："咱们府上到底是善人家。因太太好善，所以感应得这些小姑娘们皆如此。虽说佛门轻易难入，也要知道佛法平等。我佛立愿，原是一切众生无论鸡犬皆要度他，无奈迷人不醒。若果有善根能醒悟，即可以超脱轮回。所以经上现有虎狼蛇虫得道者就不少。如今这两三个姑娘既然无父无母，家乡又远，他们既经了这富贵，又想从小儿命苦入了这风流行次，将来知道终身怎么样，所以苦海回头，出家修修来世，也是他们的高意。太太倒不要限了善念。"王夫人原是个好善的，先听彼等之语不肯听其自由者，因思芳官等不过皆系小儿女，一时不遂心，故有此意，但恐将来熬不得清净，反致获罪。今听这两个拐子的话大近情理，且近日家中多故，又有邢夫人遣人来知会，明日接迎春家去住两日，以备人家相看；且又有官媒婆来求说探春等事，心绪正烦，那里着意在这些小事上。既听此言，便笑答道："你两个既这等说，你们就带了作徒弟去如何？"两个姑子听了，念一声佛道："善哉！善哉！若如此，可是你老人家阴德不小。"说毕，便稽首拜谢。王夫人道："既这样，你们问他们去。若果真心，即上来当着我拜了师父去罢。"这三个女人听了出去，果然将他三人带来。王夫人问之再三，他三人已是立定主意，遂与两个姑子叩了头，又拜辞了王夫人。王夫人见他们意皆决断，知不可强了，反倒伤心可怜，忙命人取了些东西来赏赐了他们，又送了两个姑子些礼物。从此芳官跟了水月庵的智通，蕊官藕官二人跟了地藏庵的圆心，各自出家去了。再听下回分解。

——选自中国艺术研究院红楼梦研究所校注《红楼梦》，人民文学出版社 1982 年版

【作者简介】

曹雪芹，生平简介见前文。

【注释】

[1] 混撂：随乱堆放。

[2] 换：银两交易单位。

[3] 不拘：不论，不管。

[4] 卖油的娘子水梳头：俗语，指放下自家的资产优势却求助于他人的援助。

[5] 济众散人：救济帮助众人。

[6] 嗔：对人表示不满，埋怨，责怪。

[7] 风化：风俗教化。

[8] 大样：高傲自大，目中无人的样子。

[9] 作耗：任性胡为。

[10] 告舌：告状，搬弄是非。

[11] 趁愿：称心如意。

[12] 趁便：顺便。

[13] 雷嗔电怒：形容暴怒的样子。

[14] 孟浪：鲁莽轻率。

[15] 妄口：信口胡说。

[16] 庖宰：庖丁，厨子。

[17] 蒹葭倚玉：比喻夫妻二人不般配。

[18] 嫉衾妒枕：夫妻间对对方出轨的妒忌。

[19] 饱饫烹宰，饥厌糟糠：饱腹时任鱼肉等美食也难以下咽，饥饿时吃糟糠也能感到满足。

[20] 罗唣：吵闹，调戏。

[21] 狎昵：过于亲密而不庄重。

[22] 齁（hōu）：鼻息声。

【作品要解】

本文选自《红楼梦》第七十七回，是继"宝玉挨打"后的又一个高潮。宝玉挨打事件集中体现了贾府的内外矛盾，是贾政所代表的家长们与宝玉一代矛盾的正面激发，而两代矛盾向家长们之间内部矛盾转移的巧妙化解，不仅保护了宝玉叛逆性格的发展，也预示着两代人之间矛盾的不可调和。"晴雯之死"则通过王夫人对晴雯的驱赶，再次将掩盖的两代矛盾激发出来，预示着宝玉、黛玉和大观园一众女子的悲剧命运。

经过"宝玉读书""晴雯撕扇""晴雯补裘"等一系列事件的铺垫，贾宝玉和晴雯之间的关系愈加亲密。在怡红院一众丫鬟中，晴雯的地位自不如袭人，却也远高于其他丫鬟之上，如无大的差错估计也能如袭人一般谋得侍妾、姨娘之位。但她的心思却不在此，表面上晴雯飞扬跋扈，不拘礼教，但她却并未做出出格之举，倒是虚担了勾引宝玉的虚名。反而是看着安分守己的袭人监守自盗，与宝玉偷试云雨。身为怡红院第一丫鬟的袭人，不仅与宝玉有肌肤之亲，亦深得宝玉之心，然未脱离主仆的身份之碍，只能称之为肉体的苟且，不能达到精神上的共鸣。晴雯则不同于袭人，她自始至终都没有把自己放到奴仆的地位上来对宝玉及王夫人等奉承迎合，而是将自己放置与宝玉对等的地位进行心灵上的交流。袭人心系宝玉但掺杂了太多的个人利益和筹谋，终是被算计捆住了手脚。晴雯心系宝玉却是心无杂念的为宝玉着想，故在贾政要检查宝玉读书的前夜，想出被惊吓的好主意，使宝玉躲过贾政的责骂；在宝玉烧坏贾母所赐孔雀裘之时，顶着病躯熬夜为宝玉修补，又使宝玉躲过一场责骂。因此，她与宝玉的交流中，少了些卑躬屈膝，多了些据理力争，而这也正是宝玉所缺乏和追求的。袭人挨宝玉一脚只得受着，晴雯则连损带骂地抢白了宝玉和袭人，并将二人的苟且大白于天下，气黄了脸的宝玉也只能赔笑认罪，还拾掇些扇子供她撕了才算了事。晴雯固然刁蛮刻薄，嘴不饶人，难协时俗，故为贾府一众的夫人、婆子所忌惮，但唯在她身上才具有无欲则刚的自由。她虽然身居下贱，但她骨子里是高傲的，是叛逆的，她敢于跟她不满的任何人和事作斗争，而这种斗争甚至是不计后果的。这是为宝玉所仰慕和欣赏的。

然而可悲的是，心比天高的晴雯终是敌不过王夫人的强权，寻个由头就被赶出了贾府，孤苦凄凉地惨死于表哥多浑虫的破屋中。幸宝玉心系身居下贱的晴雯，冒夜前往探望，亲自斟茶与她，使遭受冤屈的晴雯得以在临死之前与宝玉诉冤屈、换夹袄，用尽全身的力气做出了生命最后的抗争。宝玉痛悼晴雯之死，作《芙蓉诔》赞美了她的高洁品格，哀叹她遭受的冤屈，追诉他们的往日情谊，表达了对她的深挚哀悼，激发了他身上的抗争属性。

《儒林外史》

吴敬梓

马秀才山洞遇神仙（节选）

次日，马二先生来辞别，要往杭州。公孙道："长兄先生，才得相聚，为甚么便要去？"马二先生道："我原在杭州选书，因这文海楼请我来选这一部书，今已选完，在此就没事了。"公孙道："选书已完，何不搬来我小斋住着，早晚请教。"马二先生道："你此时还不是养客的时候。况且杭州各书店里等着我选考卷，还有些未了的事，没奈何只得要去。倒是先生得闲来西湖上走走。那西湖山光水色，颇可以添文思。"公孙不能相强，要留他办酒席饯行。马二先生道："还要到别的朋友家告别。"说罢去了，公孙送了出来。到次日，公孙封了二两银子，备了些熏肉小菜，亲自到文海楼来送行，要了两部新选的墨卷回去[1]。

马二先生上船一直来到断河头，问文瀚楼的书坊，乃是文海楼一家，到那里去住。住了几日，没有甚么文章选，腰里带了几个钱，要到西湖上走走。

这西湖乃是天下第一个真山真水的景致。且不说那灵隐的幽深[2]，天竺的清雅[3]，只这出了钱塘门[4]，过圣因寺[5]，上了苏堤[6]，中间是金沙港，转过去就望见雷峰塔，到了净慈寺[7]，有十多里路，真乃五步一楼，十步一阁，一处是金粉楼台，一处是竹篱茅舍，一处是桃柳争妍，一处是桑麻遍野。那些卖酒的青帘高扬，卖茶的红炭满炉，士女游人，络绎不绝，真不数"三十六家花酒店，七十二座管弦楼"。

马二先生独自一个，带了几个钱，步出钱塘门，在茶亭里吃了几碗茶，到西湖沿上牌楼跟前坐下。见那一船一船乡下妇女来烧香的，都梳着挑鬓头[8]，也有穿蓝的，也有穿青绿衣裳的，年纪小的都穿些红绸单裙子。也有模样生的好些的，都是一个大团白脸，两个大高颧骨；也有许多疤、麻、疥、癞的。一顿饭时，就来了有五六船。那些后面都跟着自己的汉子，捎着一把伞[9]，手里拿着一个衣包，上了岸散往各庙里去了。马二先生看了一遍，不在意里，起来又走了里把多路。望着湖沿上接连着几个酒店，挂着透肥的羊肉，柜合上盘子里盛着滚热的蹄子、海参、糟鸭、鲜鱼，锅里煮着馄饨，蒸笼上蒸着极大的馒头。马二先生没有钱买了吃，喉咙里咽唾沫，只得走进一个面店，十六个钱吃了一碗面。肚里不饱，又走到间壁一个茶室吃了一碗茶，买了两个钱处片嚼嚼[10]，倒觉得有些滋味。吃完了出来，看见西湖沿上柳阴下系着两只船，那船上女客在那里换衣裳，一个脱去元色外套[11]，换了一件水田披风；一个脱去天青外套[12]，换了一件玉色绣的八团衣服[13]；一个中年的脱去宝蓝缎衫，换了一件天青缎二色金的绣衫。那些跟从的女客，十几个人也都换了衣裳。这三位女客，一位跟前一个丫鬟，手持黑纱团香扇替他遮着日头，缓步上岸，那头上珍珠的白光，直射多远，裙上环佩丁了当当的响。马二先生低着头走了过去，不曾仰视。往前走过了六桥，转个弯，便象些村乡地方，又有人家的棺材厝基[14]，中间走了一二里多路，走也走不清，甚是可厌。马二先生欲待回家，遇着一走路的，问道："前面可还有好顽的所在？"那人道："转过去便是净慈、雷峰，怎么不好顽？"马二先生又往前走。走到半里路，见一座楼台盖在水中间，隔着一道板桥，马二先生从桥上走过去，门口也是个茶室，吃了一碗茶。里面的门锁着，马二先生要进去看，管门的问他要了一个钱，开了门放进去。里面是三间大楼，楼上供的是仁宗皇帝的御书，马二先生吓了一跳，慌忙整一整头巾，理一理宝蓝直裰[15]，在靴桶内拿出一把扇子来当了笏板[16]，恭恭敬敬朝着楼上，扬尘舞蹈，拜了五拜[17]。拜毕起来，定一定神，照旧在茶桌子上坐下。傍边有个花园，卖茶的人说是布政司房里的人在此请客[18]，不好进去。那厨旁却在外面，那热汤汤的燕窝、海参，一碗碗在跟前捧过去，马二先生又羡慕了一番。出来过了雷峰，远远望见高高下下许多房子，盖着琉璃瓦，曲曲折折无数的朱红栏杆。马二先生走到跟前，看见一个极高的山门，一个直匾，金字，上写着"敕赐净慈禅寺"。山门傍边一个小门，马二先生走了进去，一个大宽展的院落，地下都是水磨的砖，才进二道山门，两边廊上都是几十层极高的阶级。那些富贵人家的女客，成群逐队，里里外外，来往不绝，都穿的是锦绣衣服，风吹起来，身上的香一阵阵的扑人鼻子。马二先生身子又长，戴一顶高方巾[19]，一幅乌黑的脸，拱着个肚子，穿着一双厚底破靴，横着身子乱跑，只管在人窝子里撞[20]。女人也不看他，他也不看女人。前前后后跑了一交，又出来坐在那茶亭内，——上面一个横匾，金书"南屏"两字，——吃了一碗茶。柜上摆着许多碟子：橘饼、芝麻糖、粽子、烧饼、处片、黑枣、煮栗子。马二先生每样买了几个钱的，不论好歹，吃了一饱。马二先生也倦了，直着脚跑进清波门 [21]，到了下处关门睡了 [22]。因为走多了路，在下处睡了一天。

第三日起来，要到城隍山走走。城隍山就是吴山，就在城中，马二先生走不多远，已到了山脚下。望着几十层阶级，走了上去，横过来又是几十层阶级，马二先生一气走上，不觉气喘。看见一个大庙门前卖茶，吃了一碗。进去见是吴相国伍公之庙，马二先生作了个揖，逐细的把匾联看了一遍，又走上去，就象没有路的一般，左边一个门，门上钉着一个匾，匾上"片石居"三个字，里面也象是个花园，有些楼阁。马二先生步了进去，看见窗棂关着 [23]，马二先生在门外望里张了一张，见几个人围着一张桌子，摆着一座香炉，众人围着，象是请仙的意思。马二先生想道："这是他们请仙判断功名大事，我也进去问一问。"站了一会，望见那人磕头起来，傍边人道："请了一个才女来了。"马二先生听了暗笑。又一会，一个问道："可是李清照？"又一个问道："可是苏若兰？"又一个拍手道："原来是朱淑贞 [24]！"马二先生道："这些甚么人？料想不是管功名的了，我不如去罢。"又转过两个弯，上了几层阶级，只见平坦的一条大街，左边靠着山，一路有几个庙宇；右边一路，一间一间的房子，都有两进。屋后一进窗子大开着，空空阔阔，一眼隐隐望得见钱塘江。那房子：也有卖酒的，也有卖耍货的 [25]，也有卖饺儿的，也有卖面的，也有卖茶的，也有测字算命的。庙门口都摆的是茶桌子。这一条街，单是卖茶就有三十多处，十分热闹。

马二先生正走着，见茶铺子里一个油头粉面的女人招呼他吃茶，马二先生别转头来就走，到间壁一个茶室泡了一碗茶，看见有卖的襄衣饼，叫打了十二个钱的饼吃了，略觉有些意思。走上去，一个大庙，甚是巍峨，便是城隍庙。他便一直走进去，瞻仰了一番。过了城隍庙，又是一个弯，又是一条小街，街上酒楼、面店都有，还有几个簇新的书店。店里帖着报单，上写："处州马纯上先生精选《三科程墨持运》于此发卖。"马二先生见了欢喜，走进书店坐坐，取过一本来看，问个价钱，又问："这书可还行？"书店人道："墨卷只行得一时，那里比得古书。"马二先生起身出来，因略歇了一歇脚，就又往上走。过这一条街，上面无房子了，是极高的个山冈，一步步上去走到山冈上，左边望着钱塘江，明明白白。那日江上无风，水平如镜，过江的船，船上有轿子，都看得明白。再走上些，右边又看得见西湖，雷峰一带、湖心亭都望见，那西湖里打鱼船，一个一个如小鸭子浮在水面。马二先生心旷神怡，只管走了上去，又看见一个大庙门前摆着茶桌子卖茶，马二先生两脚酸了，且坐吃茶。吃着，两边一望，一边是江，一边是湖，又有那山色一转围着，又遥见隔江的山，高高低低，忽隐忽现。马二先生叹道："真乃'载华岳而不重，振河海而不泄，万物载焉[26]'！"吃了两碗茶，肚里正饿，思量要回去路上吃饭，恰好一个乡里人捧着许多烫面薄饼来卖，又有一篮子煮熟的牛肉，马二先生大喜，买了几十文饼和牛肉，就在茶桌子上尽兴一吃。吃得饱了，自思趁着饱再上去。

走上一箭多路，只见左边一条小径，莽榛蔓草，两边拥塞。马二先生照着这条路走去，见那玲珑怪石，千奇万状。钻进一个石罅[27]，见石壁上多少名人题咏，马二先生也不看他。过了一个小石桥，照着那极窄的石磴走上去[28]，又是一座大庙，又有一座石桥，甚不好走。马二先生攀藤附葛，走过桥去。见是个小小的祠宇，上有匾额，写着"丁仙之祠"。马二先生走进去，见中间塑一个仙人，左边一个仙鹤，右边竖着一座二十个字的碑。马二先生见有签筒，思量："我困在此处，何不求个签，问问吉凶？"正要上前展拜，只听得背后一人道："若要发财，何不问我？"马二先生回头一看，见祠门口立着一个人，身长八尺，头戴方巾，身穿茧绸直裰，左手自理着腰里丝绦，右手挂着龙头拐杖，一部大白须直垂过脐，飘飘有神仙之表。只因遇着这个人，有分教：慷慨仗义，银钱去而复来；广结交游，人物久而愈盛。

——选自李汉秋辑校《儒林外史会校会评本》，上海古籍出版社 1984 年版

【作者简介】

吴敬梓（1701—1754），字敏轩，晚年自号"文木老人"，安徽全椒人，后移

至江苏南京秦淮河畔，故又称"秦淮寓客"。吴敬梓从小便过继给了伯父吴霖起，在吴霖起的监护下学习，打下了坚实的文学基础。吴霖起第辞江苏赣榆县教谕归家不久病故，留下了丰厚的遗产，但族人欺他是嗣子，势单力孤，蓄意加以侵夺。吴敬梓因此体会了人情冷暖、世态炎凉，与家族决裂，并开始报复性挥霍家产，祖传遗产数年间就被挥霍一空，被乡里视为"败家子"而"传为子弟戒"。而且他几次乡试都没有考中，也遭到族人和亲友的歧视，便举家搬到了南京。到南京以后，家境虽已很困窘，但他仍过着豪放倜傥的生活，与四方文酒之士交游。晚年靠卖文和朋友接济过活，困苦潦倒至于"囊无一钱守，腹作于雷鸣""近闻典衣尽，灶突无烟青"的地步。吴敬梓家自其曾祖、父辈仅进士、举人就出了 15 个，可谓科甲鼎盛，家门显赫。而吴敬梓自于二十岁时考上了秀才，此后一直未中，便逐渐对仕途失去了兴趣。三十六岁时，安徽巡抚赵国麟推荐他入京应"博学鸿词"科考试，他也称病不去。吴敬梓将他对人情冷暖的认知和对科举考试的反思，溶注到《儒林外史》的创作中，以讽刺的手法塑造了科举制度下的文人图谱，揭示了科举考试对士人的摧残，表达了对理想文人志士的追求。

【注释】

[1] 墨卷：科举时代考试中应试者的原卷。

[2] 灵隐：山峰名，位于浙江省杭州市西湖西北面，以所建灵隐寺闻名遐迩。

[3] 天竺：山峰名，西湖群山的主峰，在浙江省杭州市西湖的西南面。

[4] 钱塘门：杭州西城门之一，门外多佛寺，往灵隐、天竺进香多走此门。

[5] 圣因寺：杭州古刹之一，位于杭州孤山山麓。

[6] 苏堤：又称"苏公堤"，在西湖的西南面，是"西湖十景"之首。

[7] 净慈寺：位于浙江省杭州市的西湖南岸，雷峰塔对面，是西湖"四大古刹"之一。

[8] 挑鬓头：旧时女子以骨针支两鬓，使两边隆起的发式。

[9] 掮（qián）：用肩扛。

[10] 处片：旧时处州（今浙江丽水一带）出产的笋片、笋干。

[11] 元色：即玄色、黑色。康熙年间因避玄烨名讳改为"元"。

[12] 天青：深黑而微红的颜色。

[13] 玉色：淡青色。

[14] 厝（cuò）基：指棺木未入土安葬前，用土或砖封在棺椁外。

[15] 直裰：男子穿用的对襟袍子。初时僧侣道人多用之，宋代文士亦常穿用，明清样式有所变化，多用于士庶男子。

[16] 笏（hù）板：又称"手板""玉板""朝板"，古代官员上殿面圣时的所持，具有记录功能。

[17] 五拜：明清朝拜时的五拜三叩之礼。

[18] 布政司：官署名，即布政使司衙门，清朝布政使成为巡抚属官，专管一省的民政、财政、官员考核等。

[19] 方巾：文人、处士所戴的方形软帽。

[20] 人窝子：人站立的地方。

[21] 清波门：杭州西城门之一，濒临西湖东南。

[22] 下处：临时歇息的地方。

[23] 窗棂：窗格。

[24] 李清照、苏若兰、朱淑贞：皆是著名的才女。李清照：号易安居士，宋代著名女词人，有"千古第一才女"之称。苏若兰：即苏蕙，字若兰，魏晋三大才女之一，以织锦《回文旋玑图诗》著名。朱淑贞：号幽栖居士，宋代著名女词人，与李清照齐名。

[25] 耍货：玩具。

[26] "载华岳"句：语出《中庸》。此语含讽刺马二先生见西湖美景能想起的唯有科举考试的四书五经的事，与上文"添文思"相呼应，含讽刺之意。

[27] 罅（xià）：裂缝。

[28] 石磴：石台阶。

【作品要解】

《儒林外史》以明代为社会背景，通过一个个相对独立又相互串联的故事，绘制了科举制度下的文人图谱，揭露了士大夫被扭曲的生活和精神状态，官吏乡绅的昏聩、专横、吝啬、刻薄，附庸风雅之人的游手好闲、卑劣虚伪。吴敬梓用细节刻画和夸张描写，活画出了一幅儒生图，许多读书人都从中看到了自己的影子，对自己的命运悲叹万分。

本文节选自《儒林外史》的十四回，刻画了八股选家马二先生的典型形象。马二先生原名马纯上，热衷举业但屡试不第，遂以选书为生，在书店看到自己编选的《三科墨程持运》不禁心生欢喜。他是科举制度的忠实信徒，曾言"人生世上，除了这事，就没有第二件可以出头。不要说算命、拆字是下等，就是教馆、作幕，都不是个了局。只是有本事进了学，中了举人、进士，即刻就荣宗耀祖"。他同时也是科举制度的牺牲品，他不同于一些以举业作为敲门砖的举人，而是发自肺腑地、心无旁骛地醉心于此，并因此失去了生活的乐趣。文中马二先生游玩于秀美的西湖，但西湖的景致丝毫激不起他的兴趣，倒是被酒店里透肥的羊肉，滚热的蹄子、海参、糟鸭、鲜鱼，锅里煮的馄饨，蒸笼上的馒头诱惑得口水直流，艳羡于布政司食用的燕窝、海参。长着一幅乌黑的脸，拽着个大肚子，戴一顶高方巾，穿着一双厚底破靴的马二先生，明明被身着元色外套、水田披风、玉色八团服、天青缎二色金绣衫等各种漂亮服饰的女客迷得眼花缭乱，但却不敢正视，只是低着头横冲直撞于人群中，显得滑稽而卑微。偶见皇帝的墨迹忙不迭地磕头下拜，遇见测字算命的便想测测文运，但却丝毫不知晓以文闻名的诸才女。观赏西湖美景，搜肠刮肚地寻求赞美之词，却只摘说了几句八股试第的四书之语，还与时、景驴唇不对马嘴，不禁让人哑然。文章的描写看似漫不经心，但通过对西湖美景、缤纷女客、饕餮美食的反复皴染中，与贫穷落魄的马二先生的数次吃茶和随便挑拣的吃食，形成强烈的对比，揭露马二先生在科举制度的摧残下其思想的迂腐和心灵的枯朽，在滑稽中透着深沉的悲哀。

《官场现形记》

李宝嘉

藩司卖缺兄弟失和　县令贪赃主仆同恶

却说三荷包回到衙内，见了他哥问起："那事怎么样了？"三荷包道："不要说起，这事闹坏了！大哥，你另外委别人罢，这件事看上去不会成功。"藩台一听这话，一盆冷水从头顶心浇了下来，呆了半晌，问："到底是谁闹坏的？由我讨价，就由他还价。他还过价，我不依他，他再走也还像句话。那里能够他说二千就是二千，全盘都依了他？不如这个藩台让给他做，也不必来找我了。你们兄弟好几房人，都靠着我老大哥一个替你们一房房的成亲，还要一个个的捐官。老三，不是我做大哥的说句不中听的话：这点事情也是为的大家，你做兄弟的就是替我出点力也不为过，怎么叫你去说说就不成功呢？况且姓倪的那里，我们司里多少银子在他那里出出进进，又不要他大利钱，他也有得赚了。为着这一点点他就拿把 [1]，我看来也不是甚么有良心的东西！"

原来三荷包进来的时候，本想做个反跌文章 [2]，先说个不成功，好等他哥来还价，他用的是"引船就岸"的计策。先看了他哥的样子，后来又说什么由他还价，三荷包听了满心欢喜，心想这可由我杀价，这叫做"里外两赚"。及至听到后一半，被他哥埋怨了这一大篇，不觉老羞成怒。

本来三荷包在他哥面前一向是极循谨的 [3]，如今受他这一番排揎 [4]，以为被他看出隐情，听他容身天地，不禁一时火起，就对着他哥发话道："大哥，你别这们说。你要这们一说，咱们兄弟的帐，索性大家算一算。"何藩台道："你说甚么？"三荷包道："算帐！"何藩台道："算甚么帐？"三荷包道："算分家帐！"何藩台听了，"哼哼"冷笑两声道："老三，还有你二哥、四弟，连你弟兄三个，那一个不是在我手里长大的？还要同我算帐？"三荷包道："我知道。爸爸不在的时候，共总剩下也有十来万银子。先是你捐知县，捐了一万多，弄到一个实缺。不上三年，老太太去世，丁艰下来 [5]，又从家里搬出二万多，弥补亏空：你自己名下的，早已用过头了。从此以后，坐吃山空，你的人口又多，等到服满^[6]，又该人家一万多两。凭空里知县不做了，忽然想要高升，捐甚么知府，连引见走门子，又是二万多。到省之后，当了三年的厘局总办^[7]，在人家总可以剩两个，谁知你还是叫苦连天，论不定是真穷还是装穷。候补知府做了一阵子，又厌烦了，又要过甚么班。八千两银子买一个密保^[8]，送部引见；又是三万两，买到这个盐道：那一注不是我们三个的钱。就是替我们成亲，替我们捐官，我们用的只好算是用的利钱，何曾动到正本。现在我们用的是自家的钱，用不着你来卖好！甚么娶亲，甚么捐官，你要不管尽管不管，只要还我们的钱！我们有钱，还怕娶不得亲，捐不得官！"何藩台听了这话，气得脸似冬瓜一般的青了，一只手绺着胡子^[9]，坐在那里发愣，一声也不言语。

三荷包见他哥无话可说，索性高谈阔论起来。一头说，一头走，背着手，仰着头，在地下踱来踱去。只听他讲道："现在莫说家务，就是我做兄弟的替你经手的事情，你算一算：玉山的王梦梅，是个一万二；萍乡的周小辫子八千；新昌胡子根六千；上饶莫桂英五千五；吉水陆子龄五千；庐陵黄霭甫六千四；新畲赵苓州四千五；新建王尔梅三千五；南昌蒋大化三千；铅山孔庆辂、武陵卢子庭，都是二千；还有些一千、八百的，一时也记不清，至少亦有二三十注，我笔笔都有帐的。这些钱，不是我兄弟替你帮忙，请教那里来呢？说说好听，同我二八、三七，拿进来的钱可是不少，几时看见你半个沙壳子漏在我手里？如今倒同我算起帐来了。我们索性算算清。算不明白，就到南昌县里，叫蒋大化替我们分派分派。蒋大化再办不了，还有首府、首道。再不然，还有抚台，就是京控亦不要紧^[10]。我到那里，你就跟我到那里。要晓得兄弟也不是好欺侮的！"

三荷包越说越得意，把个藩台白瞪着眼，只是吹胡子，在那里气得索索的抖。楞了好半天，才喘吁吁的说道："我也不要做这官了！大家落拓大家穷，我辛辛苦苦，为的那一项？爽性自己兄弟也不拿我当作人，我这人生在世上还有甚么趣味！不如剃了头发当和尚去，还落个清静！"三荷包说道："你辛辛苦苦，到底为的那一项？横竖总不是为的别人。你说兄弟不拿你当人，你就该应摆出做哥子的款来！你不做官，你要做和尚，横竖随你自家的便，与旁人毫不相干。"

何藩台听了这话，越想越气。本来躺在床上抽大烟，站起身来，把烟枪一丢，"豁琅"一声，打碎一只茶碗，泼了一床的茶，褥子潮了一大块。三荷包见他来的凶猛，只当是他哥动手要打他。说时迟，那进快，他便把马褂一脱，卷了卷袖子，一个老虎势，望他哥怀里扑将来。何藩台初意丢掉烟枪之后，原想奔出去找师爷，替他打禀帖给抚台告病[11]。今见兄弟撒起泼来，一面竭力抵挡，一面嘴里说："你打死我罢！"

起先他兄弟俩斗嘴的时候，一众家人都在外间，静悄悄的不敢则声。等到后头闹大了，就有几个年纪大些的二爷进来相劝老爷放手。一个从身后抱住三老爷，想把他拖开，谁知用了多大的力也拖不开。还有几个小跟班，不敢进来劝，立刻奔到后堂告诉太太说："老爷同了三老爷打架，拉着辫子不放。"太太听了，这一吓非同小可！也不及穿裙子，也不要老妈子搀，独自一个奔到花厅。众跟班看见，连忙打帘子让太太进去。只见他哥儿俩还是揪在一块，不曾分开。太太急得没法，拚着自己身体，奔向前去，使尽生平气力，想拉开他两个。那里拉得动？一个说："你打死我罢！"一个说："要死死在一块儿！"太太急得淌眼泪说："到底怎么样！"嘴里如此说，心上到底帮着自己的丈夫，竭力的把他丈夫往旁边拉。何藩台一看太太这个样子，心早已软了，连忙一松手，往旁边一张椅子上坐下。

那三荷包却不提防他哥此刻松手，仍旧使着全副气力往前直顶。等到他哥坐下，他却扑了一个空，齐头拿头顶在他嫂子肚皮上。他嫂子是女人，又有了三个月的身孕，本是没有气力的，被他叔子一头撞来，刚正撞在肚皮上。只听得太太"啊唷"一声，跟手"咕咚"一声[12]，就跌在地下。三荷包也爬下了，刚刚磕在太太身上。

何藩台看了，又气又急："气的是兄弟不讲理，急的是太太有了三个月的身孕，自己已经一把胡子的人了，这个填房太太是去年娶的[13]，如今才有了喜，倘或因此小产，那可不是玩的。"当时也就顾不得别了，只好亲自过来，一手把兄弟拉起，却用两只手去拉他太太。谁知拉死拉不起。只见太太坐在地下，一手摸着肚皮，一手托着腮，低着头，闭着眼，皱着眉头，那头上的汗珠子比黄豆还大。何藩台问他怎样，只是摇头说不出话。何藩台发急道："真正不知道我是那一辈子造下的孽，碰着你们这些孽障！"三荷包见此光景，搭讪着就溜之乎也。

起先太太出来的时候，另外有个小底下人奔到外面声张起来，说："老爷同三老爷打架，你们众位师爷不去劝劝？"顷刻间，各位师爷都得了信，还有官亲大舅太爷、二舅老爷、姑老爷、外孙少爷、本家叔大爷、二老爷、侄少爷，约齐好了，到签押房里去劝和[14]。走进外间，跟班回说："太太在里头。"于是大家缩住了脚，不便进去。几个本家也是客气的，一齐站在外间听信。后首听见三老爷把太太撞倒，太太"啊唷"一声，大家就知道这事越闹越大，连劝打的人也打在里头了。跟手看见三老爷掀帘子出来，大家接着齐问他甚么事。三老爷因见几个长辈在跟前，也不好说自己的是，也不好说他哥的不是，但听得说了一声道："咱们兄弟的事，说来话长。我的气已受够了，还说他做甚！"说罢了这一句，便一溜烟外面去了。这里众人依旧摸不着头脑。后来帐房师爷同着本家二老爷，向值签押房的跟班细细的问了一遍，方知就里。

二老爷还要接着问别的，只听得里面太太又在那里"啊唷啊唷"的喊个不住。想是刚才闪了力了，论不定还是三老爷把他撞坏的。大家都知这太太有了三个月的喜，怕的是小产。外间几个人正在那里议论，又听得何藩台一叠连声的叫人去喊收生婆，又在那里骂上房里的老妈子："都死绝了，怎么一个都不出来？"众跟班听得主人动气，连忙分头去叫。

不多一刻，姨太太、小姐带了众老妈，已经走到屏门背后，于是众位师爷只好回避出去。姨太太、小姐带领三、四个老妈进来，又被何藩台骂了一顿，大家不敢做声。好容易五、六个人拿个太太连抬带扛，把他弄了进去。何藩台也跟进上房，眼看着把太太扶到床上躺下。问他怎样，也说不出怎样。

何藩台便叫人到官医局里请张聋子张老爷前来看脉。张聋子立刻穿着衣帽，来到藩司衙门，先落官厅，手本传进，等到号房出来[15]，说了一声"请"，方才跟着进去。走到宅门号房站住，便是执帖二爷领他进去。张聋子同这二爷，先陪着笑脸，寒暄了几句，不知不觉领到上房。何藩台从房里迎到外间，连说："劳驾得很！……"张聋子见面先行官礼，请了一个安，便说："宪太太欠安，卑职应得早来伺候。"何藩台当即让他坐下，把病源细细说了一遍。

不多一刻，老妈出来相请，何藩台随让他同进房间，只见上面放着帐子。张聋子知道太太睡在床上，不便行礼，只说一句"请太太的安"，帐子里面也不则声，倒是何藩台同他客气了一句。他便侧着身子，在床面前一张凳子上坐下。叫老妈把太太的右手请了出来，放在三本书上，他却闭着眼，低着头，用三个指头按准寸、关、尺三步脉位[16]，足足把了一刻钟的时候。一只把完，又把那一只左手换了出来，照样把了半天。然后叫老妈去看太太的舌苔。何藩台恐怕老妈靠不住，点了个火，袅开帐子[17]，让张聋子亲自来看。张聋子立刻站了起来，只些微的一看，就叫把帐子放下，嘴里说："冒了风不是顽的！"说完这句话，仍由何藩台陪着到外间开方子。

　　张聋子说："太太的病本来是郁怒伤肝，又闪了一点力，略略动了胎气。看来还不要紧。"于是开了一张方子，无非是白术、子芩、川连、黑山栀之类。写好之后，递给了何藩台，嘴里说："卑职不懂得甚么，总求大人指教。"何藩台接过，看了一遍，连说："高明得很！……"又见方子后面另外注着一行小字，道是"委办官医局提调[18]、江西试用通判张聪谨拟[19]"十七个字。何藩台看过一笑，就交给跟班的拿折子赶紧去撮药[20]。这里张聋子也就起身告辞。少停撮药的回来照方煎服。不到半个钟头，居然太太的肚皮也不痛了。何藩台方才放心。

　　只因这事是他兄弟闹的，太太虽然病不妨事，但他兄弟始终不肯服软，这事情总得有个下场。到了第二天，何藩台便上院请了两天假，推说是感冒，其实是坐在家里生气。三荷包也不睬他，把他气的越发火上加油，只好虚张声势，到签押房里，请师爷打禀帖给护院，替他告病，说："我这官一定不要做了！我辛辛苦苦做了这几年官，连个奴才还不如，我又何苦来呢！"那师爷不肯动笔，他还作揖打恭的求他快写。

　　师爷急了，只好同伺候签押房的二爷咬了个耳朵，叫他把合衙门的师爷，什么舅太爷、叔太爷，通通请来相劝。不消一刻，一齐来了。当下七嘴八舌，言来语去。起先何藩台咬定牙齿不答应。亏得一个舅太爷，一个叔太爷，两个老人家心上有主意，齐说："这事情是老三不是，总得叫他来下个礼，赔个罪，才好消这口气。"何藩台道："不要叫他，那不折死了我吗？"舅太爷道："我舅舅的话他敢不听！"便拉了叔太爷，一同出去找三荷包。

三荷包是一向在衙门里管帐房的，虽说是他舅舅、他叔叔，平时不免总有仰仗他的地方，所以见面之后，少不得还要拍马屁。当下舅太爷虽然当着何藩台说"我舅舅的话他敢不听"，其实两个人到了帐房里来，一见三荷包，依旧是眉花眼笑，下气柔声。舅太爷拖长了嗓子，叫了一声"老贤甥"，底下好像有多少话似的，一句也说不出口。

三荷包却已看出来意，便说："不是说要告病吗？他拿这个压制我，我却不怕。等他告准了，我再同他算帐。"舅太爷道："不是这们说，你们总是亲兄弟。现在不说别的，总算是你让他的。你帮着他这几多年，辛辛苦苦管了这个帐，替他外头张罗，他并不是不知道好歹，不过为的是不久就要交卸，心上有点不高兴，彼此就顶撞起来。"三荷包道："我顶撞他什么？如果是我先顶撞了他，该剐该杀，听凭他办。"舅太爷道："我何曾派老贤甥的不是！不过他是个老大哥，你总看手足分上，拚着我这老脸，替你两人打个圆场，完了这桩事。"叔太爷也帮着如此说。——他叔叔却不称他为"老贤侄"，比舅太爷还要恭敬，竟其口口声声的叫"三爷"。

三荷包听了，心想：这事总要有个收篷[21]倘若这事弄僵了，他的二千不必说，还有我的五百头，岂不白便宜了别人？想好主意，便对他舅舅、叔叔说道："我做事不要瞒人。他若是有我兄弟在心上，这桩口舌是非原是为九江府起的。"便如此这般的，把卖缺一事，白头至尾，说了一遍。两人齐说："那是我们知道的。"三荷包道："要他答应了人家二千，我就同他讲和。倘若还要摆他的臭架子，叫他把我名下应该分的家当，立刻算还了给我，我立刻滚蛋。叫他从今以后，也不要认我兄弟。"舅太爷道："说那里话来！一切事情都在娘舅身上。你说二千就是二千，我舅舅叫他只准要二千，他敢不听？"说着，便同叔太爷一边一个，拉着三荷包到签押房来。

跟班的看见三老爷来了，连忙打帘子。当下舅太爷、叔太爷，一个在前，一个在后，把个三荷包夹在中间。三荷包走进房门，只见一屋子的人都站起来招呼他，独有他哥还是直挺挺的坐在椅子上不动。三荷包看了，不免又添上些气。亏得舅太爷老脸，说又说得出，做又做得出，一手拉着三荷包的手，跑到何藩台面前说："自家兄弟有什么说不了的事情，叫人家瞧着替你俩担心？我从昨天到如今，为着你俩没有好好的吃一顿饭。老三，你过来，你做兄弟的，说不得先走上去叫一声大哥。弟兄和和气气，这事不就完了吗？"

三荷包此时虽是满肚皮的不愿意，也是没法，只得板着脸，硬着头，狠蹶蹶的叫了声"大哥"。何藩台还没答腔，舅老爷已经张开两撇黄胡子的嘴，哈哈大笑道："好了，好了！你兄弟照常一样，我的饭也吃的下了。"

说到这里，何藩台正想当着众人发落他兄弟两句，好光光自己的脸，忽见执帖门上来回："新任玉山县王梦梅王大老爷禀辞、禀见。"这个人可巧是三荷包经手，拿过他一万二千块的一个大主顾，今天因要赴任，特来禀辞。何藩台见了手本[22]，回心转念，想到这是自家兄弟的好处，不知不觉，那面上的气色就和平了许多。一面换了衣服出去，一面回头对三荷包道："我要会客，你在这里陪陪诸位罢。"大家齐说："好了，我们也要散了。"说着，舅太爷、叔太爷，同着众位师爷一哄而散。何藩台自己出来会客。

原来这位新挂牌的玉山县王梦梅，本是一个做官好手。上半年在那里办过几个月厘局，不该应要钱的心太狠了[23]，直弄得民怨沸腾，有无数商人来省上控。牙厘局的总办立刻详院[24]，将他一面撤委[25]，一面提集司事巡丁到省质讯[26]。后来查明是他不合纵容司、巡，任情需索。幸得宪恩高厚，只把司、巡办掉几个，又把他详院，记大过三次，停委一年，将此事敷衍过去。可巧何藩台署了藩司，约摸将交卸的一个月前头，得到不久就要回任的信息，他便大开山门，四方募化。又有个兄弟做了帮手，竭意招徕。只要不惜重赏，便尔有求必应。王梦梅晓得了这条门路，便转辗托人先请三荷包吃了两台花酒。齐巧有一天是三荷包的生日，他便借此为名，送了三四百两银子的寿礼，就在婊子家弄了一本戏，叫了几台酒，聚集了一班狐群狗党，替三荷包庆了一天寿。这天直把三荷包乐得不可开交，就此与王梦梅做了一个知己。可巧前任玉山县因案撤省[27]，这玉山是江西著名的好缺，他便找到三荷包，情愿孝敬洋钱一万块，把他署理这缺。三荷包就进去替他说合。何藩台说他是停委的人，现在要破例委他，这个数还觉着嫌少。说来说去，又添了二千。王梦梅又私自送了三荷包二千的银票。三荷包一手接票子，一面嘴里说："咱弟兄还要这个吗？"等到这句话说完，票子已到他怀里去了。

究竟这王梦梅只办过一趟厘局，而且未曾终局，半路撤回，回省之后，还还帐，应酬应酬，再贴补些与那替他当灾的巡丁、司事，就是钱再多些，到此也就有限了。此番买缺，幸亏得他有个钱庄上的朋友替他借了三千。他又弄到一个带肚子的师爷[28]，一个带肚子的二爷，每人三千，说明到任之后，一个管帐房，一个做稿案：三注共得九千。下余的四五千多是自己凑的。这日因为就要上任，前来禀辞，乃是官样文章，不必细述。

王梦梅辞过上司，别过同寅，带领家眷，与所有的幕友、家丁，一直上任而去，在路非止一日。将到玉山的头一天，先有红谕下去[29]，便见本县书差前来迎接。王梦梅的意思，为着目下乃是收漕的时候，一时一刻都不能耽误的。原想到的那一天就要接印，谁知到的晚了，已有上灯时分。把他急的暴跳如雷，恨不得立时就把印抢了过来。亏得钱谷上老夫子前来解劝[30]，说："今天天色已晚，就是有人来完钱粮漕米，也总要等到明天天亮，黑了天是不收的，不如明天一早接印的好。"王梦梅听了他言，方始无话。却是这一夜不曾合眼。约摸有四更时分便已起身，怕的是误了天亮接印，把漕米钱粮被前任收了去。等到人齐，把他抬到衙门里去，那太阳已经在墙上了。拜印之后，升座公案，便是典史参堂，书差叩贺，照例公事，话休絮烦。

且说他前任的县官本是个进士出身，人是长厚一路，性情却极和平，惟于听断上稍欠明白些[31]。因此上宪甄别属员本内，就轻轻替他出了几句考语，说他是"听断糊涂，难膺民社[32]。惟系进士出身，文理尚优，请以教谕归部铨选[33]"。本章上去，那军机处拟旨的章京向来是一字不易的[34]，照着批了下来。省里先得电报，随后部文到来。偏偏这王梦梅做了手脚，弄到此缺。王梦梅这边接印，那前任当日就把家眷搬出衙门，好让给新任进去。自己算清了交代，便自回省不题。

且说王梦梅到任之后，别的犹可，倒是他那一个帐房，一个稿案[35]，都是带肚子的，凡百事情总想挟制本官。起初不过有点呼应不灵，到得后来，渐渐的这个官竟像他二人做的一样。王梦梅有个侄少爷：这人也在衙门里帮着管帐房，肚里却还明白。看看苗头不对，便对他叔子说："自从我们接了印，也有半个多月，幸亏碰着收漕的时候，总算一到任就有钱进。不如把他俩的钱还了他们，打发他走，免得自己声名有累。"

他叔子听了，楞了一楞。歇了一会，才说得一声："慢着，我自有道理。"侄少爷见话说不进，也就不谈了。原来这王梦梅的为人最恶不过的。他从接印之后，便事事有心退让，任凭他二人胡作胡为。等到有一天闹出事来，便翻转面孔，把他二人重重的一办，或是递解回籍，永免后患。不但干没了他二人的钱文[36]，并且得了好名声，岂不一举两得。你说他这人的心思毒还不毒？所以他侄少爷说话，毫不在意。

回到签押房，偏偏那个带肚子的二爷，名字唤蒋福的，上来回公事。有一桩案件，王梦梅已批驳的了，蒋福得了原告的银钱，重新走来，定要王梦梅出票子捉拿被告，王梦梅不肯。两个人就斗了一会嘴，蒋福叽哩咕噜的，撅着嘴骂了出去。王梦梅不与他计较，便拿朱笔写了一纸谕单，贴在二堂之上，晓谕那些幕友、门丁。其中大略意思，无非是"本官一清如水。倘有幕友、官亲，以及门稿、书役，有不安本分，招摇撞骗，私自向人需索者，一经查实，立即按例从重惩办，决不宽贷"各等语。

此谕贴出之后，别人还可，独有蒋福是心虚的，看了好生不乐。回到门房，心上盘算了一回，自言自语道："他出这张谕帖，明明是替我关门。一来绝了我的路，二来借着这个清正的名声，好来摆布我们。哼哼！有饭大家吃，无饭大家饿，我蒋某人也不是好惹的。你想独吞，叫我们一齐饿着，那却没有如此便宜！"想好主意。

次日堂事完后，王梦梅刚才进去，一众书役正要纷纷退下，他拿手儿一招道："诸位慢着！老爷有话吩咐。"众人听得有话，连忙一齐站定。他便拖着嗓子讲道："老爷叫我叫你们回来，不为别事，只因我们老爷为官一向清正，从来不要一个钱的，而且最体恤百姓，晓得地方上百姓苦，今年年成又没有十分收成，第一桩想叫那些完钱粮的照着串上一个完一个[37]，不准多收一分一厘。这件事昨日已经有话，等到定好章程就要贴出来的。第二桩是你们这些书役，除掉照例应得的工食，老爷都一概拿出来给你们，却不准你们在外头多要一个钱。你们可知道，昨天已贴了谕帖，不准官亲、师爷私自弄钱，查了出来，无

小
说

247

论是谁，一定重办。你们大家小心点！"说完这话，他便走开，回到自己屋子里去。

这些书差一干人退了下来，面面相觑，却想不出本官何以有此一番举动，真正摸不出头脑。于是此话哄传出去，合城皆知，都说："老爷是个清官，不日就有章程出来，豁除钱粮浮收，不准书差需索。"那第二件，人家还不理会，倒是头一件，人家得了这个信息，都想等着占便宜。一等三天，告示不曾出来。这三天内的钱粮，却是分文未曾收着。

王梦梅甚为诧异，说："好端端，这三天里头怎么一个钱都不见？"因差心腹人出外察听，才晓得是如此如此。这一气非同小可！恨的他要立时坐堂，把蒋福打三千板子，方出得这一口气。后来幸亏被众位师爷劝住，齐说："这事闹出来不好听。"王梦梅道："被他这一闹，我的钱还想收吗？"钱谷师爷道："不如打发了他。这件事总算没有，他的话不足为凭，难道这些百姓果真的抗着不来完吗？"

王梦梅见大家说得有理，就叫了管帐房的侄少爷来，叫他去开销蒋福，立时三刻要他卷铺盖滚出去。侄少爷道："三千头怎么说？"王梦梅道："等查明白了没有弊病，才能给他。"侄少爷道："这话恐怕说不下去罢？"王梦梅道："怎么你们都巴望我多拿出去一个，你们才乐？"侄少爷碰了这个钉子，不敢多说话，只得出来同蒋福说。

蒋福道："我打老爷接印的那一天，我就知道我这饭是吃不长的。要我走容易得很，只要拿我的那三千洋钱还我，立时就走。还有一件：从前老爷有过话，是'有福同享，有难同当'。现在老爷有得升官发财，我们做家人的出了力、赔了钱，只落得一个半途而废。这里头请你少爷怎么替家人说说，利钱之外，总得贴补点家人才好。还有几桩案子里弄的钱，小事情，十块、二十块，也不必提了。即如孔家因为争过继，胡家同卢家为着退婚，就此两桩事情，少说也得半万银子。老爷这个缺一共是一万四千几百块钱，连着盘费就算他一万五。家人这里头有三千，三五一十五，应该怎么个拆法？老爷他是做官的人，大才大量，谅来不会刻苦我们做家人的[38]。求少爷替家人善言一声，家人今天晚上再来候信。"说罢，退了出去。

侄少爷听了这话，好不为难。心下思量："他倒会软调脾[39]，说出来的话软的同棉花一样，却是字眼里头都含着刺。替他回的好，还是不替他回的好？若是直言摆上，我们这位叔太爷的脾气是不好惹的，刚才我才说得一句，他就排揎我，说我帮着外头人叫他出钱。若是不去回，停刻蒋福又要来讨回信，叫我怎样发付他。说一句良心话，人家三千块钱，那不是一封一封的填在里头给你用的，现在想要干没了人家的，恰是良心上说不过。况且蒋福这东西也不是甚么吃得光的。真正一个恶过一个，叫我有甚么法子想？……也罢，等我上去找着婶子，探探口气看是如何，再作道理。"主意打定，便叫人打听老爷正在签押房里看公事，他便趁空溜到上房，把这事从头至尾告诉了太太一遍。又说："现在叔叔的意思，一时不想拿这钱还人家。蒋福那东西顶坏不过，恐怕他未必就此干休。所以侄儿来请婶娘的示，看是怎么办的好？"

岂知这位太太性情吝啬，只有进，没有出，却与丈夫同一脾气。听了这话，便说："大少爷，你第一别答应他的钱。叔叔弄到这个缺不轻容易，为的是收这两季子钱粮漕米，贴补贴补。被蒋福这东西如此一闹，人家已经好几天不交钱粮了，你叔叔恨的牙痒痒。为的是到任的时候，他垫了三千块钱，有这点功劳，所以不去办他。至于那注钱亦不是吃掉他的，要查明白没有弊病才肯给他。你若答应了他，你叔叔免不得又要怪你了。"侄少爷听了这话，不免心下没了主意，又不好讲别的，只得搭讪着出来，回到帐房，闷闷不乐。忽见帘子掀起，走进一人。你道是谁？原来就是蒋福听回信来了。侄少爷一见是他，不觉心上"毕拍"一跳。究竟如何发付蒋福，与那蒋福肯干休与否，且听下回分解。

——选自冷时峻标点《官场现形记》，上海古籍出版社 1997 年版

【作者简介】

李宝嘉（1867—1906），字伯元，笔名南亭亭长，江苏武进人。幼年丧父，由

伯父抚养成人。他自幼聪慧，以诗赋和八股文见长，曾以第一名考取秀才，后屡试不中。后赴上海，先后创办了《指南报》《游戏报》《世界繁华报》，并受商务印书馆之聘，担任小说期刊《绣像小说》的主编。李宝嘉创办的报纸"为偕嘲骂之文，记注倡优起居"（鲁迅《中国小说史略》）即以嬉笑怒骂之言，揭露了清朝末年官场的腐败现象。受《指南报》《游戏报》《世界繁华报》的影响，上海小报蔚然纷起，李宝嘉因而被称为小报界的创始人。他在创办报纸的同时，开始撰写小说，其中以《官场现形记》《文明小史》《庚子国变弹词》等最有名。

【注释】

[1] 拿把：故意刁难，摆架子。

[2] 反跌文章：正话反说，欲扬先抑。

[3] 循谨：循善恭谨。

[4] 排揎：数落，斥责，埋怨。

[5] 丁艰：即丁忧、丁家艰，指遭逢父母丧事。

[6] 服满：丧礼名，即服丧期满。旧时凡父母或祖父母亡故，子孙应居家服丧，三年期满而释服，即脱去丧服，故称服满。

[7] 厘局：旧时管理征收厘金的机关。局下设卡，卡又有分卡、巡卡。

[8] 密保：秘密保荐。清代京外大臣保荐特殊人材请求破格录用，一般交军机处存记，不交吏部审议，故称密保。

[9] 绺（liǔ）：用手指顺着胡须生长的方向抹过去。

[10] 京控：进京控诉。清代官民有冤屈，经地方最高级官署审判仍不能解决时，可以进京向都察院、步军统领衙门等机关控诉，叫做"京控"。

[11] 禀帖：旧时民众或下级呈官府的文书。

[12] 跟手：随手，随即。

[13] 填房：原配死后续娶的妻子。

[14] 签押房：旧时官府中拟文书公事的场所。

[15] 号房：门房。

[16] 寸、关、尺三步脉位：中医切脉之法。掌后高骨为关，关前为寸，关后为尺，摸脉时一般先以中指端按关部，食指和无名指分按寸部和尺部。

[17] 枭：掀，揭。

[18] 提调：官名。负责管理、调度的官吏。

[19] 通判：官名。明清时各府分掌粮运、农田、水利等事务的官吏。

[20] 撮药：药铺按着药方配药。

[21] 收篷：收场，结束。

[22] 手本：清代下属拜见上司的名帖。

[23] 该应：应该。

[24] 详院：禀明巡抚衙门。

[25] 撤委：撤职。

[26] 司事：指官署中低级吏员或杂务人员。巡丁：负责巡查的兵卒、差役。

[27] 撤省：免职调省查看。

[28] 带肚子：亦称"带驮子"，指官员因贫不能赴任，向内定的幕友或差役借钱，到任后即付以重要的权益或佣金以偿还本利。

[29] 红谕：旧时官吏上任时，用红纸缮写定期接任的布告。

[30] 钱谷上老夫子：即钱谷师爷，旧时地方官所聘主管钱粮会计的幕僚。

[31] 听断：听讼狱而加以裁决。

[32] 膺：接受，承担。

[33] 教谕：官名。元、明、清县学的教官，主管文庙祭祀，教诲生员。铨选：选才授官。

[34] 章京：官名。清代军机处及总理衙门草拟文书的官员。

[35] 稿案：官员。清代地方官署中管理收发公文的小吏。

[36] 干没：侵吞财物。

[37] 串：旧时缴纳钱粮的收据，一般为一式两联或三联。

[38] 刻苦：刻薄对待。

[39] 软调牌：指表面态度温和而实际上不随和。

【作品要解】

《官场现形记》写于 1901 年至 1905 年，原计划有 120 回，因病只写 50 多回，由友人欧阳巨源续写为 60 回。小说结构大体类似于《儒林外史》，皆由一系列相对独立的故事连缀而成；在内容上"凡所叙述，皆迎合、钻营、朦混、罗掘、倾轧等故事，兼及士人之热心于作吏，及官吏闺中之隐情。"（鲁迅《中国小说史略》）皆以官场生活为题材，描写了从地方的杂佐小吏、总督巡抚，上到军机大臣等文武百官的种种丑恶行径，对社会的各个层面进行了辛辣的讽刺，揭露了清朝统治者的黑暗腐败。

晚清政府买官卖官盛行，品阶高点的官员通过卖官中饱私囊，牟取暴利；品阶低的士卒小吏通过纳捐谋取迁升，以获得更大的利益。李宝嘉将大量的笔墨花费在此，揭露了清末卖官鬻爵的诸多丑恶。本文选自《官场现形记》的第五回，通过描写本为亲兄弟的何藩台和三荷包，因分赃不均大打出手，害得何藩台太太差点流产的故事，逐一揭露了何藩台买官的上升之路；并通过兄弟二人的和好，揭露了三荷包为何藩台从中引荐的卖官之路。买官卖官的晋升之途，遑论人品和才能，仅以钱财为开路的敲门砖，并由此滋生了以引荐为生的经纪和以借钱为买官人牟取权益的带肚子师爷。作为经纪的三荷包左右逢源，贪上诬下，争取利益的最大化，甚至不惜为了金钱来算计顶撞自己的亲哥哥。而买官卖官的何藩台通过金钱的付出谋得高官，又通过官职之便贩卖官职牟取暴利，即便为弟弟三荷包撞伤太太，仍为金钱的驱使拉下脸来求取和解。为获得官阶的王梦梅不惜花费重金收买三荷包，买得缺职，却因资金匮乏，受制于曾借钱给他的带肚子师爷。带肚子师爷蒋福虽仅为师爷，无官职之名，却掌官职之实，操控王梦梅获取私利。在买官卖官的丑陋交易中，兄弟如市井无赖般相互算计，因利益不均而反目成仇，又因利益的牵连而和好如初，毫无亲情和人性而言。亲兄弟尚且如此，何况其他？以一代面，以点带全，官场的各色人等皆暴露于世人面前。反映了在清末时期，在金钱的驱动下，官场黑暗交易的猖獗和人性的丑陋。